LÉGENDES DES MONDES D'ARIA

À Dat-Wei, parce que le jeu de rôle est sans fin.

pour anna

pour léna

92, avenue de France, 75013 Paris
Loi n° 49-956 du 16 juillet 1949 sur les publications destinées à la jeunesse,
modifiée par la loi n° 2011-525 du 17 mai 2011.

N° éditeur : 263894 / 10298166
ISBN : 978-2-09-503661-4
Dépôt légal : octobre 2024

• FABIEN CLAVEL •
D'après l'univers créé par FibreTigre

LÉGENDES DES MONDES D'ARIA

I. Le serment des runes

Nathan

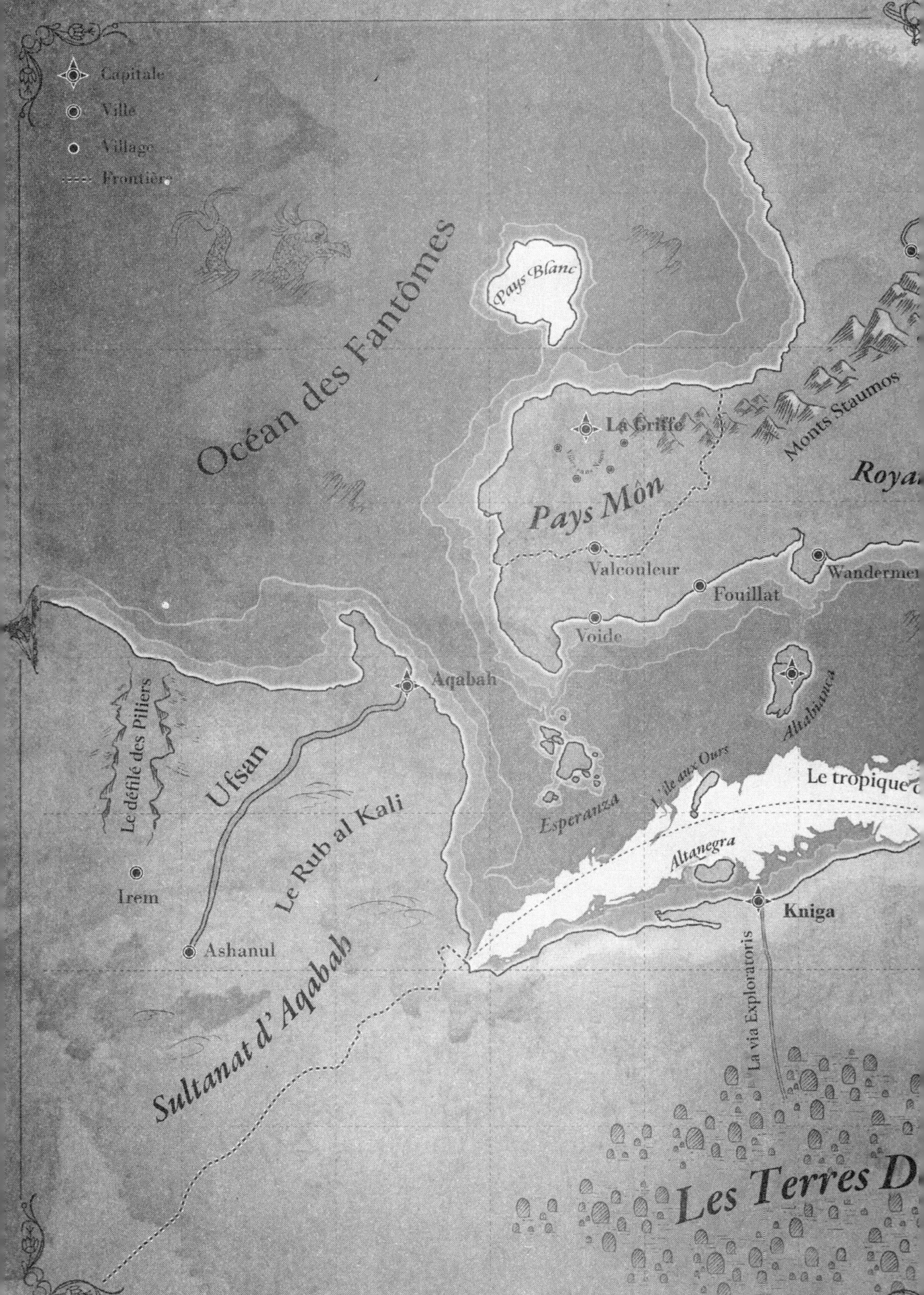

Capitale
Ville
Village
Frontière
Océan des Fantômes
Pays Blanc
La Griffe
Monts Staumos
Pays Môn
Valcouleur
Fouillat
Voide
Aqabah
Altabianca
Esperanza
L'île aux Ours
Le tropique
Le défilé des Piliers
Ufsan
Le Rub al Kali
Altanegra
Kniga
Irem
Ashanul
Sultanat d'Aqabah
La via Exploratoris
Les Terres

Craonne
Kohest
Eistenpoli
Kutaya
Haliaslanlar
Monts de Gonen
Tansanli
Claveau
Montagne du Dieu de la Sagesse
Le Parcoul
Rideau
Arance
Osmanlie
Mer Marmoréenne
Le mur de Varna
Varna
Biga
d'Aria
Fôret de Sauvagny
Naporia
Aria
Sannakale
Mer de la Morsure
Atina
Mer Ancienne
Septentrion
0
500 km

ÉPISODE 1
DANS LES PRISONS D'ARIA

Vani sentit qu'elle était éveillée mais elle refusa d'ouvrir les yeux tout de suite. Prise dans les conséquences d'une épique gueule de bois, elle avait besoin de faire le point.

D'abord, aucune lumière ne filtrait à travers ses paupières closes. Elle se trouvait donc dans l'obscurité. Ensuite, une vague odeur d'humidité et de moisi lui montait aux narines. Cela pouvait être un cachot. L'impression était renforcée par la sensation de paille humide et piquante dans son dos.

Ce premier élément étant établi, elle entreprit de remonter le temps. Comment avait-elle atterri ici ?

Sa mâchoire était douloureuse et un goût métallique traînait encore autour de sa langue. Oui, elle avait pris un bon coup dans la face. Mais de la part de qui ?

En pensée, elle revit un poing ganté se diriger vers elle. Il lui fallut faire un effort pour se souvenir de son propriétaire. Peu à peu, le casque d'un garde d'Aria se dessina. Sa protection nasale était si grande qu'on ne voyait que ses deux yeux plissés par la concentration. Il avait pris bien soin de l'assommer sans la tuer.

Pour l'instant, Vani se trouvait plutôt douée à ce petit jeu d'enquête. Elle ne put s'empêcher de sourire malgré l'hématome qui engourdissait toute la moitié de son visage.

Que s'était-il passé avant l'arrivée de la garde ?

Elle sentit alors un fourmillement dans sa main forte[1]. Elle-même avait frappé quelqu'un à la tête. Elle essaya de se rappeler les traits de son adversaire. Cela lui revint progressivement. L'homme était clairement un pirate. Il en avait les tatouages et la dentition de ceux qui ont passé trop de temps en mer. Quand il souriait, on voyait ses chicots alterner avec des trous noirs. Le pirate

1. Dans le monde d'Aria, « à main forte » signifie « à droite » et « à main faible » signifie « à gauche ».

éclatait de rire au moment où elle l'avait frappé, déclenchant une bagarre générale.

Vani en fut surprise. Elle était pourtant d'un naturel certes dynamique, mais plutôt arrangeant. Elle estimait que le dialogue était la meilleure manière d'arriver à ses fins et que la violence constituait rarement une bonne solution.

Dans son souvenir, elle revit le pirate prononcer des mots. Qu'avait-il bien pu dire pour la mettre en colère ? Quelque chose à propos de son père. Elle avait dit : « Je cherche Rajesh le Grand. » Et là, l'autre s'était mis à rire de façon insultante. Vani était conciliante mais elle perdait de sa gentillesse quand on manquait de respect à son père.

Voilà donc ce qu'elle était venue faire dans cette auberge du port d'Aria ! Elle était sur les traces de son père ! Elle n'avait obtenu aucune information. Et comme il s'agissait d'un débit de boissons, elle avait commandé une bière, puis une autre, avant de passer au rhum. Elle renifla. Son haleine était encore chargée d'alcool et de sucre. D'ailleurs, une douleur persistante lui barrait le front.

Satisfaite de sa petite enquête, Vani s'autorisa enfin à ouvrir les yeux.

Comme prévu, elle ne vit rien.

Ou presque.

Le cachot était plongé dans l'obscurité. La jeune femme grogna et se redressa sur les coudes, clignant des paupières. Une vague clarté coulait d'un soupirail triste. Ou plutôt, une triste clarté coulait d'un vague soupirail.

En relevant son buste, Vani sentit une vieille nausée lui remonter dans la gorge. Elle n'avait pas l'habitude de boire. C'était même la première fois qu'elle se saoulait. Cela expliquait sans doute ses difficultés à se remémorer les événements de la veille. Elle se jura solennellement qu'elle ne boirait plus jamais. Cela n'en valait pas la peine.

Alors, son regard balaya les lieux. Il n'y eut guère de surprise : elle discerna des pierres humides, couvertes de salpêtre, des chaînes fixées au mur pour les prisonniers récalcitrants (elle n'en faisait pas partie, Dagan soit loué), et une autre silhouette dans l'ombre.

– Il y a quelqu'un ? demanda-t-elle d'une voix cassée.

– À ton avis ? répondit une voix endormie. Je pensais qu'on pourrait au moins faire la grasse matinée dans les prisons d'Aria. Il faut croire que je me suis trompé.

L'homme avait l'accent pincé et hautain. Vani essaya de le distinguer dans la pénombre. Ses yeux s'accoutumaient de minute en minute. Pour l'instant, c'était une forme allongée qui se drapait dans un long manteau dont les couleurs chatoyantes ressortaient même dans les ténèbres. Elle vit une main couverte de bagues argentées s'efforcer de ramener un pan du manteau sur sa tête.

– Tu es d'Altabianca ! insista Vani. J'en suis sûre. Je reconnaîtrais votre morgue n'importe où.

– Et elle ne va jamais se taire ! soupira l'homme.

Il rejeta son manteau et laissa apparaître un long visage plutôt agréable. La peau noire, plus sombre que celle de Vani, des tresses plaquées sur le crâne, des yeux un peu exorbités, très verts, très beaux, très maquillés. Le khôl avait légèrement coulé. Le jeune homme ne devait pas être beaucoup plus vieux qu'elle, peut-être dix-neuf ou vingt ans.

– Je m'appelle Vani ! se présenta-t-elle joyeusement.

Il la regarda, incrédule. Il est vrai qu'elle avait pris un ton qui convenait mieux aux salons de thé qu'aux rencontres dans les culs-de-basse-fosse.

– Azzio, répondit-il enfin. Baron de Giocoperdudo.

Vani esquissa un sourire.

– Même ton nom est prétentieux !

– Tu comptes vraiment insulter la seule personne susceptible de t'adresser la parole dans ce trou ? sourcilla le dénommé Azzio.

Elle éluda sa remarque. Elle était trop curieuse de savoir comment il avait atterri ici.

– Qu'est-ce qui t'est arrivé ? demanda-t-elle. Moi, je me suis battue dans une auberge.

– Quelle originalité ! grommela Azzio. Moi aussi, je me suis battu dans une auberge. Enfin, on m'a battu pour me prendre…

Il parut soudain se souvenir de quelque chose et se dressa. Il était de taille moyenne mais, pourtant, il se cogna légèrement au plafond du cachot. Cela ne l'arrêta pas pour autant. Il se mit à fouiller avec frénésie dans les poches de son manteau. Vani nota au passage que les couleurs de son riche pourpoint étaient aussi criardes que le reste : des rouges éclatants, des verts profonds, des jaunes lumineux.

Puis Azzio lâcha un long soupir de soulagement en sortant un papier d'une de ses poches. Dans le même temps, quelques cartes à jouer tombèrent à terre.

– C'est quoi ? questionna Vani en montrant le feuillet.

– Tu es encore là ? fit Azzio en roulant des yeux.

– Bah, oui, on est enfermés, répondit-elle en émettant des doutes sur la santé mentale du garçon.

– Et en plus, elle ne comprend pas l'ironie, déplora-t-il en secouant la tête.

Vani éleva le ton. Ce noble méprisant commençait à l'énerver.

– Dis, tu pourrais éviter de faire comme si je n'étais pas dans la pièce ?

– Crois-moi, j'aimerais bien y arriver !

– Chut !

Vani et Azzio sursautèrent.

Une troisième personne venait de prendre la parole. Un bruit de papier froissé retentit alors dans le silence. Vani se concentra sur le soupirail d'où semblait provenir le son. Alors, elle repéra, juste sous le filet de lumière qui coulait de la grille de fonte, une forme repliée, penchée sur un livre. Elle était si immobile qu'elle ne l'avait pas vraiment remarquée plus tôt.

C'était un homme, manifestement grand et athlétique. La peau blanche, il portait de longs cheveux blonds en bataille, ornés d'épingles de métal et de billes de pierres précieuses. Il arborait une courte barbe blonde qui faisait ressortir deux grands yeux bleus, froids comme la glace. Et ces prunelles étaient fixées sur les lignes de son livre.

– Je rêve ou tu nous as demandé de nous taire ? s'enquit Azzio.

– En même temps, tu m'as fait le même coup il y a quelques minutes, glissa Vani.

Le jeune homme se tourna vers elle.

– T'a-t-on déjà dit que tu étais agaçante ?

– Une fois ou deux, dut-elle convenir.

Le baron reporta son attention sur l'inconnu qui lisait. Il adopta un ton plus aimable.

– Que fait un beau jeune homme tel que toi dans un endroit pareil ? susurra-t-il.

Comme Vani, il avait dû noter que le lecteur était assez séduisant.

– Je lis une chronique ancienne, répondit l'autre à regret, toujours concentré sur ses pages. Elle s'intitule *Le Jeu des Couronnes*. Un mariage est organisé mais je pense que c'est un piège. À mon avis, l'hôte va tuer tout le monde…

Azzio croisa les bras, résigné.

– C'est le problème avec les intellectuels. Ils lèvent rarement le nez de leurs grimoires pour admirer la beauté du monde qui les entoure.

Tout en se disant que le lecteur ne ressemblait pas vraiment à un intellectuel, Vani décida de changer de stratégie.

– Je m'appelle Vani. Lui, c'est Azzio. Et toi ?

– Je suis Gunnor du pays Blanc.

Vani ouvrit de grands yeux.

– Ouah ! Du pays Blanc ! Je n'y suis jamais allée. Est-ce que c'est vrai que c'est une grande île couverte de neige ?

– D'où vient le nom « pays Blanc », à ton avis ? ricana Azzio.

– Ce n'est pas à toi que je parle. Et si je me fie à ce qu'on raconte, il paraît que les habitants d'Altabianca sont polis et raffinés. Or, ce n'est pas du tout mon expérience...

– Ton *expérience* ? Une gamine comme toi ? Tu dois avoir quinze ans tout au plus.

– Dix-sept ! s'empourpra Vani. J'ai dix-sept ans !

Elle ne précisa pas que c'était le cas depuis seulement trois jours. Gunnor tourna une page, l'air sombre.

– Je m'en doutais. Tout le monde est mort. Joyne et Rebb auraient dû se méfier.

– Comment as-tu atterri ici ? demanda Azzio.

– J'ai déclenché une bagarre dans une auberge.

– Toi aussi ? Mais pourquoi ? s'étonna Vani.

– C'est personnel.

Elle n'insista pas et se leva. Elle commençait à avoir des fourmis dans les jambes. De petite taille, elle pouvait se tenir droite sous le plafond. Elle avait toujours besoin d'action, de grand air. Là, elle ne tenait plus en place.

– Bon, lança-t-elle d'un ton détaché, on s'évade ?

Pour la première fois, Gunnor leva un sourcil.

– Pardon ?

– Oui, reprit Vani. On ne va pas se laisser enfermer comme ça. Regarde Joyne et Rebb, ajouta-t-elle.

– Ils n'étaient pas en prison. Ils se mariaient.

– C'est pareil ! éluda Vani. On ne va pas rester là à attendre. Moi, je suis une fille de pirate. Si les gardes l'apprennent, ils risquent de me garder un moment…

– Peut-être, concéda Azzio. Mais Gunnor et moi, nous ne sommes pas en danger. Je ne vois pas ce que l'on risque à attendre tranquillement ici.

– La mort, fit une voix d'outre-tombe.

Vani sursauta.

– Mais on est combien, dans ce cachot ?

Elle entreprit aussitôt de fouiller le reste de la prison plongée dans le noir. Elle ne trouva rien à part des morceaux de ferraille entassés dans un coin. Une arête tranchante lui blessa même un peu le doigt. La jeune femme dénicha à tâtons une sorte de médaillon encastré qu'elle décolla de son logement. Ne parvenant pas à distinguer les motifs qui l'ornaient, elle le glissa dans sa poche.

– Qui est là ? demanda Azzio.

– Je ne te dirai pas mon nom, répondit la voix grave et féminine. Je ne te dirai qu'une chose : si nous restons ici, nous mourrons tous…

Un silence passa dans la geôle. Même Gunnor leva ses prunelles bleues de son livre.

– Pourrais-tu préciser ? s'enquit Azzio.

– Je pourrais parler des risques de maladie dans ce cachot sordide. Mais il ne s'agit pas de ça. Je suis ici parce que j'étais poursuivie. Je me suis fait enfermer pour échapper à ceux qui veulent ma mort. S'ils retrouvent ma trace, et ils la retrouveront bientôt, ils n'épargneront personne...

Vani jugea que le ton était convaincant. De toute façon, l'inconnue allait dans son sens. La jeune femme observa ses camarades de prison.

– Alors, on s'évade ?

Gunnor et Azzio la fixèrent un instant, échangèrent un regard et la scrutèrent de nouveau.

– On s'évade, déclarèrent-ils d'une même voix un peu morne.

* * *

Il leur fallut du temps pour mettre au point un plan, même sommaire. Certaines pierres du cachot pouvaient être descellées autour du soupirail. Vani retourna chercher des morceaux de métal dans le recoin sombre. Elle ne parvenait pas à les identifier. Cela ressemblait à des pièces d'armure abandonnées là, ce qui était étonnant puisqu'on dépouillait les prisonniers de tout leur équipement au moment de les enfermer.

Elle n'allait pas pour autant bouder sa bonne fortune. Avec l'aide de Gunnor qui semblait avoir la force d'un colosse, elle parvint à arracher plusieurs plaques de métal pouvant servir d'outils.

Elle donna l'exemple en creusant les joints entre les pierres. Elle s'acharna un moment avec entrain avant de passer le relais.

– Qui prend la suite ? s'enquit-elle.

– J'adorerais vous aider, fit Azzio, mais j'ai peur de me faire mal aux doigts. Je possède des articulations très fines et délicates. Peut-on me réserver pour les urgences ?

– *C'est* une urgence ! protesta Vani.

Gunnor coupa court à la discussion et s'empara de l'outil improvisé. Sans un mot, il s'évertua à creuser le mortier entre les moellons. Vani dut reconnaître qu'il était bien plus efficace qu'elle.

La jeune femme se demandait tout de même sur quels types de personnes elle était tombée. Ils ne ressemblaient guère à des criminels, ni même à des voyous. Pourtant la femme, toujours ensevelie dans l'ombre, lui faisait un peu peur.

Dehors, le soleil baissa progressivement et la nuit envahit les rues d'Aria. Seule brillait encore la lune pleine dans le ciel. C'était le bon moment pour s'échapper discrètement.

– Ça avance ? demanda-t-elle à Gunnor.

Pour toute réponse, il poussa un grognement et arracha une première pierre qui roula sur la terre battue. Un peu de clarté lunaire se déversa dans la pièce.

– Encore deux comme ça et on pourra sortir, jugea Vani.

Elle avait vraiment hâte de quitter ces lieux. Elle n'avait jamais beaucoup aimé être enfermée. La liberté lui était nécessaire, comme à tous les pirates. Enfin, ceux qu'elle connaissait. À travers des histoires.

Elle relaya ensuite Gunnor qui avait déplacé la pierre vers le fond de la cellule. Redoublant d'efforts, elle arracha les derniers fragments de liant. Les deux autres moellons cédèrent. Ils purent même ôter la grille métallique.

– Laissez ! se précipita Azzio. Je vais surveiller la rue !

Il bouscula Vani et pencha la tête au-dehors.

– Alors ? grommela la jeune fille.

Il recula au moment où quelqu'un passait avec une torche. Heureusement, l'inconnu ne remarqua pas le trou dans le mur et poursuivit sa route sans s'arrêter.

– C'est bon, on peut y aller.

Joignant le geste à la parole, il se glissa à l'extérieur.

Une fois sorti, il poussa un petit cri.

– Qu'est-ce qu'il y a ? s'alarma Vani. Un gardien ?

– Je crois que j'ai déchiré mon manteau, gémit Azzio.

Vani leva les yeux au ciel et sortit à son tour.

Ils venaient de déboucher dans une ruelle étroite. L'air lui parut soudain plus pur. Ils se trouvaient dans la basse Aria, dans le quartier des Ombres, coincé entre les odeurs de moisi du cimetière et les relents de putréfaction du dépotoir du grand marché. Pourtant, elle ouvrit grand ses narines et inspira à pleins poumons.

– Ah, le parfum de la liberté !

Azzio avait déjà placé un mouchoir sur son nez et grimaçait de dégoût. Gunnor se contorsionna pour extraire son grand corps de l'ouverture. Quand il se redressa, Vani constata qu'il les dépassait de la tête et des épaules. Il avait plutôt une allure de guerrier que de lettré.

Sans attendre, l'homme du pays Blanc tendit la main dans l'obscurité de la geôle. La lune baignait la ruelle d'une clarté blafarde qui était presque éblouissante pour les prisonniers qui avaient passé leur journée à l'ombre.

Une main pâle repoussa celle de Gunnor.

– Je n'ai pas besoin de votre aide, dit la voix grave.

Une fine silhouette se déploya à son tour. Vani constata avec dépit que l'inconnue portait un capuchon vert sur la tête.

– Tu étais bien contente de notre aide quand il a fallu creuser le mur ! glissa la jeune femme.

– Elle est là ! cria quelqu'un.

Un frisson passa le long de la colonne vertébrale de Vani. Tournant la tête, elle aperçut un groupe d'hommes qui s'élançait vers eux. Quelques lames nues brillèrent à la lumière de la lune.

– Je savais bien qu'ils me retrouveraient... Fuyez ! lança l'inconnue.

Elle se précipita dans la direction opposée.

Le quatuor partit donc en courant sans demander son reste. Vani songea qu'elle était mêlée à une histoire pas nette. Au moins, l'inconnue n'avait pas menti : elle était vraiment menacée.

La femme au capuchon était la plus rapide. Azzio fermait la marche. Ils se gênaient dans la voie étroite, leurs épaules raclant les murs quand ils se tenaient à deux de front. Vani sentit presque aussitôt l'air frais lui brûler les poumons.

Levant les yeux, elle n'aperçut aucune prise pour se sauver vers les hauteurs. D'ordinaire, c'était sa manière d'échapper au danger. Bonne acrobate, elle était capable de grimper presque partout, puis de bondir de toit en toit. Cette fois, cependant, leurs poursuivants étaient trop proches.

Le groupe arriva à une intersection.

– À main forte ! indiqua Azzio.

– Tu devrais le crier plus fort, maugréa l'inconnue.

Le baron la dépassa avec un sourire et… obliqua à main faible. Vani dut changer de direction au dernier moment. Ses pieds glissèrent presque sur un déchet humide mais elle parvint à se rétablir *in extremis*.

Ils empruntèrent une nouvelle voie, plus large mais plus encombrée. Vani reconnut la fameuse rue de la soif où se concentraient les débits de boissons. Quelques braseros et torches apportaient un peu de lumière jaune. Des tables de tavernes débordaient sur la ruelle. Prostituées, mendiants et malandrins rôdaient partout. Nul ne parut s'étonner d'une course-poursuite dans le quartier des Ombres. C'était manifestement monnaie courante par ici.

Vani heurta un buveur de bière qui levait sa chope et sauta par-dessus un tonneau sur lequel deux joueurs lançaient des dés. Ses jambes fatiguaient. Elle n'avait pas mangé depuis un moment et elle s'était ankylosée dans leur cellule.

– Si nous atteignons le temple du dieu Poisson, nous serons sauvés ! dit Azzio.

– Attends, tu es un voleur ? s'étonna Vani.

– Cela te choque ? Tu es bien une pirate.

– Mais c'est pas pareil ! Les pirates sont des aventuriers des mers, des hérauts de la liberté, des gentilshommes de fortune !

– Tu as déjà rencontré un vrai pirate ? interrogea Gunnor.

Vani ne put répondre. Elle s'essoufflait. En plus, un point de côté lui élançait tout le flanc. Elle jeta un regard par-dessus son épaule. Leurs poursuivants ne désarmaient pas. Maintenant que la rue était un peu mieux éclairée, elle nota qu'ils portaient des vêtements bouffants et colorés, et étaient armés de sabres recourbés.

– Pourquoi es-tu poursuivie par des gens du sultanat d'Aqabah ? demanda Vani à l'inconnue.

– Parce que je suis de là-bas, répliqua l'autre avec mauvaise humeur. Et alors ?

– Si je meurs, j'aimerais bien savoir pourquoi, rétorqua la jeune pirate.

L'inconnue ne répondit pas. La course avait rejeté son capuchon en arrière et dévoilait les traits d'une superbe jeune femme d'à peine vingt ans, à la peau claire quoique légèrement hâlée. Très droite, les cheveux ornés d'un voile fin d'où s'échappait une longue tresse noire. Ses yeux noirs et profonds exprimaient une fierté peu commune.

Soudain, Azzio ouvrit les bras et s'arrêta.

– Je pense que nous n'atteindrons pas le temple de Gobie.

– Pourquoi ? demanda Vani après lui être rentrée dedans.

Du menton, il désigna la rue qui s'ouvrait devant eux. Un autre groupe d'hommes armés leur bloquait le passage. Lames au clair, ils s'avançaient vers eux.

– Regardez ! Une auberge ! indiqua Gunnor.

Il montrait un estaminet misérable à main faible. Vani regarda en arrière. Ils étaient pris entre deux feux. Avec un soupir, elle se précipita vers la porte de l'établissement. Le groupe déboula à l'intérieur.

L'ensemble était presque plus sale et plus sobre que leur cachot. La pièce sentait le vieil alcool frelaté et la graisse rance incrustée dans le bois. Les visages patibulaires, éclairés par une torche maladive, se tournèrent vers les arrivants. Le patron, debout, un torchon crasseux à la main, les examina sans un mot.

– Est-ce que, par le plus grand des hasards, votre honorable débit de boissons posséderait une autre sortie ? s'enquit poliment Azzio.

– Ici, on consomme d'abord et on cause ensuite, répliqua le tenancier avec un sourire madré.

Il avait compris qu'il pourrait tirer avantage de ces clients pressés.

– Mais tout à fait ! fit Azzio d'un ton mielleux.

Le baron fouilla dans sa poche et en sortit l'un des papiers que Vani avait déjà vus auparavant.

– Je vous signe une reconnaissance de dette de ce pas !

– Je veux du bon or, répondit l'autre.

– Je vous assure que ce papier vaut plus que tout l'or que vous pourriez...

– Je sais pas lire.

Azzio échangea un regard avec Gunnor qui parut sincèrement navré par cet aveu.

– Ils arrivent, prévint l'inconnue d'un ton sinistre.

Elle désignait la rue où leurs poursuivants se rassemblaient sans se presser.

– On pourrait les combattre ! proposa Vani.

– Ils ont des sabres, répliqua sombrement l'inconnue. Nous n'avons que des papiers à leur lancer à la tête.

– J'aimerais qu'on évite de dire du mal des livres, objecta Gunnor, sourcilleux.

Azzio poussa un long soupir.

– Bien, je crois que nous n'avons guère le choix.

Il s'avança vers le patron de l'auberge, lui sourit largement et, tandis que le patron lui retournait un sourire hésitant, Azzio lui décocha un coup de poing magistral qui l'envoya à terre. Puis, d'un air détaché, le baron se tourna vers l'assemblée stupéfaite.

– Je m'appelle Azzio et je vous...

Et il leur adressa l'insulte la plus fleurie, la plus odieuse et la plus ordurière que Vani eût jamais entendue. La jeune femme en rougit jusqu'aux oreilles. Elle en connaissait pourtant chaque mot mais la combinaison était si nouvelle et si frappante qu'elle eut conscience d'assister à un monument de la grossièreté. Étrangement, ce juron merveilleux ne ressemblait pas à une formule apprise et répétée mais à une improvisation sur le moment, un instant de grâce.

Même les buveurs, qui semblaient tous constituer du gibier de potence, parurent outrés. Après un instant de stupeur, ils quittèrent leurs chaises, menaçants. Vani leva les yeux au ciel. Elle venait de comprendre le plan d'Azzio : le même que celui qui les avait tous menés en prison.

– Est-ce qu'on peut au moins savoir ton nom ? demanda-t-elle à l'inconnue. Après tout, si on meurt, ce sera à cause de toi.

– Je m'appelle Sirane, indiqua l'autre à contrecœur.

Gunnor adressa une gifle à assommer un bœuf à un client qui s'était approché trop près. L'homme partit en arrière et renversa deux autres personnes dans sa chute.

– C'est un joli nom, nota-t-il. Un nom d'héroïne de légende.

Déjà, les clients cernaient les trouble-fêtes et les coups pleuvaient de part et d'autre. Vani se lança dans la mêlée en espérant qu'ils survivraient jusqu'à l'arrivée de la garde.

ÉPISODE 2
QU'ALLAIENT-ILS FAIRE DANS CETTE GALÈRE ?

La juge observa les quatre prisonniers d'un air las. Longs cheveux poivre et sel, elle semblait avoir passé des années dans le quartier des Ombres et en avoir tiré une sorte d'impassibilité inamovible.

Pourtant, quand un des hommes de la garde lui eut résumé le dossier des prévenus, elle leva un sourcil étonné.

– Reprenons, dit-elle d'une voix étonnamment douce. Si je comprends bien, vous avez été, tous les quatre, enfermés pour trouble à l'ordre public…

– Bagarre dans une auberge, précisa le garde, un grand échalas qui prenait très à cœur sa mission.

Il se présenta :

– Ado Oavlovic, pour vous servir, juge.

Cette dernière se désintéressa de lui et se concentra de nouveau sur les prévenus.

– Vous auriez été libérés le lendemain, après avoir dégrisé, mais vous décidez, sur une impulsion inexplicable, de vous évader en pleine nuit. On vous surprend plus tard à courir dans la rue de la soif, occasionnant plusieurs incidents mineurs…

– Une bière renversée et une partie de dés bouleversée, précisa Ado Oavlovic. Les paris étaient à un contre dix.

– Bref, fit la juge en ignorant l'interruption, vous vous précipitez ensuite dans une auberge…

– *Le Cyclope borgne*, compléta Ado Oavlovic. Un bouge mal famé.

– Et vous ne trouvez rien de mieux à faire que de récidiver et de déclencher une nouvelle bagarre.

– Et d'insulter gravement les clients, ajouta Ado Oavlovic.

Cette fois, la juge sembla remarquer l'interruption du garde.

– Je pense que les habitués du *Cyclope borgne* en ont entendu d'autres…

– Pas comme cela, juge. Les clients ont déclaré qu'ils n'avaient jamais ouï de telles paroles.

– J'ai du mal à vous croire...

Le garde s'empourpra, s'avança avec hésitation vers la juge, monta sur la petite estrade sur laquelle était disposé son fauteuil et lui murmura quelques mots à l'oreille.

La juge esquissa d'abord un sourire avant d'afficher un rictus de profond dégoût. Elle se tourna vers Azzio.

– Vous avez vraiment prononcé ces... cette infamie ?

– Juge, fit le baron en s'avançant, un large sourire aux lèvres, si je puis me permettre, j'avais une excellente raison pour me montrer aussi vulgaire, aussi ordurier...

Il voulut prendre à témoin Sirane qui fit non de la tête. Manifestement, elle refusait que les tentatives d'assassinat dont elle était l'objet soient dévoilées à la magistrate.

Azzio battit alors de ses longs cils. Il essayait de se montrer séducteur mais l'effet était gâché par son œil au beurre noir. D'ailleurs, tous les prisonniers avaient été plus ou moins touchés pendant l'affrontement. Sirane portait au cou des traces de strangulation et affectait de ne plus pouvoir parler. Gunnor arborait une large entaille au front, ayant été assommé à coups de tabouret. Vani elle-même sentait qu'une de ses molaires bougeait dans sa mâchoire inférieure.

– Juge, reprit Azzio en changeant de stratégie, personne n'a de preuve que c'est bien moi qui ai prononcé cette formule malencontreuse...

– Il a commencé en donnant son nom, précisa Ado Oavlovic. Il a dit « Je m'appelle Azzio et je vous... »

– Inutile de répéter la suite, trancha la juge qui avait l'air d'être en proie à un mal de tête foudroyant.

– Toute la prison appelle cela « le mot d'Azzio », maintenant, ajouta Ado Oavlovic.

– Vous avez réellement besoin de faire du zèle ? interrogea le baron.

La juge prit son marteau de bois et frappa sur le bureau derrière lequel elle était assise.

– Je vais rendre ma décision.

Elle laissa passer quelques secondes avant de reprendre :

– En raison de votre évasion, de votre récidive immédiate et de votre indigne vulgarité, vous êtes condamnés à un an de galère.

– Mais je suis noble ! protesta Azzio.

– Les nobles ne s'expriment pas comme vous le faites, répliqua la juge en frappant de nouveau trois coups de marteau.

* * *

Le maréchal-ferrant donna un coup de masse sur le clou de métal.

– C'est une parodie de justice ! s'enflammait Azzio tandis qu'on lui passait les fers aux pieds. Qui d'autre que moi a souffert d'une telle iniquité ?

Vani, elle, était ravie.

– Les galères, vous vous rendez compte !

– Je ne comprends pas ce qui te fait à ce point plaisir, déclara Gunnor.

– Je suis une pirate, répliqua la jeune femme. En deux jours, je connais à la fois la prison et la galère. C'est comme un brevet de piraterie ! Tous les grands pirates sont passés par là.

– Nous payons simplement pour nos erreurs.

Le temps était beau et serein sur le port d'Aria. Les débardeurs s'activaient dans des parfums de sueur et d'épices, soulignés par des relents salés.

La galère était un immense navire à trois mâts, gréée de voilure latine et comportant vingt-cinq rangs de rameurs. Sa capacité de charge pouvait avoisiner les cinquante tonneaux. Ici, le fret avait été remplacé par des bouches à feu qui faisaient du navire une forteresse flottante. L'avant comportait un modeste château qui rassemblait les pièces de plus gros calibre. On montait à bord par un petit ponton.

– Et voilà ! fit le maréchal-ferrant, un tout jeune homme roux, constellé de taches de rousseur. Faites attention : vous êtes attachés par quatre. Cela fait un rang de rameurs. Vous devez être des célébrités parce que la juge a demandé expressément à ce que vous soyez enchaînés ensemble. Bon voyage !

Vani observa sa cheville avec émotion. Elle porterait la trace laissée par les fers sur sa peau avec orgueil. Elle gonfla la poitrine en empruntant la planche avec ses trois compagnons.

Les autres semblaient abattus. Sirane grommelait des phrases incompréhensibles dont Vani ne saisissait que des bribes, comme « la mort » ou « malédiction ».

Une fois à bord, ils furent conduits par un soldat qui les guida sans ménagement jusqu'à leurs places : la 42 pour Vani. Ce fut à cette occasion qu'elle se rendit compte qu'il était très difficile de marcher quand une chaîne réunissait quatre jambes de quatre personnes différentes.

On les fit asseoir sur les bancs de rameurs. D'autres galériens arrivèrent à leur tour et le pont inférieur se remplit d'une faune sombre et hétéroclite. On avait l'impression que les prisons, les hospices et les lupanars du quartier des Ombres avaient été vidés le même jour.

Soudain, une femme colossale qui se trouvait assise sur la travée centrale lança un puissant roulement de tambour. Elle frappait une grosse calebasse tendue de peau.

Puis un homme apparut, sans doute le capitaine. Il descendit depuis le pont supérieur avec une lenteur calculée et aristocratique, maîtrisant chacun de ses gestes.

– Quelle allure ! murmura Vani.

– Quel cabot, marmonna Azzio.

– Mais il bouge un peu comme toi.

– Justement, je sais de quoi je parle...

L'officier venait sans doute d'une famille riche et noble qui lui avait acheté son grade. Il avait la trentaine et son costume militaire était admirablement taillé pour mettre en valeur son large buste et ses biceps volumineux.

– Galériens, lança-t-il d'une voix forte. Vous êtes ici au service de la Couronne. La reine Julia a en effet décidé de mettre fin aux exactions des pirates. Nous traverserons la mer de la Morsure et nous dirigerons vers l'île d'Esperanza.

À ces mots, Vani se réjouit. Elle allait atteindre le lieu où elle pourrait devenir enfin une véritable pirate !

– Vous n'êtes rien ! poursuivait le capitaine. Vous avez mal agi et vous êtes là pour réparer vos erreurs. Ramez bien et vous vivrez.

Il arrêta là son discours, un peu vite au goût de Vani. Gunnor, qui avait été placé au plus près de la coque, secoua la tête.

– J'ai lu que la plupart des galériens meurent dans les six mois, déclara-t-il.

Azzio, qui se tenait juste à main faible de lui, soupira :

– Merci, Gunnor, cette information était vraiment nécessaire.

– De rien, répondit le lecteur sans relever l'ironie. Le savoir doit être partagé avec le plus grand nombre.

Sirane, à main faible d'Azzio, ne desserrait pas les lèvres. Cela gênait Vani qui arrivait en bout de rame, vers la travée centrale, et qui cherchait des interlocuteurs. Elle devait donc parler par-dessus la tête de Sirane pour participer à la conversation des deux hommes.

– C'est la première fois que vous êtes enchaînés à une galère ? demanda-t-elle.

– Évidemment, murmura Azzio. Je suis de sang noble !

– La noblesse n'est pas dans le sang, elle est dans le cœur, répliqua distraitement Gunnor.

Il avait déjà ressorti son livre qui avait survécu aux fouilles et le lisait avec un bonheur non dissimulé. Mais il dut bientôt interrompre sa lecture. On largua les amarres. La géante au tambour lança un nouveau rythme.

– Cadence de manœuvre ! s'époumona-t-elle.

Aussitôt, les galériens saisirent leurs avirons et commencèrent à ramer.

– Souquez ferme ! hurla-t-elle.

Vani eut l'impression qu'on lui arrachait le bras quand elle essaya de tirer la rame. Les coups de tambour étaient ponctués de coups de fouet. Vani en reçut un sur les épaules.

– Donnez-vous plus de mal ! cria-t-elle à ses camarades. Je suis juste à côté de la chiourme !

Gunnor lâcha son livre. Azzio grogna et posa les mains sur le manche de bois. Même Sirane accompagna le mouvement. L'effort devint collectif. Le navire, d'abord infiniment lent, glissa sur les flots. Près de deux cents rameurs entreprirent de faire bouger la galère.

Au bout de quelques minutes, Vani était déjà en nage. Et elle n'était pas la seule. Des odeurs aigres montèrent, pimentées de sang et sel.

– Je ne vais jamais tenir ! murmura-t-elle.

– Nous gagnons simplement la haute mer, expliqua Gunnor qui ne semblait pas souffrir de l'exercice. Ensuite, ils sortiront les voiles. Nous ne ramerons qu'au moment des combats.

La jeune pirate en fut soulagée.

* * *

Comme Gunnor l'avait prédit, la galère vogua grâce au vent dès qu'ils eurent quitté les abords du port. Vani dormit alors un peu. Plus tard, on leur servit un brouet en guise de déjeuner et de dîner.

Ennuyée par le silence persistant de sa voisine, Vani engagea la conversation avec la femme au tambour.

– Il y a longtemps que vous faites ça ? demanda-t-elle.

– C'est à moi que tu parles ? s'étonna la femme. D'habitude, personne ne m'adresse la parole.

– Les gens sont grossiers, répliqua Vani en coulant un regard de biais à Sirane.

– En même temps, je les comprends, soupira la femme. Ce n'est pas un endroit favorable pour faire des rencontres. Moi, au départ, je voulais être musicienne itinérante. Mais c'est le seul travail qu'on m'a confié. Et toi ? Tu as l'air d'une jeune fille sérieuse. Comment es-tu arrivée ici ?

Vani se pencha sur le ton de la confidence.

– Je suis à la recherche de mon père, chuchota-t-elle.

Elle remarqua néanmoins que Sirane avait dressé l'oreille. La musicienne ouvrit de grands yeux.

– Je viens du Bharat, continua-t-elle, d'un petit village sur la côte, nommé Diu. Ma mère m'a élevée seule parce que mon père était pirate. Quand j'étais petite, elle me racontait les histoires de mon père, Rajesh le Grand. Vous en avez peut-être entendu parler ?

– Euh... Non, pas vraiment, répondit la femme, l'air gêné.

– En tout cas, j'ai grandi en écoutant le récit de ses exploits. Par exemple, la fois où il a sauvé un navire entier d'esclaves. Et celle où il a volé le trésor du sultan pour l'offrir à des pauvres. Je rêvais de le rencontrer et de vivre des aventures à ses côtés ! C'est pour cela que, dès que j'ai eu dix-sept ans, j'ai décidé de suivre sa voie et de devenir pirate. Comme ça, quand je le retrouverai, il pourra me prendre tout de suite dans son équipage. D'ailleurs, je me demande si on va le rencontrer en combattant les pirates...

– J'espère bien que non...

Vani fut surprise par le ton de son interlocutrice.

– Pourquoi dites-vous cela ?

– Oh, pour éviter un combat naval. Ce n'est pas ma partie préférée.

Vani ne fut pas convaincue par l'explication mais elle n'eut pas le temps de revenir sur le sujet car une distraction se présenta.

En effet, la galère passait à côté d'une île composée d'un énorme socle rocheux sur lequel on avait bâti de solides murailles qui semblaient faire partie intégrante de la pierre. Au-dessus se dressaient de magnifiques manoirs reliés entre eux par des arches élancées. Vers le centre s'élevait un palais blanc et bleu, aux vitraux multicolores et aux portes dorées.

– Quel est cet endroit ? demanda-t-elle en admirant le paysage à travers l'ouverture ménagée pour les rames.

– C'est Altabianca, répondit la musicienne.

Vani se tourna vers Azzio.

– Tu n'as pas dit que tu venais de là ?

– Sans doute, fit le baron.

– Tu n'es pas ému de passer à côté de ton île d'origine ?

– Je n'ai rien à voir avec ces riches snobs, répliqua Azzio.

Vani se retint de lui rétorquer qu'il se comportait lui-même comme un riche snob. Elle revint à la percussionniste.

– Vous savez si nous allons encore naviguer longtemps ?

– Encore un jour et nous atteindrons Esperanza.

Vani frétilla d'excitation. Après tout ce temps, elle allait enfin retrouver son père. Il devait avoir de grandes responsabilités dans ce repaire de pirates. Les légendes racontaient que l'île était défendue en journée par les navires des Frères de la côte, tandis que, la nuit, une épaisse chape de brume enveloppait ses rivages et rendait tout débarquement plus que périlleux.

Elle regarda autour d'elle. Sirane se murait dans le silence. Gunnor s'était replongé dans son livre, tandis qu'Azzio faisait la sieste. Ennuyée, Vani dut bien trouver à s'occuper. Elle sortit de sa poche le médaillon arraché à l'attirail métallique dans leur geôle. Il était fait en or blanc et s'ornait d'un dessin sur une de ses faces : une sorte de rune faite de traits gravés dans l'alliage. La jeune femme était incapable de la déchiffrer. Elle leva le médaillon pour mieux l'examiner à la lumière. Il faisait assez sombre au niveau des bancs de rameurs. Le médaillon brilla curieusement.

Tout à coup, une voix excitée retentit derrière elle.

– Oh ! Où avez-vous trouvé cela ?

C'était un rameur du rang précédent. Un homme d'une maigreur squelettique qui aurait été grand s'il n'avait pas été recroquevillé sur sa rame. Ses rares cheveux blonds étaient devenus presque blancs et il ne restait, au milieu de son visage en lame de couteau traversé de rides, que deux billes d'un bleu profond. Il ressemblait un peu à Gunnor et venait sans doute du pays Blanc, lui aussi.

Il tendait vers le médaillon une main constellée de piqûres de moustiques.

– Où ? répéta-t-il.

L'inconnu ne put en dire davantage. Il fut plié en deux par une quinte de toux rocailleuse. Incapable de reprendre sa respiration, il continua de tousser avec des bruits déchirants. Vani eut pitié de lui. Et son sentiment s'accrut quand l'homme cracha du sang. Ses yeux se révulsèrent et il tomba sur le dos de Vani qui poussa un cri de surprise. La femme au tambour frappa plusieurs coups puissants et un garde apparut. L'air ennuyé, il releva la tête du malade du bout de son fouet. Puis il lança quelques ordres secs et un galérien manifestement détaché vint ouvrir la chaîne qui lui liait la cheville. Il posa le corps inconscient sur ses épaules, le soulevant comme un fétu de paille, et l'emporta. Le dos du malade était lui aussi couvert de piqûres. Et les ganglions sous son bras étaient très gonflés.

– Où est-ce qu'il l'emmène ? demanda Vani qui retrouvait enfin la parole après cette scène saisissante.

– Dans la cale. C'est là qu'on met les malades. Celui-là n'en a plus pour très longtemps.

– Je vais voir comment il va ! fit Vani en se dressant.

Soudain, une poigne de fer la fit se rasseoir. Éberluée, la jeune femme comprit que Sirane l'avait arrêtée.

– Ils te fouetteront si tu bouges, glissa cette dernière entre ses dents. Et nous avec. Tu ne peux rien faire pour lui…

Le ton était impérieux. Vani se rassit, bouleversée à la fois par le sort du moribond et par l'intervention de Sirane.

– Ça veut dire que tu nous parles, maintenant ? s'enquit-elle.

Mais l'autre regarda vers la mer et ne desserra plus les dents.

* * *

La nuit passa et, le lendemain, vers la fin du jour, la galère fut en vue d'Esperanza. Au large s'étendait une bande dorée de sable fin, bordée d'une bande de jungle vert émeraude et surmontée du ruban gris d'une falaise sur laquelle était érigée une tour faite d'antiques pierres noircies par les marées et le varech.

– Qu'est-ce que c'est ? demanda Vani, émerveillée.

– C'est le vieux phare, répondit la femme au tambour. Il est abandonné maintenant. Il paraît que le Corbeau noir, le chef des pirates, s'y est installé.

– C'est magnifique !

À cet instant, un cri retentit, chargé d'angoisse.

– Les pirates ! Ils sont là !

Azzio fut réveillé sur le coup et Gunnor leva enfin le nez de son livre. Même Sirane paraissait inquiète. En se penchant, Vani distingua le pavillon noir qui flottait au-dessus d'une goélette. Le navire n'était guère impressionnant. Cependant, il était facile de constater qu'il avançait beaucoup plus vite que la galère.

– À vos avirons ! hurla quelqu'un.

On sortit les rames de leur logement et on les abaissa dans l'eau. Vani eut l'impression que l'énorme manche de bois allait l'envoyer se cogner au plafond. La femme au tambour imprima sur ses peaux une cadence nerveuse. Les rames frappèrent les flots en impacts blanchâtres. Il fallut creuser dans les vagues pour propulser la galère. Peu à peu, le navire prit de la vitesse.

– Cadence de poursuite ! hurla le capitaine.

La dame au tambour accéléra l'allure. Un filet de sueur coulait sur sa tempe, le visage crispé par l'effort. Un frisson parcourut l'échine de Vani. Elle ne voyait rien, se perdait en questions.

– Éperonnage ! s'égosilla le capitaine.

Ils allaient percuter un autre navire ! Mais comment était-ce possible si la galère était déjà poursuivie ?

Soudain, un choc terrible précipita tous les rameurs en avant. Seule la femme au tambour interrompit un instant ses percussions pour se raccrocher au bois et éviter ainsi de chuter.

Vani se redressa, étourdie. Elle avait heurté le dos musculeux du rameur devant elle. La galère était arrêtée. On entendait des cris, des coups, des épées qui s'entrechoquaient.

– À l'abordage ! brailla le capitaine sur le pont.

Vani ne comprenait plus rien. Cet ordre lui semblait venir trop tard puisque les combats avaient déjà commencé.

– Oh, non ! gémit Azzio.

Tout le banc se tourna vers l'ouverture dédiée aux avirons. Un navire pirate arrivait par le travers dans le but de les percuter à son tour. Vani allait crier quand une main se posa en bâillon sur sa bouche. Elle tourna la tête. C'était la femme au tambour.

– Tu es gentille, toi, lui dit-elle doucement. D'habitude, personne ne me cause.

Alors, elle frappa de toutes ses forces sur la chaîne qui reliait Vani à ses camarades. Les maillons volèrent en éclats.

– Je connais le maréchal-ferrant, ajouta-t-elle en guise d'explication. Ses soudures ont toujours une faiblesse. Maintenant, pars avec tes amis avant qu'on nous envoie par le fond.

– Vous ne venez pas ? demanda Vani, émue.

– Mon travail n'est pas terminé. Et puis, je ne sais pas nager.

Elle retourna à son poste, reprenant son rythme obstiné. Et les rameurs poursuivirent leur tâche désespérée pour dégager le navire.

– Viens, on y va, fit Azzio en la poussant vers la travée centrale.

– Mais, et eux ? insista Vani en montrant les autres galériens.

– On ne peut rien faire, répondit Sirane. Ils sont déjà morts…

Vani regarda autour d'elle. La voie était libre pour eux. La plupart des gardes étaient remontés sur le pont pour se battre.

– Au moins, allons chercher le malade, insista la jeune femme.

– Il est condamné, répliqua Gunnor. Tu as vu comme il tousse ?

– Mais…

Vani ne put protester davantage. La coque se fendit soudain dans un vacarme effroyable. Une gerbe d'eau se précipita dans la brèche. Dans le même temps, la galère craqua et se brisa en deux, comme déchirée par le flot salé.

Vani fut recouverte par une puissante vague qui la renversa, cul par-dessus tête, brouillant la notion du haut et du bas. Ses oreilles, noyées, ne lui permirent plus d'entendre le battement régulier de la cadence.

La dame au tambour avait donné son dernier concert.

ÉPISODE 3
ET UNE BOUTEILLE DE RHUM !

Vani vomit une quantité incroyable d'eau salée. La saumure se mêlait à ses cheveux noirs et rejoignait le flot marin. Elle se redressa, étourdie, et fut rattrapée par une main vigoureuse. Elle se tourna pour apercevoir Gunnor qui l'examinait avec prévenance.

– Tu m'as sauvée ! s'exclama-t-elle.

Il hocha la tête, presque surpris. Vani n'en revenait pas ! C'était la première fois que quelqu'un lui sauvait la vie. Jusqu'ici, le voyage depuis son Bharat natal avait été étrangement tranquille. Elle pensait que c'était dû à l'aura de son père, Rajesh le Grand, dont le nom même suffisait à éloigner les malveillants. Sauf dans cette auberge d'Aria. L'un des marins qui s'abreuvaient au comptoir avait ricané en l'entendant demander des nouvelles.

« Rajesh le Grand ? Rajesh le Sanglant, oui ! » s'était-il écrié.

C'était à ce moment-là qu'elle lui avait fracassé un broc de terre cuite sur le crâne.

Et là, après le naufrage de la galère royale, la jeune femme avait frôlé la mort. Elle avait été balayée par la vague, éloignée du navire, la tête maintenue sous l'eau par le courant. Elle avait déjà ingurgité plusieurs litres d'eau de mer quand une poigne terrible l'avait fait remonter à la surface avant de la traîner jusqu'à la rive.

Ne sachant quoi dire, Vani sauta au cou de Gunnor qui eut un geste de recul.

– Merci ! Merci !

– Ce n'est rien, balbutia-t-il. N'importe qui en aurait fait autant.

Avec des gestes précautionneux, il détacha les bras resserrés sur sa nuque et reposa la pirate au sol.

– Je n'aime pas trop qu'on me touche, dit-il en guise d'explication.

– Ah, désolée !

Comme il n'était pas plongé dans un livre, elle en profita pour mieux observer le grand gaillard à la chevelure blonde emmêlée, à la barbe collée par le sel. Ses yeux bleus ressortaient violemment dans son visage couvert de sable humide. Il était nettement plus âgé qu'elle, vingt-cinq ans peut-être. Il semblait accablé par un passé douloureux. En tout cas, Vani soupçonnait un mystère forcément passionnant dans la vie de cet homme du pays Blanc.

Puis elle examina les environs.

– Où sont les autres ?

– Je les ai perdus de vue.

– Bon, on va les chercher !

Et Vani avança sur la plage. Ils s'étaient manifestement échoués sur Esperanza. La nuit tombait et un brouillard impressionnant commençait à se lever autour de l'île, empêchant de distinguer quoi que ce soit au large.

Après quelques secondes, Gunnor se mit à la suivre.

– Comment se fait-il que tu aies quitté le pays Blanc ? demanda-t-elle à brûle-pourpoint.

– Pardon ?

– En général, vous avez la réputation de ne sortir de chez vous que pour aller piller le pays Môn.

– C'est fini. Il y a six mois, le pays Môn a été libéré par un groupe d'aventuriers, la Compagnie Créance.

– J'en ai entendu parler !

Le regard azur de Gunnor se perdit dans le brouillard.

– Cela a été une libération pour moi aussi. Auparavant, ma destinée était d'être un guerrier. Je n'avais pas le choix. Maintenant, nous devons établir de nouvelles relations avec nos voisins. J'en ai profité pour quitter notre île. Je veux devenir un érudit et visiter toutes les bibliothèques du monde !

Il s'était animé en évoquant son projet.

– C'est pour ça que tu lis tout le temps ?

– J'ai beaucoup de retard à rattraper. Tout ce temps passé à m'entraîner au métier des armes…

Il eut une grimace de dégoût. Puis un souvenir lui vint.

– J'ai perdu mon livre pendant le naufrage. Je ne connaîtrai jamais la fin du *Jeu des Couronnes*…

Comme il avait l'air triste, Vani voulut lui tapoter le dos avant de se souvenir qu'il n'affectionnait guère le contact.

– Je suis désolée, dit-elle. J'espère que tu ne regrettes pas de m'avoir sauvée à la place de ton bouquin !

Gunnor soupira sans répondre.

– Hé ! s'exclama-t-elle, choquée.

Mais l'homme du pays Blanc lui adressa un sourire dans sa barbe.

– Je découvre que tu as un peu d'humour, sourit-elle à son tour. C'est une bonne chose à savoir.

À cet instant, des cris montèrent du brouillard. Il devait y avoir des barques qui exploraient la crique, sans doute à la recherche de survivants. Vani se préparait à les appeler quand Gunnor plaqua une main sur sa bouche, la souleva et l'emporta loin du rivage.

Il était si fort qu'il ne paraissait fournir aucun effort pour la porter. Très vite, ils gagnèrent le couvert des arbres et l'obscurité les enveloppa. Le guerrier pataugea dans une sorte de marécage planté d'arbres.

Après une longue course, il se décida enfin à relâcher Vani.

– Pourquoi as-tu fait ça ? demanda-t-elle. Ils allaient nous aider !

– Je pense que tu te fais une idée fausse de ce qu'est un pirate. À mon avis, ils venaient capturer ou achever les survivants du naufrage.

– Mais je suis la fille de…

– Ils ne le savent pas. Et moi, je ne suis pas un pirate. Je n'ai pas envie de tomber entre leurs mains. Rappelle-toi que ce sont eux qui ont coulé notre galère.

– Ils nous ont libérés !

– Tout le monde s'est noyé sauf nous, Vani, martela Gunnor. Ils ne sont pas nos amis. Crois-moi, j'ai participé à assez de pillages et de raids.

Son ton était si convaincu qu'elle n'insista pas. Il avait sans doute raison. Pour l'instant, mieux valait éviter les pirates.

Ils avancèrent donc au milieu de la mangrove. Les troncs étaient soulevés au-dessus de la surface, perchés sur leurs racines qui plongeaient dans le flot noir. Des odeurs de vase et de pourriture montaient du sol. Vani sentait ses pieds s'enfoncer dans un limon gluant. L'eau était de plus en plus profonde. La jeune femme en eut d'abord jusqu'aux genoux, puis à la taille, puis à la poitrine.

– Je ne vais pas y arriver, dit-elle.

Dans le soir couchant, on entendait des cris d'oiseaux, les craquements des fûts noirs, des clapotis inquiétants. Elle crut même apercevoir deux yeux lumineux qui la fixaient. Quelques poissons ou autres filèrent entre ses jambes. Le froid et la peur montaient en elle.

– On risque de se faire dévorer si on continue !

La peau blanche de Gunnor demeurait très repérable dans l'obscurité. La lune était toujours visible dans le ciel et plongeait la jungle humide dans une clarté fantomatique.

– Attends, indiqua le guerrier. Je peux ?

L'arrachant à la boue, il la hissa sur ses épaules.

– C'est mieux ?

Elle avait l'impression d'être une petite fille, portée par son grand frère.

– Mais, et toi ?

– Je suis plus gros que toi. Ils mettront plus de temps à me dévorer.

Elle tenta de déterminer s'il plaisantait mais dut renoncer. De ses cuisses puissantes, Gunnor progressait dans le marécage, repoussant les eaux lourdes qui se plissaient devant lui. Des lentilles d'eau ondulaient sur son passage et, parfois, des bulles nauséabondes venaient crever la surface.

Vani examinait les environs, soulagée de ne plus avoir à marcher. Ses jambes tremblaient de fatigue. Elle essayait de repérer toutes les menaces potentielles. Au bout d'un moment, elle avisa une ombre étrange devant eux. L'eau n'avait plus aucun reflet et ne bougeait pas.

– Va plutôt par là, indiqua-t-elle.

Par réflexe, elle serra les jambes pour diriger le guerrier-érudit.

– Je ne suis pas un cheval, protesta-t-il.

– Désolée.

Il bifurqua néanmoins sur le côté. Une fois rapprochée, Vani reconnut des planches de bois clouées aux racines émergées des palétuviers. Elles formaient un chemin au sec. La jeune femme mit le pied sur le sol solide avec soulagement. Un ponton s'enfonçait dans l'ombre. Gunnor la rejoignit.

Ils marchèrent donc sur les lattes craquantes. Vani, transie, se demandait où ils allaient atterrir. Elle n'eut pas à se poser la question longtemps. Une cabane sur pilotis se dessinait dans le lointain. Ils approchèrent avec lenteur et prudence.

Une sorte de tronc crevassé était étendu en travers de la porte. L'air portait des odeurs d'épices. Affamée, Vani enjamba l'obstacle et écouta à la porte.

– Nous recherchons un homme très beau, grand et blond comme les blés, avec des yeux magnifiques qui rappellent la banquise, un corps athlétique et bardé de muscles, disait la voix d'Azzio.

– Demande aussi pour Vani, ajouta la voix de Sirane.

Vani se réjouit. Leurs compagnons étaient vivants ! Et, en plus, ils avaient pensé à elle !

– Ah, oui, et il y a aussi une jeune fille très bavarde, d'une énergie épuisante, un peu naïve.

Vani se tourna vers Gunnor pour le prendre silencieusement à témoin de ce portrait indélicat. Sirane devait également juger qu'il n'était pas suffisant car elle prit le relais :

– Elle est petite, souple, musclée. La peau brune des habitants du Bharat. Une boucle à la narine. Cheveux noirs, courts, ébouriffés avec une mèche violette. Tatouée. Des yeux marron…

C'en était trop. Vani ouvrit la porte d'un coup et proclama :

– Mes yeux sont noisette ! proclama-t-elle. Et pailletés d'or, selon ma mère !

Elle n'en dit pas davantage devant l'étrange spectacle qui s'offrait à elle. La cabane était affreuse. Du sol au plafond, les murs de bois étaient peints de têtes de mort grimaçantes. Des amulettes et des crânes d'oiseau étaient pendus à des fils.

Sirane et Azzio se tenaient assis en tailleur devant un corps allongé sur une horrible paillasse. Une quatrième silhouette était penchée au-dessus. C'était une femme d'âge mûr, visiblement nue, le visage couvert d'un masque morbide.

– Tiens, fit-elle d'une voix rauque, vous n'avez pas eu peur de Frederico ?

– Frederico ? demanda Gunnor en pâlissant.

– Mon alligator. Il se tenait devant la porte.

Vani faillit se sentir mal. C'était donc cela le tronc qu'elle avait enjambé ! Elle se précipita à l'intérieur, attira Gunnor à elle et referma la porte.

– Il est apprivoisé, précisa l'inconnue.

Sirane s'était levée.

– Vous êtes vivants...

Elle ne semblait pas vraiment y croire. Comme elle restait les bras ballants, Vani n'eut pas la même pudeur. Elle fonça sur elle et la serra dans ses bras.

– Ah, quel soulagement ! C'est le destin qui nous a réunis !

Puis, voyant qu'Azzio se tournait vers Gunnor, elle se jeta sur le baron et l'embrassa à son tour.

– Gunnor n'aime pas qu'on le touche ! lança-t-elle.

– C'est bien ma veine, grommela Azzio en se rasseyant.

Vani s'assit, heureuse de ces retrouvailles. Pendant un moment, elle avait craint que ses compagnons ne se soient noyés.

– Comment êtes-vous arrivés là ? demanda-t-elle.

– Eh bien, fit Azzio, au moment du naufrage, nous avons entrepris de nous sauver. Mais Sirane a tenu absolument à aller chercher le malade du pays Blanc.

Sirane rougit quand les regards se posèrent sur elle.

– Je savais que tu avais bon cœur ! s'exclama Vani.

– Ça n'a pas été facile, enchaîna le baron, la galère prenait l'eau de toutes parts. Mais nous avons mis la main sur le moribond et nous l'avons emmené avec nous. Nous avons pu nager jusqu'à la plage. Là, Sirane a exigé de vous attendre...

Vani sourit de nouveau.

– Je savais que...

– Arrête, lui intima Sirane, empourprée.

– Cependant, reprit Azzio en ignorant l'interruption, les pirates recherchaient des survivants dans la baie. Nous avons dû nous mettre à l'abri dans la mangrove. Je pensais que nous allions nous perdre mais il se trouve que Sirane se repère particulièrement bien.

Cette fois, la jeune femme se détourna et remonta sa capuche sur sa tête.

– Et nous avons découvert la cabane de Ska.

Un raclement de gorge indiqua qu'il désignait ainsi la femme au masque de mort.

– Vous avez fini de bavarder ? demanda cette dernière d'une voix cassée. J'ai quelqu'un à soigner, moi !

Et elle se pencha sur le corps étendu. C'était celui de l'homme du pays Blanc. Il ne semblait pas en grande forme. Son teint était encore plus pâle qu'avant, il virait même au jaunâtre. Sa peau était toujours constellée de piqûres et les ganglions de ses aisselles demeuraient enflés. Enfin, le malheureux tremblait, transpirait, pris par une fièvre dévastatrice.

– Je ne peux rien pour lui, soupira Ska. La maladie a envahi son corps. Ce n'est pas une simple fièvre. Cela ressemble plus à une peste…

Au moment même où elle prononçait ces mots, la main du malade se dressa, comme mue d'une vie propre, et saisit le poignet de Vani qui poussa un petit cri de surprise.

– La rune ! siffla l'homme. Montrez-la-moi !

Vani mit un instant à comprendre de quoi il voulait parler. Puis, de sa main libre, elle fouilla dans les poches de son pantalon et en sortit le médaillon.

– Je l'ai découvert dans notre cellule, expliqua-t-elle. À côté des lamelles de fer.

Elle présenta la face gravée d'une rune. L'homme la regarda, les yeux exorbités.

– Oui… oui, murmura-t-il.

Il semblait incapable d'en dire davantage. Gunnor se pencha sur l'objet.

– Puis-je… ?

Vani le lui donna et le guerrier examina l'inscription.

– Cette rune désigne le champion de Vik.

– Le champion de Vik ? fit Azzio. Je n'en ai jamais entendu parler…

– Vik est un petit village de la côte occidentale du pays Blanc, expliqua Gunnor. Je viens de cette région, moi aussi.

Il avisa le malade mais ce dernier s'était évanoui.

– Pouvez-vous le ranimer ?

La dénommée Ska, qui était manifestement une sorcière, grommela dans son masque.

– Est-ce que vous avez de quoi me payer ?

– Je peux vous signer une reconnaissance de dette, répondit Azzio.

– Non, je veux quelque chose que je peux consommer tout de suite.

– De quoi parle-t-elle ? demanda Vani à l'oreille de Gunnor.

– Je pense qu'elle parle de l'herbe qui brûle dans le récipient, là-bas, indiqua ce dernier à voix basse.

– Alors c'était ça, l'odeur bizarre en entrant !

Azzio s'éclaira soudain.

– Ah, de la mandragore… ! Mais j'en ai !

Il fouilla dans une poche de son manteau et en sortit un petit sachet de toile.

– Je la gardais pour une bonne occasion. C'est peut-être encore un peu humide et…

Il n'eut pas le temps de terminer. Les mains avides de la sorcière raflèrent le butin.

– J'ai besoin de quelques minutes, prévint-elle.

Elle se tourna vers un coin de sa cabane et commença à faire chauffer des ingrédients. Des odeurs étranges s'élevèrent.

Les quatre naufragés restèrent autour du malade évanoui. Un silence passa.

– Je suis trop contente que vous ne soyez pas morts ! déclara soudain Vani.

– Tu crois qu'on ne se réjouit pas d'être en vie ? demanda Azzio.

Il donna un coup de coude à Sirane qui le fusilla du regard sous sa capuche.

– Dites-moi, fit Gunnor, hésitant, vous n'auriez pas rencontré une bête avec des yeux brillants sur votre route ?

– Oh, si ! La sorcière nous a dit qu'il s'agissait d'Endoro, le protecteur de l'île. C'est une créature aquatique très puissante, paraît-il.

Vani eut un frisson rétrospectif.

– C'est prêt, annonça Ska d'une voix réjouie.

Elle s'avança avec un bol de terre remplie d'un liquide boueux. Elle redressa la tête du malade et lui fit boire doucement le contenu.

– Cela va lui donner la force de vous parler, expliqua-t-elle. Mais, ensuite, il retombera dans l'inconscience et n'en sortira plus.

Pendant quelques instants, il ne se passa rien.

Tout à coup, les yeux du mourant s'ouvrirent, les faisant tous sursauter. Son buste se redressa, comme rabattu par une planche.

– Mon village, dit-il d'une voix absente. Mon village va disparaître.

– Que s'est-il passé ? demanda doucement Gunnor.

– Des hommes-rats sont apparus, répondit l'homme sans le regarder, les yeux perdus dans le vague. Nos guerriers les ont combattus mais ils sont tombés malades. La pestilence...

Azzio recula légèrement, de même que Sirane.

– Nous mourrions. Alors, nous avons eu l'idée de trouver un champion... Un champion qui ne tomberait pas malade... J'ai été envoyé à Kniga pour faire construire un homme de métal, un automate... J'ai trouvé quelqu'un à Aria qui a accepté de s'en occuper. Mais, au moment de repartir pour mon village, j'ai été piégé... Le champion a été jeté en prison...

Vani posa une main sur sa bouche, effarée. Voilà d'où venaient les morceaux de métal dans la prison. Ils avaient démantelé le champion de Vik pour se fabriquer des outils ! Une vague de honte s'empara d'elle.

Elle lança un regard muet à ses camarades qui avaient saisi aussi la portée de leurs actes.

– Aidez-moi, supplia le moribond. Vous portez la rune de Vik. C'est à vous qu'il revient de sauver mon village !

– Eh bien, nous n'avons pas envoyé la pestilence sur votre village non plus, argumenta Azzio.

– Mais on a tué leur champion ! s'exclama soudain Sirane, sortant de sa réserve.

– Si nous avons pu le démonter aussi facilement, il devait déjà être abîmé, non ? Et puis, personne n'est originaire de Kniga ici. Aucun d'entre nous ne sait fabriquer un automate !

– On porte le médaillon, c'est un signe ! protesta Vani.

Elle luttait contre une terrible culpabilité, revoyant les gestes qu'elle avait effectués pour arracher des lamelles de métal. Autant défoncer une cage thoracique !

Tout à coup, Gunnor, qui était resté silencieux jusque-là, se pencha sur le moribond et lui demanda :

– Dis-nous comment tu t'appelles.

– Swainn.

– Nous allons faire tout notre possible pour sauver ton village.

Un pâle sourire flotta sur les lèvres du dénommé Swainn. Puis ses traits se durcirent.

– Jurez-le, siffla-t-il. Jurez-le. Sur le fleuve des morts !

– Non, c'est trop dangereux ! s'écria Azzio.

– Je fais le serment de tout mettre en œuvre pour sauver Vik, déclara solennellement Gunnor sans montrer la moindre hésitation.

– Moi aussi ! ajouta Vani, vibrante.

– Moi aussi... répéta Sirane d'une voix d'outre-tombe.

– Et voilà, ils l'ont fait ! déplora Azzio en se frappant les cuisses. Vous savez à quoi vous vous engagez ? Si vous ne respectez pas les termes du serment, votre âme errera pour l'éternité sur le fleuve des morts !

Les autres le regardaient, attendant sa décision. Le baron leva les yeux au ciel.

– De toute façon, mon âme est déjà perdue depuis longtemps, marmonna-t-il. Je jure aussi.

– *Né Stuka*! dit Swainn pour conclure la transaction.

– *Né Stuka*, répétèrent les quatre d'une même voix.

Alors, l'homme du pays Blanc roula des yeux une dernière fois et son torse retomba en arrière.

Il était mort.

* * *

Les quatre compagnons passèrent la nuit dans la cabane de la sorcière. Azzio dut sortir un autre paquet d'herbes humides de son manteau pour payer leur séjour.

Ils brûlèrent le corps de Swainn au matin. La fumée piquait les yeux de Vani qui pleura doucement. Elle se réfugia contre le torse de Gunnor qui, après un raidissement, la serra comme un grand frère.

Au moment du départ, Ska, encore embrumée par les substances, attrapa Sirane par le bras et lui dit :

– Je sais qui tu es !

La jeune femme d'Aqabah lui rendit son regard avant de se dégager sèchement. Vani assista à la scène sans oser poser de questions. Elle remercia la sorcière et le groupe prit congé.

Ils se mirent en route, enjambant Frederico qui somnolait, impassible, sur le chemin de planches. Le ponton se prolongeait encore à travers la mangrove. Personne ne parla sur le trajet. Ils étaient graves. Même Vani demeura muette.

– Je n'en reviens pas d'avoir juré sur le fleuve des morts d'aider ce type inconnu, marmonna soudain Azzio.

– Personne ne t'a forcé, répliqua Sirane, de mauvaise humeur.

– À d'autres ! Tout le monde me regardait, me jugeait. Pour quoi serais-je passé si j'avais refusé ?

– Un lâche, répondit tranquillement Gunnor. Un égoïste.

– Jusqu'ici, j'ai toujours été lâche et égoïste, soupira le baron. Vous avez une très mauvaise influence sur moi.

Vani sourit.

– On dirait qu'on est engagés dans une quête, déclara-t-elle.

* * *

Finalement, quand, après quelques heures de marche, ils sortirent du couvert des arbres, quand ils retrouvèrent la terre presque ferme et une atmosphère moins humide, ils aperçurent un sentier boueux qui conduisait à un village de cabanes faites de bric et de broc. Seul un grand bâtiment blanc dépassait en hauteur les baraques misérables.

– Vous pensez que c'est une bonne idée de se jeter dans un village rempli de pirates ? demanda Azzio.

– N'oublie pas que je suis la fille de Rajesh le Grand ! rappela Vani en bombant le torse. Personne ne vous attaquera tant que vous serez avec moi.

Tout en parlant, elle sentait l'excitation l'envahir. Enfin, elle allait peut-être revoir son père. Ou en tout cas retrouver sa trace ! Un frisson d'appréhension lui remonta le long de la colonne vertébrale. Depuis le temps qu'elle rêvait de ce moment !

Elle entendit à peine Azzio et Gunnor qui la suppliaient de réfléchir à un plan pour quitter l'île. Son pas s'accéléra, au rythme des battements de son cœur, au point que ses camarades eurent du mal à la suivre. Elle pénétra dans le baraquement, l'esprit léger. Après le décès de Swainn la nuit précédente, elle avait besoin d'une bonne nouvelle.

Les baraques étaient un mélange de délabrement avancé et d'ornementations luxueuses. Sur des planches vermoulues, on avait accroché des tentures magnifiques, des vêtements de soie, des bijoux superbes, comme si on avait cherché à cacher la misère sous une apparence de luxe.

Des voix avinées chantaient au loin, sans doute dans le bâtiment blanc. Dans la rue, quelques personnes s'étaient effondrées dans la boue, terrassées par l'ivresse. D'autres titubaient dangereusement, au point qu'il était presque impossible de les croiser sans leur rentrer dedans, malgré la largeur de la rue.

N'y tenant plus, Vani aborda un pirate qui ne semblait pas trop éméché, même s'il tenait une bouteille de rhum dans chaque main.

– Bonjour, dit-elle. Je cherche le capitaine Rajesh le Grand.

Sa voix tremblait en prononçant ces mots. Son interlocuteur ne parut pas la comprendre sur-le-champ. Il lui fallut un moment pour réagir.

– Rajesh ? répéta-t-il, l'œil vitreux.

Vani acquiesça. Il cracha alors au sol avec mépris.

– Que Dagan le maudisse ! Rajesh le Sanglant est mort !

ÉPISODE 4
AUX SOMBRES HÉROS DE LA MER

– Ça va ? demanda Gunnor.

Depuis de longues minutes, Vani ne disait plus rien. Elle regardait dans le vide. Malgré tous ses efforts, elle ne parvenait pas à sortir de sa torpeur. Ce qu'elle avait entendu sur son père était impossible. Rajesh le Sanglant ? Non ! Elle refusait ces termes.

– Il ment ! s'exclama-t-elle. Il ment !

Gunnor, ennuyé, ne répondit pas. Il tenait à peine debout dans la petite cahute où Vani s'était réfugiée. Ses longs cheveux se prenaient sans cesse dans les échardes des poutres.

Soudain, la jeune femme attrapa le pirate qui dormait en ronflant sur le sol. Avec une force étonnante, elle l'obligea à se redresser et le secoua.

– Hein ? Quoi ? bava-t-il.

– Tu as menti, avoue ! s'emporta Vani.

L'ivrogne semblait complètement perdu.

– Mon père ! hurla Vani. Rajesh !

Le visage rubicond s'éclaira.

– Ah, oui ! Le Sanglant !

Gunnor intervint avant que Vani ne gifle le pirate.

– Vous disiez qu'il était mort, je crois.

Le pirate pouffa.

– Évidemment ! On n'en pouvait plus de lui. Certes, notre métier consiste à terroriser les populations, mais il y a des limites à la cruauté. Surtout quand on s'en prend aux autres pirates !

Il se pencha en avant, comme pour une confidence :

– On a saboté son navire quand il a fait escale ici.

Vani voulut se lever mais Gunnor la maintint de force sur son banc. Le pirate continuait de ricaner comme à une bonne blague.

– On a prévenu son équipage pour que ses marins puissent s'enfuir.

– Et vous êtes certain qu'il a coulé ?

– Oh, oui ! On l'a suivi de loin, notamment pour récupérer les hommes. On n'est pas des barbares !

– Et où le naufrage a-t-il eu lieu ?

– Dans l'océan des Fantômes.

Le guerrier plongea ses yeux bleus dans ceux, vagues, du pirate.

– Tu y étais, n'est-ce pas ?

– Non, mais j'ai des amis qui ont assisté à ça ! Tout le monde en parlait !

– Quelles sont les coordonnées du lieu de naufrage ?

– Je ne...

Contre toute attente, Gunnor esquissa un bon sourire.

– Tu as devant toi la fille de Rajesh. Elle tient à rendre hommage à son père. Tu peux lui offrir cela. Le règne de terreur de Rajesh le Sanglant est terminé. Les Frères de la côte l'ont emporté. Le temps de l'apaisement est venu.

Alors, le pirate murmura des mots que Vani ne comprit pas. Elle assistait à cette scène, luttant pour ne pas intervenir, pour ne pas frapper violemment le pirate ivre qui osait insulter la mémoire de son père !

À cet instant, quelqu'un entra dans la cabane. Azzio effectua quelques pas sur le tapis et baissa les yeux avec un murmure appréciateur.

– Mmmh. C'est un tissage d'Aqabah, non ? Je reconnaîtrais ce moelleux partout…

Le noble se tourna vers Gunnor.

– Comment va Vani ?

– Toujours sous le choc.

Azzio se pencha vers elle.

– Ma chérie, dit-il avec toute la patience dont il était capable, il est temps de partir d'ici. Les pirates vont bientôt comprendre qui nous sommes et ils s'empresseront de nous prendre en otages.

– Tout ça, c'est parce que tu es riche ! répliqua Vani, boudeuse.

– J'en conviens, concéda Azzio.

Il adressa un signe du menton à Gunnor. Sans attendre, celui-ci saisit la jeune femme par la taille et la déposa sur son épaule. Ils quittèrent la cabane. Dehors attendait Sirane. Elle écarquilla les yeux.

– Est-ce que tu lui as demandé avant de la soulever ?

– Euh, non. Il fallait sortir rapidement. Azzio…

– Demande à Vani si elle est d'accord pour que tu la portes de cette manière.

– Nous perdons un temps précieux, tenta le noble.

Sirane le fusilla du regard. Gunnor hissa la jeune femme par les aisselles et la tint devant lui à bout de bras.

– Vani, vois-tu un inconvénient à ce que je te porte pendant les prochaines minutes ?

La jeune pirate ne répondit pas. Elle entendait les questions, mais elle ne se sentait pas la force de répliquer. Ni de marcher, d'ailleurs. Elle secoua juste la tête négativement. Ainsi, son père était bien mort. Et ce n'était pas un capitaine au grand cœur. Il terrorisait les populations.

Le groupe accéléra le pas en direction de la mer. Il y avait une petite crique un peu plus loin dans laquelle mouillait le bateau le plus étrange qu'ils aient jamais vu.

Déjà, ses flancs étaient cintrés au milieu et renforcés par des coins. Le navire, assez plat, comportait, au milieu du pont, sur toute sa longueur, un large chevalet portant des cordes. Ces dernières permettaient de manœuvrer les voiles avec un équipage très restreint grâce à une série de poulies et de manivelles.

Mais le plus étonnant était encore l'étrave du vaisseau. La coque était arrondie à l'avant et à l'arrière. Cependant, vers la proue, elle se prolongeait d'un gros manche aménagé en passerelle. Celle-ci, tendue au-dessus des flots, permettait d'accéder à la tête du vaisseau. Le véritable front commençait ici, tel un bout-dehors d'un nouveau genre, avec un bloc de volutes qui équilibrait le navire en replongeant dans l'eau.

Le bois était décoré de deux dauphins peints, l'un rouge et l'autre jaune. Et l'on pouvait lire le nom du navire à l'arrière en belles lettres noires : *Stradivari.*

En l'apercevant, Vani eut un coup au cœur.

– Il est magnifique ! s'exclama-t-elle.

Petite, elle avait rêvé de bateaux aussi originaux.

– Nous allons l'emprunter, déclara Azzio.

– C'est vrai ? Oh, chic !

Gunnor ne semblait pas partager l'enthousiasme de la jeune femme.

– Vous êtes sûrs ? Il doit appartenir à quelqu'un.

– Il n'est pas gardé, précisa Sirane. Si on veut partir d'ici, c'est la seule solution.

Dans le même temps, elle regardait derrière elle d'un air traqué. Vani, qui avait retrouvé un brin d'énergie, sauta à terre. Elle vacilla légèrement, fut rattrapée par Gunnor et tituba sur la jetée qui menait au *Stradivari*. Sa main effleura la coque de sycomore, noircie au brou de noix.

– Bon, c'est toi la pirate, s'impatienta Sirane. Tu peux diriger un navire comme celui-là ?

Vani monta à bord et découvrit le pont. C'était encore mieux que tout ce qu'elle aurait pu imaginer. Des écoutilles en forme de demi-lune étaient pratiquées dans le plancher pour accéder à la cale. Le chevalet comportait un nombre incroyable de leviers et de manivelles, chaque commande était renseignée par un petit cartouche.

Vani actionna l'une d'elles et un mât se leva au centre. Puis elle tourna un autre moulinet et les voiles se déployèrent. Finalement, le *Stradivari* comportait une grand-voile d'avant au tiers sur vergue, une petite voile d'arrière bordée sur une queue de malet et un foc établi à l'avant.

Tout cela était entièrement coordonné par des cordes métalliques qui permettaient à une seule personne de diriger le voilier sans le secours d'un équipage.

– Attention ! signala Sirane, toujours aux aguets, il y a quelqu'un qui vient !

En effet, des pirates avaient sans doute remarqué l'érection des mâts et approchaient prudemment pour évaluer la situation. Vani les vit et son sang ne fit qu'un tour. On ne lui reprendrait pas ce navire.

– Larguez les amarres ! hurla-t-elle. Et levez l'ancre !

Azzio leva des mains impuissantes.

– Je suis riche ! Je ne sais rien faire !

Cela importait peu. Sirane avait déjà commencé à détacher le nœud qui retenait le navire à la jetée. Vani désigna à Gunnor le levier qui actionnait l'ancre.

Les gros muscles du guerrier soulevèrent la chaîne qui tenait le grappin.

Pendant ce temps, Vani hissait la vergue. Elle n'avait jamais navigué mais, heureusement, elle avait écouté les marins de Bharat et elle connaissait tous les termes indiqués sur les cartouches.

Comprenant ce qu'il se passait, les pirates demeurèrent un moment ahuris.

Mais c'est nous les pirates ! semblaient dire leurs regards éperdus. Comment peuvent-ils nous voler un navire ?

Ce répit permit au *Stradivari* de s'éloigner de la jetée et de gagner lentement le large. Au final, les quatre compagnons n'essuyèrent que quelques flèches qui se plantèrent dans la coque. Vani s'empressa d'aller les ôter et chercha de quoi protéger le bois blessé.

– Les brutes ! soupira-t-elle.

Elle avait un regain d'énergie. D'un pas assuré, elle descendit dans la cale, remarquant que les écoutilles étaient ornées de rosaces extrêmement fines. En bas, la cale à poisson avait été transformée en une cabine assez vaste qui comportait pas moins de six couchettes, une cambuse vide et une maïence.

– On a de quoi faire la cuisine ! se réjouit-elle.

Sirane, qui était descendue aussi, grimaça :

– Il n'y a rien à manger. On va mourir de faim...

Vani refusait de se laisser atteindre par les remarques de Sirane. Cette découverte du *Stradivari* lui avait redonné confiance en l'avenir. Elle méprisait les bavardages d'un pirate imbibé d'alcool. Son père ne pouvait être Rajesh le Sanglant. C'était impossible. On avait menti sciemment pour la tromper. En tout cas, elle finirait par faire le clair sur toute cette histoire !

Rassérénée, elle remonta sur le pont.

– Je ne crois pas qu'ils nous suivent, indiqua Azzio qui scrutait l'horizon.

Le vaisseau filait. Déjà, Esperanza disparaissait.

– Direction l'océan des Fantômes ! s'écria joyeusement Vani.

– Pardon ? demanda Gunnor, dont le vent rabattait les cheveux blonds sur le visage. Pourquoi est-ce qu'on irait là-bas ?

– Mais pour trouver les traces de mon père ! Tu n'as pas entendu le pirate ?

– Vani, fit l'érudit, nous venons de jurer sur le fleuve des morts.

– Et alors ?

– Si nous ne respectons pas notre engagement, nos âmes seront vouées à errer pour l'éternité sur le fleuve des morts.

Vani sentit un frisson lui courir le long de la colonne vertébrale.

– Je pensais qu'Azzio exagérait. Il a tendance à dramatiser les choses…

– Pas cette fois, ma chérie ! répliqua le baron. Je n'en reviens toujours pas que vous m'ayez entraîné dans cette aventure ridicule.

Sirane intervint de son ton sépulcral :

– Ridicule ou pas, nous devons maintenant sauver Vik le plus rapidement possible. Il ne faut surtout pas mourir avant d'avoir honoré notre serment…

Cette fois, un filet de sueur coula entre les omoplates de Vani. Elle avala difficilement sa salive.

– Bon, dit-elle enfin, occupons-nous de Vik. Mon père attendra.

– D'autant que le pays Blanc se trouve dans l'océan des Fantômes, indiqua Gunnor.

Un grand sourire se dessina sur le visage de Vani.

– Mais on ne va pas y aller tout de suite, dit Azzio, douchant ses espoirs. Tout a commencé à Aria. On doit voir si on peut retrouver la trace de l'automate là-bas, non ?

Les autres approuvèrent. Vani se joignit à eux avec un léger retard.

– D'accord, fit-elle. Retournons à Aria.

– Où on nous attend sûrement pour nous tuer, précisa Sirane, lugubre. Mais, avec un peu de chance, on sera morts de soif avant…

* * *

Sirane n'avait pas tort.

Vani passa la journée à guider le navire sur la mer de la Morsure. Elle avait fouillé le *Stradivari* de fond en comble et découvert des instruments de navigation. Elle réussit donc à suivre le cap d'Aria.

Elle n'aimait rien tant que grimper en haut de la vergue et observer le flot étale aux alentours. Le voyage était encore plus agréable que l'aller en galère. L'absence de chaîne aux chevilles y était pour beaucoup.

Cependant, vers le soir, alors que les vents étaient favorables et que le voilier glissait harmonieusement sur les ondes, Vani sentit la faim faire gargouiller son ventre. Pire, il n'y avait pas d'eau non plus à bord.

Ce fut à cet instant que, dans les lueurs du ponant, s'éleva une île rocheuse d'où dépassaient des murailles et des arches.

– Altabianca ! s'écria Vani.

Elle glissa le long du mât et atterrit sur le pont. Azzio arrivait déjà sur elle, l'air inquiet.

– Ne me dis pas qu'on va faire escale là-bas ?

– C'est ton île d'origine, non ? On n'a pas pu s'y arrêter en galère. C'est l'occasion !

Le noble leva un doigt.

– Non, dit-il. Non, non, non, non !

– J'ai l'impression qu'il n'a pas envie d'y aller, glissa Sirane, accoudée au bastingage.

– Mais pourquoi ? demanda candidement Vani. Tu as peut-être de la famille à voir !

– Je ne mettrai pas les pieds sur cette île ! Vous m'entendez ?

– Nous devons faire provision d'eau, insista Gunnor. Et nous n'avons aucune nourriture…

– Il y a Altanegra, n'est-ce pas ?

– Cette île est très au midi, sourcilla Vani. Cela ferait un gros détour. Je ne comprends pas. Pourquoi refuses-tu absolument de… ?

Elle ne put achever sa question. Sirane, toujours attentive, montra un point devant la proue.

– Là…

C'était un petit navire militaire. Et il se dirigeait droit vers eux.

– On va se retrouver dans une nouvelle galère ! gémit Azzio en agitant ses tresses.

– Bah, on a déjà connu ça ! éluda Vani.

– Permets-moi de te rappeler que nous sommes à bord d'un navire volé, susurra le noble.

– Évidemment, dit comme ça...

Mais il était trop tard pour se dégager. L'embarcation s'approcha et aborda le *Stradivari*. Sirane déplaça discrètement sa main vers le couteau qu'elle avait récupéré sur Esperanza et qui ne la quittait jamais. Pour le reste, le groupe ne possédait aucune arme. Vani jugea bon de ne pas le souligner : Azzio était déjà suffisamment à cran.

Même Gunnor semblait redouter cette rencontre. Il serrait les poings, contractait les épaules, prêt à bondir. Ses réflexes de guerrier reprenaient le dessus. Finalement, Vani sentit que son cœur battait plus fort. Ils avaient échappé de justesse aux pirates et aux galères, ce n'était pas pour être capturés par les autorités d'Altabianca.

Une main se posa sur le bastingage. Une grosse pogne couturée de cicatrices. Puis un visage barbu apparut avec deux yeux clairs qui avaient la couleur de la mer.

– Je suis le capitaine de la garde. Mon nom est Rosso, dit-il en mettant un pied sur le pont.

Dans un silence de mort, il scruta les quatre compagnons, la main sur le pommeau de son épée. Vani déglutit avec difficulté. Le capitaine ouvrit finalement la bouche :

– Bienvenue à Altabianca.

Vani se détendit. Elle repéra, du coin de l'œil, que les épaules de Gunnor se relâchaient. Rosso sourit un peu puis son visage redevint grave.

– Vous êtes en retard.

– Pardon ? demanda Gunnor.

– Nous vous attendions avant le coucher du soleil.

– Pardon, répéta Gunnor d'un ton qui oscillait entre la question et l'affirmation.

– Nous allons vous guider jusqu'au port. Mon bateau va vous remorquer.

Sans attendre de réponse, il redescendit sur son navire. Les compagnons échangèrent un regard inquiet.

– Vous avez compris ce qu'il disait ? interrogea Vani.

– Les mots, oui, répondit Gunnor.

– En tout cas, trancha Azzio, il est hors de question que je mette un pied sur l'île. Je resterai à bord du vaisseau.

Sirane réfléchissait.

– Ce sera peut-être l'occasion de prendre de la nourriture. À moins que ce ne soit un piège pour nous égorger…

Vani secoua la tête.

– Mais non ! Il était tout content de nous voir !

– Tu n'as pas l'air très familière avec le concept de mensonge, persifla Azzio. En Altabianca, tu ne tiendrais pas une heure.

– Mais qu'est-ce qui t'est arrivé pour que tu détestes la principauté à ce point ? interrogea Sirane, curieuse.

Azzio croisa les bras et s'enfonça dans le mutisme.

Pendant ce temps, le *Stradivari* pénétrait dans le port. L'endroit était rempli d'une clameur de marins transportant des caisses de marchandises. Tout un ballet parfaitement réglé se déroulait sur les quais. Le voilier fut amarré en un temps record. Une planche fut amenée pour le débarquement.

– Tu ne viens pas, alors ?

Azzio se détourna.

Vani n'avait pas vraiment le choix. Elle quitta le bord, accompagnée de Gunnor et Sirane. Le capitaine Rosso ouvrit la marche et les conduisit à travers un dédale de ruelles avec des maisons en briques et du linge pendant aux fenêtres.

Plus loin, ils traversèrent une place pavée de mosaïques dont les bâtiments rivalisaient de luxe, chacun étant marqué par l'architecture d'un pays. Vani repéra même l'ambassade du Bharat : en marbre blanc, avec une coupole centrale, entourée de quatre pavillons ajourés et carrés, surmontés de petits dômes.

Elle éprouva soudain un peu de nostalgie. Mais cela ne dura pas. Quand elle aperçut les opulents manoirs du quartier des Nobles, autour du palais royal, elle oublia tout.

On les conduisit ensuite vers le parc des Anges : c'était comme si un torrent de verdure avait été déversé au milieu de la cité. La végétation avait envahi les murs, le sol et pendait même en rideaux verts de vieilles arches désaffectées. Bien vite, Vani sentit un doux gazon sous ses pieds. Le paysage semblait idyllique et elle avait presque l'impression que des ruines avaient été fabriquées exprès pour offrir des supports aux plantes grimpantes. Des statues d'alcyons enveloppées de lierre évoquaient les fameux anges.

Non loin d'un impressionnant geyser qui s'élevait jusqu'au ciel à intervalles réguliers, une petite scène avait été montée. En face, on avait installé un amphithéâtre de bois, apparemment démontable. Certains nobles, la plupart en fait, apportaient leurs propres sièges qui s'encastraient sur les bancs. Une fois encore, chacun rivalisait de faste avec des sièges en or, ou bien tissés de soie.

En voyant l'estrade, Vani éprouva un nouveau pincement au cœur. Cela ne présageait rien de bon. Elle commençait à regretter de ne pas avoir imité Azzio. Le capitaine Rosso leur fit signe de monter sur le podium. Puis il annonça d'une voix de stentor :

– Les saltimbanques du *Stradivari* sont arrivés !

Un tonnerre d'applaudissements déferla des tribunes. À l'évidence, les Stradivari étaient très attendus…

Vani se tourna vers ses deux compagnons.

– Je crois qu'ils nous prennent pour quelqu'un d'autre, chuchota-t-elle.

Sirane leva les yeux au ciel.

– Je me demande ce qui te fait penser ça…

– Il faut qu'on donne le change ! décida Vani. Sinon, ils sauront qu'on a volé le navire. Manifestement, ils attendent un spectacle de cirque. Je peux faire des acrobaties.

– Euh, je peux leur lire un extrait de livre, proposa Gunnor.

– Très bien ! Et toi, Sirane ?

Cette dernière rougit violemment et répondit quelque chose, si bas que personne ne l'entendit.

– Comment ? demanda Vani.

– Je danse, murmura Sirane en ajustant bien sa capuche sur sa tête.

– Parfait ! Je propose que l'on commence avec Gunnor. Ensuite, Sirane dansera. Et je ferai quelques acrobaties. Avec un peu de chance, le public ne se rendra compte de rien !

* * *

Le public d'Altabianca se révéla plus difficile que prévu. Il était sans doute habitué à des spectacles de très haute tenue.

Dès la lecture de Gunnor, il y eut des frémissements dans le public. Pourtant l'érudit ne lisait pas mal. Il avait une belle voix qui portait et modulait les subtilités du texte. En fait, le problème résidait dans le choix du volume. Après la tempête, il avait perdu son exemplaire du *Jeu des Couronnes*. Il ne lui restait plus qu'un extrait des *Annales d'Aria*, un traité historique récapitulant les principaux événements, année par année. Il était tombé sur un chapitre concernant un mois assez tranquille où il avait beaucoup plu. Après la cinquième description d'averse, le public avait commencé à murmurer.

– À toi, Sirane !

Vani avait poussé la jeune femme devant elle. Cette dernière était restée hagarde, totalement immobile, raide et muette. Les rumeurs de l'auditoire étaient devenues grondements.

Vani avait alors entamé quelques cascades de son cru, grimpant aux arbres qui bordaient la scène, se balançant de branche en branche. Cela ne contenta pas l'assistance qui commença à s'offusquer.

– Quel spectacle indigne !

Les premiers légumes furent lancés sur la scène. Gunnor en reçut un en plein torse, tandis qu'il protégeait son livre dans son dos. Sirane fut atteinte à la tête et ne manifesta aucune réaction. Enfin, Vani, qui se tenait par une seule main à une branche, ne put éviter un énorme chou-fleur. Sous le coup de la douleur, elle lâcha sa prise et roula au sol.

Ce fut le signal de la curée. Une pluie de fruits et légumes digne des *Annales d'Aria* ravagea la scène. Les trois artistes, humiliés, durent battre en retraite. Le bras levé en protection, Vani heurta quelqu'un en reculant. Quand elle se retourna, elle reconnut le capitaine Rosso.

– Je vais vous raccompagner à votre navire, dit-il avec une morgue cinglante.

Les trois compagnons firent le chemin vers le port en sens inverse, sans profiter de la vue cette fois. Les spectateurs les suivaient, déchaînés. En réalité, Vani comprit que les nobles ne prenaient pas la peine de crier ou de lancer des immondices : leurs serviteurs s'en chargeaient.

Miraculeusement, le capitaine Rosso était tout à fait épargné par la vindicte de la foule. Il marchait, serein, sans craindre qu'une poire ne lui atterrisse sur le crâne. Vani réussit à grand-peine à éviter des poignées de bigorneaux et une noix de coco. La capuche de Sirane fut enfoncée plusieurs fois par des artichauts et des pastèques. Mais la jeune femme ne paraissait même pas s'en rendre compte. Le pire était pour Gunnor. Plus grand, plus large, il constituait une cible de choix. Malgré les circonstances, il conserva sa dignité tout au long du parcours, quand bien même des fragments de pêches s'accrochaient à ses cheveux et à sa barbe.

Le bombardement ne cessa pas quand le trio remonta à bord du *Stradivari*. Ils descendirent dans la cale et les heurts se poursuivirent sur le pont et la coque du navire. Vani trouva Azzio, allongé sur une couchette.

– Qu'avez-vous fait ? interrogea-t-il, las.

– Le *Stradivari* devait transporter des artistes de cirque, expliqua la jeune femme.

Azzio posa une main sur sa bouche.

– Et j'imagine que votre spectacle n'a pas été à la hauteur, ajouta-t-il après un moment.

– C'est le moins qu'on puisse dire, concéda Gunnor. Je n'ai peut-être pas choisi le meilleur passage pour capter l'attention de la foule.

– Sans blague ! grinça Vani. Ton extrait était au fondement de l'expression « ennuyeux comme la pluie ».

Dehors, le déluge continuait. Azzio leva un sourcil.

– Avez-vous été payés ?

– Tu plaisantes ? demanda Vani. Nous avons été lamentables !

– Tout travail mérite salaire, trancha le noble.

Il se leva de sa couchette, remit en place ses tresses et sortit dignement de la cabine. Vani le regarda partir sans oser le suivre.

– Vous croyez qu'il va y arriver ?

– Je l'ignore, avoua Gunnor.

Sirane ne parlait toujours pas. Vani l'aida doucement à s'asseoir sur le lit.

– J'ai l'impression qu'elle n'a pas l'habitude de se produire en public...

– J'ai faim, soupira Gunnor.

Ils attendirent, tandis que les légumes continuaient de tambouriner contre la coque du navire.

Quelques instants plus tard, Azzio refit son apparition. Il était en piètre état. Son beau manteau et ses cheveux étaient couverts de jus multicolores et des fragments de pulpe s'étalaient sur sa chemise. Cependant, son regard brillait d'un éclat sombre.

– Alors ? s'enquit Vani.

Pour toute réponse, le noble fouilla dans sa poche et déposa majestueusement une bourse sur la console.

– J'ai obtenu un dixième de la somme prévue. Soit dix felicitas de globo.

Vani ouvrit la bourse et découvrit des couronnes.

– Mais nous devons partir immédiatement, ajouta-t-il.

– Et pour la nourriture ? s'inquiéta Gunnor.

Azzio prit un air important malgré sa barbe agrémentée de graines de melon.

– Sachez qu'en Altabianca, il est considéré comme vulgaire d'envoyer des fruits pourris sur les artistes. Ainsi, tout ce qu'on vous a jeté est parfaitement frais et consommable. Le pont est rempli de quoi nous nourrir jusqu'à Aria.

Émue, Vani ne put parler et se précipita pour serrer Azzio dans ses bras.

– Merci ! dit-elle.

Le noble interrogea Gunnor du regard.

– Elle me l'a fait aussi, expliqua ce dernier.

Azzio tapota la tête de Vani et se détacha de son étreinte.

– Bon, pour nous remettre de nos émotions, je vous propose de m'occuper du repas de ce soir. Cependant, c'est vous qui allez manœuvrer le navire pour nous mettre hors de portée des lanceurs de légumes.

– Je m'en occupe ! s'écria Vani.

Et elle courut vers l'écoutille.

ÉPISODE 5
ARIA LA GRANDE

– Aria, droit devant !

Les émotions de Vani étaient mélangées en apercevant la plus grande cité du monde connu depuis le haut de la vergue.

Elle en reconnaissait le paysage, d'autant plus impressionnant que sa vue n'était pas bouchée par la cale des rameurs. Les hauts murs d'enceinte, percés de portes monumentales, surmontés d'oriflammes frappées de la couronne dorée, enserraient la ville. Mais surtout, au bout d'un pont majestueux qui surmontait la mer, se dressaient le superbe château royal et sa collection de tours rondes et pointues, les unes effilées, les autres plus larges.

La pirate redescendit sur le pont où l'attendaient les deux garçons. Il régnait une odeur de lendemain de marché car, malgré leurs efforts, ils n'avaient pu se débarrasser de tous les restes de légumes. Azzio avait beaucoup pesté contre les pépins incrustés entre les planches. Néanmoins, il semblait avoir apprécié de travailler côte à côte avec Gunnor qui avait préféré œuvrer torse nu pour ne pas se salir.

– Bon, fit le baron, comment allons-nous procéder maintenant ?

– On devrait se choisir un nom ! proposa Vani, enthousiaste. Comme la Compagnie Créance !

– Comme la Compagnie Créance ? grimaça Gunnor. Ils n'ont pas laissé un bon souvenir à mon peuple.

– On peut inventer un nom bien à nous ! Il suffit de réfléchir à ce qui nous réunit.

– Rien, hormis un stupide serment, grommela Azzio.

– Stupide serment, cela sonne bien, songea Gunnor.

Vani fit la moue.

– Je suis sûre qu'on peut trouver mieux, dit-elle. On n'est pas obligés de décider tout de suite. Et puis, il vaut mieux qu'on soit au complet. Où est Sirane ?

Du menton, Azzio désigna une silhouette sombre qui se tenait à la proue, ses longs cheveux noirs flottant dans le vent.

– Elle me fait un peu peur, avoua Vani.

– Moi aussi, approuva Gunnor.

– Vraiment ? fit Azzio.

Mais il n'ajouta rien de plus.

– On va la voir ensemble ? Pour décider d'un nom ?

– Et d'un plan, peut-être ? ajouta Azzio.

Vani eut un geste évasif de la main, comme si ce détail n'avait aucune importance. Tous trois avancèrent sur la passerelle qui enjambait les flots pour rejoindre la proue. Vani aborda prudemment Sirane dont le regard se perdait dans les reflets turquoise.

– On arrive !

– Je vois...

Le ton de la jeune femme était lugubre.

– On voulait savoir si tu avais une idée de nom pour notre groupe...

Un silence répondit à cette proposition. En retrait, Gunnor et Azzio firent signe à Vani de passer à la suite.

– Et on doit préparer un plan pour mener notre quête à bien. Ouh !

Vani eut un frisson.

– J'ai la chair de poule rien que de prononcer le mot « quête ».

– De toute façon, répondit Sirane de sa voix grave, rien ne nous attend à Aria sinon…

– La mort, complétèrent les trois autres, habitués aux déclarations funèbres de la jeune femme.

– Exactement, confirma cette dernière.

Azzio se permit d'intervenir :

– Imaginons que nous ayons envie de vivre, comment faudrait-il s'y prendre selon toi ? Dans un premier temps, devons-nous nous inquiéter des hommes d'Aqabah qui cherchent à te tuer ?

– Je pense qu'ils ont perdu ma trace et sont repartis. Ils ne devraient pas nous ennuyer avant un moment. Mais la mort rôde toujours sous de multiples apparences…

– Très bien ! se félicita Azzio en se frottant les mains. Voilà qui nous ôte une sérieuse épine du pied.

– Nous sommes toujours recherchés par les autorités d'Aria, rappela Gunnor d'un ton neutre.

– Mais non ! fit Vani en secouant sa mèche violette. Ils pensent que les pirates nous ont coulés ! Et puis, nous avons une couverture toute trouvée !

– Non, je ne rejoue pas les saltimbanques, trancha Gunnor. J'ai encore des fanes de radis dans les cheveux.

– Cela te va bien, lança Azzio, le regard ardent.

Vani leva les yeux au ciel. On s'égarait. Une fois de plus.

– Bon, trancha-t-elle. Je vous propose d'attendre la nuit pour débarquer à terre. On laissera le *Stradivari* mouiller devant le port pour plus de discrétion. J'ai repéré un canot de sauvetage qui nous permettra de gagner la terre ferme.

– Et ensuite ? fit Gunnor, intrigué.

La jeune pirate refusa d'avouer qu'elle inventait au fur et à mesure. En haut de son poste de vigie, elle avait surtout pensé à la réputation de son père.

– Eh bien, on retourne à la prison !

– J'espère que tu ne comptes pas déclencher une nouvelle bagarre pour nous faire renvoyer au cachot où nous avons trouvé les restes de l'automate ? s'enquit Azzio.

Vani se mordit les lèvres.

– Pas du tout !

Elle chercha une illumination qui lui vint soudain, contre toute attente :

– On n'a qu'à interroger Ado Oavlovic, celui qui était avec nous pendant le jugement !

– Le grand dégingandé de la garde ? demanda Gunnor.

– Lui-même ! s'écria Vani.

Azzio se pinça l'arête du nez.

– Tu proposes d'aller voir le garde qui nous a envoyés sur une galère, alors que c'est précisément le fait qu'il nous croie morts qui nous assure un peu de tranquillité.

Vani réfléchit un peu avant de hausser les épaules.

– Oui, répondit-elle. Mais tu as peut-être mieux à proposer...

Le baron soupira.

– Nous pourrions peut-être commencer par voir si l'automate est toujours dans la cellule, non ?

Personne n'avançant de meilleure idée, son plan fut donc adopté.

* * *

Au soir, Vani détacha les liens qui retenaient le canot. Il consistait en une sorte de longue pirogue effilée qui pouvait à peine contenir les quatre compagnons. L'esquif avait même un nom : *L'Archer*.

– On pourrait s'appeler le « Quatuor d'Aria » ? proposa Vani.

– Non, répondit laconiquement Sirane.

Cela devait être trop chantant pour son goût. Dès que la barque fut dans l'eau, ils commencèrent à ramer en direction du port.

– « Quatre héros dans le vent » ? suggéra Vani.

– Non, répondit Gunnor.

Une fois sur les quais noirs de monde et de nuit, ils s'enfoncèrent dans les rues afin de gagner le quartier des Ombres.

– « Le Clan des Quatre » ? fit Vani, pleine d'espoir.

– Après mûre réflexion, non, trancha Azzio.

Ils finirent par atteindre le quartier de sinistre réputation. Vani ressentit une peur agréable lui nouer le ventre.

– Je me sens comme l'assassin qui revient sur le lieu de son crime ! chuchota-t-elle.

– Étrange comparaison : tu ne ferais pas de mal à une mouche, asséna tranquillement Gunnor.

– N'oublie pas que je suis une pirate !

– Vani la Sanglante... ricana Sirane.

Vani rougit avant de pâlir mortellement. Choquée, elle avança de plusieurs pas sans rien dire.

– C'est dommage qu'elle le prenne mal, entendit-elle murmurer Azzio. C'était une nouvelle idée de groupe : « Les Quatre Sanglants ».

Mais Vani ne pouvait rester fâchée très longtemps. Elle reconnut la ruelle dans laquelle débouchait leur cellule. Le trou n'avait pas encore été réparé. La jeune femme y pénétra rapidement, assaillie par des odeurs de pourriture bien trop familières à son goût.

Elle eut beau explorer à tâtons chaque pouce carré du cachot, elle ne trouva plus aucune trace de l'automate. Bredouille, elle rejoignit ses camarades qui faisaient le guet dans la ruelle.

– Rien, dit-elle.

– Je crois que c'est mon nom de groupe préféré depuis le début, répondit Azzio.

– Je n'en suis pas certain, songea Gunnor. Tous les groupes risquent de dire qu'ils sont mieux que Rien.

– Oui, mais cela sera compensé par tous ceux que l'on jugera moins que Rien, répliqua Azzio avec un sérieux imperturbable.

– Je vous déteste, maugréa Vani.

Sirane ne disait rien mais une lueur amusée brillait dans son œil.

– En tout cas, reprit la pirate, on est obligés d'aller voir le garde, maintenant.

* * *

Ils se mirent en quête du grand escogriffe qui avait assisté à leur procès. Celui-là saurait sans doute ce qu'il s'était passé dans la prison qu'il gardait.

– Nous devrions commencer par les débits de boissons, proposa Azzio. Nous avons bu exclusivement du jus de fruits depuis deux jours et j'ai bien envie d'un bon verre. Attendez-moi ici.

Il disparut rapidement dans une ruelle adjacente pour ne revenir que de longues minutes plus tard, un sourire aux lèvres.

– J'ai fait jouer mes relations parmi la guilde des Poissonniers, déclara-t-il en guise d'explication. Les gardes de cette geôle ont pour habitude de se retrouver dans un caboulot tout proche : *Le Trou qui boit*.

– Drôle de nom, murmura Gunnor.

– On dit bien « boire comme un trou », trancha Vani. Allons-y.

Ils marchèrent jusqu'à une auberge encore plus défraîchie que celle dans laquelle ils avaient été arrêtés la seconde fois. Ils pénétrèrent dans une pièce qui évoquait davantage une cave. On y retrouvait les senteurs de salpêtre qui devaient être réconfortantes pour les gardes.

Par chance, leur garde était là et il buvait seul. Vani l'avait pressenti : cet homme au visage en lame de couteau ne devait pas avoir beaucoup d'amis. Après avoir observé les alentours, elle alla droit vers lui.

– Vous nous reconnaissez ? demanda-t-elle.

Ado Oavlovic laissa tomber sur elle (même assis sur un banc, il la dépassait toujours d'une tête) un regard flou.

– Bien sûr que oui, répondit-il. Je n'ai pas des tentatives d'évasion tous les jours... Et puis, l'un de vous était grossier, grossier ! Mais, vous ne deviez pas être aux galères ?

– Si, avoua Vani. On s'est échappés.

Le garde soupira.

– J'imagine que vous êtes venus vous venger sur moi de vos conditions d'incarcération.

– Pas du tout ! lança Vani. Même si l'accueil pourrait être amélioré.

– J'ai demandé des fonds pour refaire le sol, expliqua Ado. Mais il y a des détournements d'argent. Même la juge ne parvient pas à mettre fin à cette indignité.

– Allons droit au but, trancha Azzio qui commençait déjà à s'impatienter. Un automate se trouvait avec nous dans la cellule. Où est-il maintenant ?

Le grand garde aux yeux tristes sonda l'horizon de l'auberge.

– Je l'ai pris chez moi. J'espérais le vendre en pièces détachées. Vous savez, il y a de la corruption et notre paie...

– Allez, l'interrompit Azzio. Emmenez-nous voir l'automate.

– Qu'est-ce que j'y gagne ? fit Ado Oavlovic, sourcils froncés.

Azzio le regarda méchamment :

– Gunnor vous passera à tabac si vous n'obtempérez pas...

Le garde demeura impassible. Vani donna un coup de coude au baron qui reprit à contrecœur :

– On peut vous payer.

Un sourire aux dents en avant éclaira le visage de leur interlocuteur.

– Combien ?

– Un denier.

– Trois, négocia Ado Oavlovic.

– Deux, conclut Azzio.

Les deux hommes se serrèrent la main. Cependant, le garde insista pour qu'on le paye dès maintenant. Azzio soupira et sortit une reconnaissance de dette qu'il lui signa sur la table.

– C'est parfait, déclara l'homme.

Il se leva et déposa le papier sur le comptoir.

– Tu me dois encore trente couronnes et sept rois, lui dit une aubergiste placide.

Le groupe quitta donc *Le Trou qui boit* et gagna la rue.

– J'aurais bien pris un verre, regretta Azzio.

– Nous sommes en mission ! se récria Vani, toujours exaltée.

Ils remontèrent la ruelle jusqu'à la prison.

– C'est un traquenard ! murmura Sirane, qui était restée silencieuse jusque-là.

– Non, j'habite juste au-dessus des cellules. Avant, la chambre appartenait à un bourreau. Mais je dois avouer qu'il était très soigneux. Tout était impeccable.

Le trajet fut court. Ils montèrent un escalier au bois noirci de crasse et qui craquait à chaque marche.

– Essuyez-vous les pieds, fit Ado Oavlovic avant d'ouvrir. Je viens de balayer.

Il poussa la porte et entra. Vani se faufila derrière lui, non sans avoir frappé ses semelles sur le sol. Ce fut alors qu'elle se figea.

Un homme tout de blanc vêtu se tenait penché sur ce qui ressemblait à un cadavre métallique. On ne le distinguait que grâce aux torches de la rue qui, à travers l'unique fenêtre, éclairaient chichement la pièce. L'homme se redressa avec un sourire aux lèvres.

– Mes amis ! s'exclama-t-il en ouvrant les bras.

Il semblait jeune et sympathique. Son crâne était entièrement rasé.

– Attention ! cria Sirane.

D'un mouvement rapide, elle tira Vani en arrière. Bien lui en prit car le tranchant d'un poignard à trois lames brilla dans le noir et traça un arc de cercle argenté devant la pirate. La pointe du couteau effleura la chemise de la jeune femme.

Le garde fut moins chanceux. L'une des lames latérales se planta dans son flanc, au niveau du cœur.

– Non, murmura-t-il. J'avais… tout… nettoyé…

Ado Oavlovic s'effondra. Pendant ce temps, son agresseur, profitant de l'effet de surprise, recula sans cesser de sourire.

– Je vous souhaite le bonsoir, fit-il comme s'il s'agissait d'une rencontre au sein de la bonne société.

Sur ces mots, il se jeta par la fenêtre et roula dans la rue, un étage plus bas, laissant les quatre compagnons médusés.

* * *

Sirane fut la première à retrouver ses réflexes. Elle tâta le pouls du garde.

– Ne restons pas là. On va nous accuser du meurtre de l'autre imbécile.

– Un peu de respect, dit doucement Gunnor. Cet homme vient de mourir en nous aidant.

Vani essaya de détacher son regard du corps sans vie qui gisait dans une mare de sang noir. Elle secoua la tête.

– On doit observer l'automate. C'est notre seule chance ! Quelqu'un s'y connaît en automate ?

– Personne ne se demande qui était cet assassin en blanc ? s'offusqua Azzio qui semblait sous le choc.

Vani serra les dents. Elle adressa un adieu et un remerciement muet à Ado Oavlovic avant d'enjamber son cadavre. Elle attrapa une couverture sur la couche toute proche et l'enroula autour du mécanisme. Quand elle voulut le soulever, elle se rendit compte que l'ensemble était beaucoup trop lourd pour elle.

– Gunnor ?

Le guerrier paraissait fasciné par la tache de sang sur le plancher. Elle lui décocha un coup de poing dans l'épaule. Il parut à peine le sentir.

– Je m'en occupe, répondit-il distraitement.

Il souleva le paquet comme s'il s'agissait d'un ballot de linge.

– Je n'ai même pas le cœur de lui voler quelque chose, soupira Azzio.

Il rafla néanmoins l'épée du défunt.

– Dépêchez-vous ! les pressa Sirane. Il faut partir d'ici...

Alors, les compagnons quittèrent la chambre en catastrophe. Ils dévalèrent l'escalier quatre à quatre. Déjà les curieux s'amassaient dans la rue, sous la fenêtre. L'un d'eux regarda le groupe et les désigna à la vindicte populaire.

– Ce sont eux qui ont fait le coup !

Manifestement, l'assassin avait eu le temps de monter la foule contre eux. Une rumeur enfla rapidement. Un homme téméraire, le crâne rasé, l'air patibulaire, se plaça sur la route des quatre compagnons. Gunnor, qui était en tête, s'arrêta.

– Ce n'est pas ce que vous croyez, commença-t-il.

– Ne discute pas, frappe ! le pressa Azzio, placé en deuxième position.

– Je vous prie de m'excuser, dit Gunnor en s'inclinant.

Dans le même temps, il décocha une énorme gifle à l'homme. Celui-ci tomba, évanoui.

– Tu ne pouvais pas lui donner un coup de poing ? s'enquit Azzio.

– Ce soufflet ne lui laissera presque aucune séquelle et il est aussi efficace qu'un direct.

– On en causera plus tard ! lâcha Vani.

En effet, la foule devenait plus que menaçante. Cependant, échaudée par le sort de l'homme qui s'était dressé sur leur route, elle n'osait plus leur barrer le chemin. Il fallait s'attendre à des coups en traître, par-derrière.

Dans le dos de Vani, Sirane semblait veiller au grain. Elle avait dégainé son couteau et tenait les plus aventureux à distance. Azzio avait pris le commandement du groupe. Il connaissait mieux que Gunnor les rues tortueuses du quartier des Ombres.

Ils se mirent à courir et atteignirent bientôt la rue de la soif. De loin, Vani reconnut le visage de l'homme qu'elle avait déjà renversé lors de son premier passage. Celui-ci levait un visage ravi de son bock de bière. Voyant que tous les regards se tournaient sur le côté, il les suivit. Ses yeux croisèrent ceux de Vani. Elle y décela une certaine détresse.

« Oh, non ! Pas encore ! » crut-elle lire sur ses lèvres.

Ce fut à cet instant que la large épaule de Gunnor le heurta. L'homme fit presque un tour sur lui-même, envoyant une magnifique rasade circulaire de mousse et d'alcool ambré. Puis, emporté par l'élan du guerrier, il fut projeté par-dessus un tonneau.

– Désolée ! lança Vani en passant.

Déjà des gens les remettaient.

– C'est les mêmes que la dernière fois ! Le mot d'Azzio ! Le mot d'Azzio !

Alors, comme un seul homme, ils levèrent leurs chopes et saluèrent le noble en proférant l'obscénité dégradante qu'Azzio avait lancée dans l'auberge. Étrangement, l'expression ne s'affaiblissait pas avec la répétition. Au contraire, chaque fois, elle prenait une force nouvelle et atteignait un nouveau degré dans l'injure.

D'ailleurs, les passants eux-mêmes cessèrent de la prononcer, comme enivrés, repus d'insultes. Ils se contentèrent de boire en chœur à la santé d'Azzio. Ce dernier grommelait, mi-flatté, mi-ennuyé :

– Je parle trois langues, j'ai composé des poèmes et tout ce qu'on retiendra de moi, ce sera ce mot malencontreux.

– Tu as écrit des poèmes ? s'étonna Gunnor. Je pourrais les lire ?

Pour la première fois, Vani vit Azzio rougir.

– C'est très personnel, marmonna le noble. On verra...

Tout cet échange se déroulait dans des ahanements d'effort et de multiples interruptions dues aux hasards de la route. Le groupe finit par sortir de la rue de la soif. L'espace se dégagea soudain. Derrière eux, leurs poursuivants étaient encore aux prises avec les nombreux buveurs assis sur la chaussée. Certains admirateurs d'Azzio prenaient même un malin plaisir à ralentir la foule à grand renfort de croche-pieds.

Cela permit aux quatre camarades de semer la meute vengeresse.

– Pourquoi ils nous poursuivent ? ahana Vani. Je pensais qu'ils seraient contents qu'il y ait un garde de moins !

– La mort d'un garde d'Aria signifie pour eux une descente des forces de l'ordre et, par conséquent, la suspension de tous les trafics. S'ils règlent le problème eux-mêmes, ils pourront retourner plus vite à leurs affaires, répondit Azzio, essoufflé.

Ils changèrent de direction à de nombreuses reprises, comme pour se perdre dans le dédale des ruelles. Finalement, ce fut Azzio qui s'arrêta, hors d'haleine, criant grâce.

– Mon cœur va lâcher ! fit-il en se tenant la poitrine. Je n'ai pas couru autant depuis des années.

Même Sirane, pourtant si pâle d'ordinaire, avait les joues légèrement colorées.

– Ils finiront par nous retrouver, haleta-t-elle.

– J'ai un plan, répliqua Azzio. Laisse-moi juste ramasser mes poumons…

Vani ne dit rien. Elle n'était pas mécontente de cette pause car sa poitrine la brûlait, comme ses cuisses et ses mollets. Seul Gunnor donnait l'impression de pouvoir continuer au même rythme sur des milles et des milles.

Après avoir longuement inspiré, Azzio se redressa et examina les environs. La nuit était tout à fait noire dans ce quartier. Les ténèbres immobiles, muettes, semblaient presque menaçantes. Vani soupçonnait des détrousseurs de se dissimuler dans chaque recoin sombre.

Azzio repartit d'un pas rapide.

– Tu sais où tu vas, au moins ? s'inquiéta Vani.

– Il nous mène à la mort...

– Sirane, ce n'est pas le moment !

– Allez-vous vous taire ? s'emporta Azzio. Je vous dis que je sais ce que je fais. Je dois seulement trouver le temple du dieu Poisson.

Ils progressèrent encore dans plusieurs rues, au hasard si on en croyait Vani. Azzio était aux abois. Avec son riche manteau sali et déchiré, il avait perdu de sa superbe. Même son maquillage avait coulé, dessinant des cernes sous ses yeux.

Vani avait seulement envie de retourner à bord du *Stradivari* et de s'écrouler sur une couchette. Soudain, Azzio s'arrêta devant un petit parc.

– Qui a cru que je ne le trouverais pas ? triompha-t-il.

Trois mains se levèrent dans la pénombre.

– Eh bien, vous vous êtes trompés, répondit-il, froissé.

Il montra une construction circulaire entourée d'une colonnade. C'était la tholos dédiée au dieu de la mer. Une fente s'ouvrait sur le côté. C'était l'endroit où l'on glissait les offrandes à Gobie dont la statue, représentant un grand poisson boursouflé, formait le centre du temple.

– Je demande la protection du dieu Poisson !

Presque aussitôt, comme surgie de l'ombre, une figure qui sentait le vin se présenta. Azzio eut un mouvement de recul involontaire.

– Pas si fort ! gémit une voix rocailleuse.

C'était un homme assez jeune, avec une barbe de trois jours, qui semblait ébloui par le peu de clarté. Pour toute réponse, Azzio lui mit en main une bourse de couronnes.

– Comme convenu, voici la part de mes gains qui revient au dieu Poisson.

L'œil du gardien brilla en examinant le contenu de la bourse.

– Foi de Jotun, ça suffira pour toi et tes camarades. Et qu'est-ce qu'il porte, lui ? fit-il en désignant Gunnor.

– Du linge de maison, répondit Azzio avec un aplomb impressionnant.

– Ne cherche pas à gruger le dieu Poisson, grinça le gardien. Si c'est une personne ivre, ça ne me dérange pas du moment qu'elle est d'accord pour vous accompagner. Moi-même j'ai eu quelques problèmes récemment. Il y avait un concert dans le désert Noir.

– Le désert Noir ? s'étonna Gunnor. C'est une contrée particulièrement inhospitalière.

– C'était pas mon idée, marmonna l'homme. On a fait la fête pendant des jours et des nuits. Je ne suis même pas resté jusqu'au bout... J'ai encore les oreilles qui sifflent. J'ai trouvé ce petit boulot, le temps de me remettre.

– D'accord, répondit Azzio, manifestement peu intéressé par la confession du dénommé Jotun.

Ce dernier examina rapidement le paquet, vit qu'il s'agissait de métal et renifla de mépris.

– Il y en a qui volent vraiment n'importe quoi, soupira-t-il.

Cependant, il s'effaça. L'autel glissa de son socle, laissant apparaître un escalier qui s'enfonçait dans l'ombre. Azzio descendit les degrés sans hésiter, suivi de Gunnor. Vani et Sirane fermaient la marche.

– C'est un tombeau...

En fait de tombeau, ils découvrirent une seconde cité sous celle d'Aria. Symétrique aux ruelles de la surface, un réseau de venelles s'ouvrait dans les entrailles de la ville, entièrement construite en pierres. Il n'y avait pas de portes mais de simples rideaux qui occultaient les ouvertures. La lumière devait provenir en journée de soupiraux grillagés. Pour l'heure, c'étaient des lampes à huile qui éclairaient la rue. La hauteur sous plafond n'était pas très importante et Gunnor devait se baisser constamment. Pour le reste, tout était propre et tranquille. Des fontaines s'écoulaient à la verticale des fontaines de la surface.

– On se pose où ? demanda Vani qui était épuisée.

– Où l'on veut, répondit Azzio. Tout est en partage ici. C'est à cela que sert le pourcentage reversé au dieu Poisson.

Ils avisèrent, à quelques pas de l'entrée, une pièce libre et assez spacieuse pour les accueillir tous les quatre. Sans un mot, d'un commun accord, ils s'y installèrent pour dormir.

Mais, avant de se livrer au sommeil, Vani voulut observer l'automate. Empruntant l'une des lampes, elle la ramena à l'intérieur. Le métal scintilla sous l'éclat jaunâtre. La jeune femme put constater les dégâts. Bien des parties de l'automate avaient été prélevées. Il lui sembla même reconnaître l'une des armatures qu'elle avait arrachées pour creuser le mur de la prison.

L'emplacement était vide. Désormais, il ne restait qu'un torse mutilé. De la superbe mécanique, on n'apercevait plus que des fragments, de rouages minuscules agencés les uns dans les autres, de balanciers, de ressorts. Rien ne cliquetait. Mais le pire était la tête de la créature de métal. Son concepteur avait pris soin de lui conférer une face humaine. C'était un visage doux, aux traits fins, réguliers, apaisants. Paupières de cuivre fermées, il paraissait dormir. Vani sentit que les larmes lui montaient aux yeux en contemplant ce massacre. Elle repensait au malheureux garde, assassiné chez lui, un peu plus tôt.

Elle sentit une main sur son épaule. Surprise, elle se tourna. Ce n'était pas Gunnor, ni Azzio. Sans un mot, les prunelles invisibles dans l'ombre, Sirane lui apportait un peu de réconfort. C'était un héros, certes artificiel, mais un héros, qu'ils avaient perdu. Celui qui devait sauver le village de Vik. Il n'y avait guère besoin d'être un mage de Kniga pour comprendre que la machine était irréparable.

Les doigts de Vani effleurèrent un mot gravé sur le flanc de l'automate. Elle parvint à déchiffrer le nom : « Rokugami ». À côté, elle put lire : « Estella m'a fabriqué ». Et, une ligne en dessous : « De l'Académie d'Aria ».

Vani se tourna pour prendre Sirane à témoin de sa découverte. Mais la sombre jeune femme s'était déjà éloignée et époussetait le sol avant de se coucher.

– Vous connaissiez ce type en blanc ? demanda Vani.

– Non, répondit Azzio, grave.

Gunnor secoua négativement la tête. La pirate leur fit alors part de ses observations.

– Nous savons maintenant qui chercher pour fabriquer un nouvel automate, se réjouit le baron.

Vani soupira. Quelque part, au fond d'elle, il lui semblait que c'était mal de remplacer aussi aisément ce qui avait été, peut-être, une personne. Elle caressa fugacement le visage métallique.

– Bonne nuit, Rokugami, murmura-t-elle.

Puis elle rapporta la lampe à huile dans le couloir et s'endormit d'un sommeil sans rêve.

ÉPISODE 6
BONNE NUIT, ROKUGAMI

Vani fut réveillée par un coup de pied. Elle ouvrit les yeux, surprise par cette brutalité à laquelle elle n'était pas habituée. Dans la pénombre, elle reconnut l'homme qui leur avait ouvert la cité souterraine, le dénommé Jotun. Ce n'était pas lui qui avait frappé mais un sbire musculeux et agressif. On était manifestement le matin car les lampes étaient éteintes et une lumière douce tombait à travers les rosaces ajourées des soupiraux.

– Dégagez ! s'écria la brute.

– Je suis désolé qu'on en arrive là, déclara Jotun.

Le costaud patibulaire alla frapper de la même manière les corps endormis d'Azzio et de Gunnor. Cependant, quand il arriva devant Sirane, il hésita. De toute façon, la jeune femme ne dormait déjà plus et ses yeux, dans le demi-jour, ressemblaient à ceux des chats.

– Allez ! insista-t-il. Restez pas là.

Azzio se frotta le flanc à main faible, qui avait reçu le coup.

– Voilà donc comment on accueille les fidèles de Gobie ? s'étonna-t-il.

– Le vol, c'est pas un problème. Le meurtre, si ! répliqua l'autre.

– Le meurtre ? s'enquit Gunnor.

– Oui, reprit Jotun, nous avons appris qu'un garde d'Aria avait été tué et votre signalement correspond.

Vani se dressa, outrée.

– On n'est pas des assassins ! C'est un homme en blanc qui l'a poignardé !

Les yeux du voleur se plissèrent.

– Vous étiez donc bien sur place. Je m'en excuse mais nous ne pouvons pas prendre de risque. Notre tranquillité repose sur le fait que nous nous limitons au vol.

Azzio soupira.

– Venez, dit-il doucement. Ne restons pas là. Nous devons tirer cette affaire au clair.

Les quatre se levèrent. Gunnor s'empara des restes de Rokugami. Azzio voulait clairement éviter un scandale supplémentaire. Ils refirent le chemin inverse jusqu'à l'escalier de l'autel, accompagnés par les regards lourds de voleurs. Humiliée, Vani baissa la tête. Elle n'aimait pas l'idée qu'on la prenne pour une tueuse. Jamais un pirate n'aurait agi ainsi. Surtout à quatre contre un !

– N'hésitez pas à revenir si vous arrivez à prouver votre innocence ! lança Jotun en guise d'au revoir.

La jeune femme remonta les marches, furieuse contre cette injustice. Un à un, ils émergèrent dans la ruelle déserte. Un cul-de-jatte placé dans un baquet à roulettes faisait le guet. Derrière le groupe, la pierre de l'autel bascula et ferma l'issue, empêchant tout retour en arrière.

– Qui était ce type en blanc ? explosa Vani. C'est lui qui devrait être jugé !

– Je n'en ai aucune idée, avoua Azzio. Je l'ai trouvé étrangement…

– Poli, acheva Gunnor.

– Oui, c'est exactement ça, confirma le noble.

– Tout cela n'a aucune importance, dit soudain Sirane de sa voix profonde. Un garde est mort. Rokugami est mort. Les deux doivent être vengés…

En prononçant ce dernier mot, son visage prit un air implacable. Personne n'osa la contredire. De toute façon, elle avait raison. Gunnor réfléchit.

– Nous n'avons pas beaucoup de pistes. Soit l'homme en blanc, soit Rokugami. Et nous n'avons rien sur l'homme en blanc.

Vani examina les restes de l'automate. Elle relut les inscriptions :

Estella m'a fabriqué

De l'Académie d'Aria

– Il ne nous reste plus qu'à nous présenter à l'Académie ! lança-t-elle. Je suis sûre que ça va être passionnant !

* * *

– On ne passe pas.

Le groupe avait arpenté la ville jusqu'à une colline qui se dressait, solitaire. Un énorme bâtiment géométrique y avait été construit. Il fallait traverser un jardin semé de statues étranges pour y accéder.

« C'est donc ça la grande Académie de magie d'Aria ? avait demandé Vani. Elle n'a pas l'air vraiment bien protégée... »

Ils avaient donc approché, comme guettés par les larges fenêtres, dominés par la silhouette d'un imposant observatoire, avant de pénétrer dans l'édifice dont l'intérieur semblait se limiter à une simple réception. Un homme à l'air las, habillé de la robe des mages, attendait derrière le comptoir. L'ennui avait creusé des cernes profonds sous ses yeux.

– On ne passe pas, répéta-t-il.

Sirane observait le mur du fond avec beaucoup d'insistance.

– Nous voulons parler à Estella, déclara-t-elle sans regarder le mage.

– Que lui voulez-vous ? sourcilla ce dernier.

– Nous avons quelque chose qui lui appartient.

– Je vais voir ce que je peux faire. Veuillez attendre devant le bâtiment.

Guidés par Sirane, ils ressortirent docilement.

– C'est bizarre, cette histoire, fit Vani une fois sur le perron. On dirait qu'il n'y a rien ici !

– Le mur du fond est une illusion, leur révéla Sirane. Il cache un escalier monumental qui doit permettre d'accéder au reste de l'Académie.

– Comment peux-tu savoir ça ? s'étonna Vani. Tu as étudié ici ?

– Non.

Sirane n'en dit pas davantage. Elle se contenta d'admirer l'Académie, tandis qu'une brise soulevait ses longs cheveux noirs. Depuis quelques jours, elle avait renoncé à maintenir sans cesse sa capuche rabattue sur sa tête et défaisait parfois sa tresse pour laisser sa chevelure libre. Il était plus facile d'observer ses traits. Vani examina ses grands yeux noirs, ses pommettes saillantes, sa bouche pincée aux lèvres pleines. Elle ne devait pas avoir plus de vingt ans, mais tout en elle exprimait une détermination sans faille. Une fois encore, Vani se demanda qui étaient les hommes qui la poursuivaient. Et où elle avait appris assez de magie pour percer l'illusion de l'Académie.

Après un long moment, une femme aux cheveux blonds, coupés très court, ébouriffés, dévala les escaliers. Elle portait une robe bleu-gris qui moulait son corps androgyne. Elle alla directement à la carcasse métallique.

– Qu'avez-vous fait ?

– Nous l'avons trouvé ainsi, répondit Gunnor, gêné, en lui présentant le torse. Enfin, presque...

– Comment ça, « enfin presque » ? C'est vous qui avez tué Rokugami ?

– Non ! Nous l'avons rencontré en prison. Il avait déjà été tué.

La dénommée Estella semblait vraiment émue.

– C'est bien un homme de Vik qui vous avait passé commande ? demanda Azzio.

– Oui, un homme nommé Swainn est venu me voir. Enfin, pas moi en particulier. Il cherchait quelqu'un pour lui fabriquer un champion. Je me suis proposée. En tant que disciple, sans vrai mécène pour subvenir à mes besoins, je n'étais pas contre un peu d'argent.

Estella plissa soudain les yeux.

– Vous n'allez pas me réclamer un remboursement ?

– Non, Swainn est mort lui aussi.

– En fait, nous voulions vous demander s'il était possible de réparer Rokugami.

La disciple se frotta la tête.

– Vous avez vu dans quel état vous me le rapportez ? Les jambes ont disparu. Un bras est sectionné. Quelqu'un a fouillé dans le torse et ravagé tout le mécanisme de fonctionnement. Regardez, là. Les dents de la plupart des engrenages ont été brisées.

Elle secoua la tête.

– Non, impossible.

– Et si nous vous offrions la même somme pour en fabriquer un nouveau ? interrogea Azzio en fouillant dans ses poches.

Il sortait déjà une reconnaissance de dette quand la disciple l'arrêta.

– Même si vous me payiez le double, je ne recommencerais pas.

Elle soupira.

– Vous savez, je ne fais pas vraiment de magie ici. Je sers de servante à un maître qui rechigne à m'enseigner quoi que ce soit. Tout ce que j'ai appris, je l'ai appris toute seule. Le projet Rokugami était une manière de me sortir de l'oisiveté. S'il était vraiment devenu un champion, j'aurais pu le présenter pour la partie pratique de mon examen de fin d'études. Maintenant, je dois trouver autre chose.

Vani intervint :

– Mais vous n'avez pas envie de recommencer en mieux ?

– Je n'ai pas le cœur à ça. En plus, je maîtrise cette technique. Je ne veux pas gâcher ma magie pour refaire ce que j'ai déjà fait. Je veux devenir miséricordieuse, avoua-t-elle.

– Miséricordieuse ? répéta Vani. Qu'est-ce que c'est ?

Azzio leva les yeux au ciel avec impatience. Ce fut Gunnor qui la renseigna.

– La magie est limitée. Quand un mage épuise ses dernières forces, il sombre dans la folie et peut devenir extrêmement dangereux. Les miséricordieux sont chargés de les mettre hors d'état de nuire.

Vani avala difficilement sa salive. Il parlait donc de tueurs de mages. Elle comprenait mieux pourquoi

Estella refusait de fabriquer de nouveau un automate. Cela serait pour elle un terrible gâchis.

– Alors, c'est fini ? demanda-t-elle.

– Je suis désolée, répondit Estella. Mais j'avais fabriqué un véritable champion. Je m'étais surpassée. Il a fallu des forces puissantes pour en venir à bout. À votre place, je m'inquiéterais surtout de ça.

En effet, Vani se rendit compte qu'il y avait sans doute un lien entre les forces qui s'attaquaient au village de Vik et ceux qui œuvraient pour empêcher l'automate de se rendre à Vik. Tout reposait sur l'inconnu qui avait assassiné le garde.

– Vous n'avez pas vu un homme en blanc ? interrogea-t-elle.

La disciple secoua négativement la tête.

– Vous savez, je ne sors pas beaucoup de l'Académie. J'ai entendu parler de la commande de Vik grâce à Friklow.

Devant les regards interrogateurs, elle précisa :

– Le mage d'accueil. Je lui ai versé une petite somme pour qu'il me tienne au courant des opportunités de travail.

– Bien, conclut Azzio après un instant de silence, nous allons prendre congé.

Estella leva une main.

– Est-ce que je pourrais garder Rokugami ? C'est peut-être idiot mais, après des mois à travailler dessus, je me suis attachée.

Les quatre compagnons se dévisagèrent.

– Bien sûr qu'on va vous le laisser ! trancha Vani, bouleversée. C'est normal qu'il vous revienne.

Gunnor le déposa aux pieds de la disciple. Ses gestes étaient précautionneux comme s'il s'agissait des restes d'un être humain.

– Je suis désolée, fit Estella. J'aurais bien aimé vous aider davantage.

Elle eut un soupir.

– Je pensais vraiment que Rokugami deviendrait un héros. Il avait une telle envie de faire le bien. Je n'ai pas trouvé beaucoup de gens aussi inspirants que lui.

Ses yeux se voilèrent. Vani ne put se retenir. La gorge serrée, elle alla prendre la disciple dans ses bras. La jeune femme était vraiment très fine. Vani eut l'impression de serrer un enfant contre elle.

– Nous vengerons Rokugami, assura soudain Sirane.

Même Azzio approuva d'un hochement de tête.

– Merci, souffla Estella.

Le groupe des quatre fit demi-tour. Ils s'éloignaient quand la voix de la disciple les retint.

– Au fait, déclara-t-elle, j'allais oublier mais Rokugami et Swainn avaient rendez-vous au *Faucon rieur*. C'est une taverne, proche du grand marché.

* * *

Ils reprirent la route vers le grand marché, plongeant, à main forte, vers la colline creuse, percée d'une multitude de cavités et surmontée par le temple du dieu Exilé avec sa statue chryséléphantine. On voyait de nombreux artisans de toutes sortes s'agiter dans les ouvertures : copistes, armuriers, boulangers, apothicaires... Vani percevait le bruit du travail de la pierre, du cuir, du tissu, et des odeurs montaient, mêlant le pain cuit au métal en fusion.

De l'autre côté, s'étendait nonchalamment la place des nobles dont les dalles blanches brillaient de fort loin. Une immense fontaine trônait au centre, accompagnée notamment d'une statue visiblement royale. Des notes de musiques s'en échappaient.

Vani aurait voulu profiter de cette visite de la capitale. Lors de son premier séjour, juste avant d'être enfermée, elle n'avait vu que le port. Elle désirait musarder dans la cité, profiter de ces lieux luxueux, si nouveaux pour la fille du Bharat qu'elle était.

– On n'a pas le temps, s'impatienta Sirane.

Elle s'arrêta soudain.

– D'abord, il faut venger Rokugami, trancha-t-elle. On ne laisse pas un tel crime impuni...

– Mais c'était juste un automate, glissa Azzio.

Sirane lui lança un regard flamboyant.

– Bien sûr ! répliqua-t-elle d'un ton glacé. On accepte qu'il sauve un village mais on refuse de lui accorder ce qu'on donnerait à n'importe quelle personne.

– Pourquoi prends-tu ce sujet tellement à cœur ? s'étonna le baron, surpris par sa réaction.

– J'ai déjà entendu le même raisonnement pour des femmes, des étrangers, des Lynassi ou des Mélanassi. Je sais à quoi cela mène...

Gunnor intervint.

– Je suis d'accord avec toi, Sirane. Rokugami était un guerrier et il doit être traité comme tel.

– Mais nous avons prêté serment ! protesta Azzio. Et il n'inclut pas de se lancer dans des vendettas tous azimuts. Notre objectif premier est de sauver le village de Vik.

– Moi aussi, j'ai très envie de respecter notre serment *et* de venger Rokugami, glissa Vani dans un court silence. Après tout, nous ne faisons que poursuivre son travail.

– En fait, reprit posément Gunnor, je pense que nous pouvons tout à fait réussir ces deux tâches. En enquêtant sur la mort de Rokugami, nous allons sans doute dévoiler nos ennemis qui œuvrent dans l'ombre.

– Tu crois que l'homme en blanc en avait après Vik ? interrogea Azzio.

– C'est fort possible.

Ils commençaient à tomber d'accord. Vani se sentit immédiatement soulagée. Elle n'aimait pas quand la discorde s'installait dans le groupe. Cela lui faisait immanquablement penser à son père et à ce terrible nom de Rajesh le Sanglant.

Elle regarda ses compagnons, rassurée. Pour l'heure, ils ne possédaient aucune nouvelle solution pour sauver le village mais ils agissaient au mieux. Et puis, cela faisait son affaire. Elle avait encore envie d'explorer Aria et ses différents quartiers.

Ils poursuivirent leur chemin, empruntant un pont sur le Parcoul. Les eaux se précipitaient sous les arches, s'engouffrant dans la mer avec des traînées d'écume. Sur l'autre rive, un quartier cosmopolite les accueillit, composé de grandes maisons carrées aux toits plats. Mille langues semblaient se mêler dans les rues. Vani peinait à repérer l'origine des gens qu'elle croisait. Parfois, elle humait des épices de son pays natal avec ravissement.

Soudain, alors qu'elle observait partout autour d'elle, son regard croisa celui d'un homme. Il se détourna aussitôt, feignant de s'intéresser à l'étal d'une boutique. Son sang ne fit qu'un tour. D'un coup de coude, elle alerta Gunnor. Le guerrier soupira.

– Tu sais bien que je n'aime pas que l'on me touche…

– Quelqu'un nous suit, chuchota Vani.

– Tu en es sûre ?

– Euh, oui…

Il la regarda avec un air sceptique. Elle douta. De nouveau, ses yeux se dirigèrent vers l'endroit où se trouvait l'inconnu mais il n'était plus là. Elle ne l'apercevait plus nulle part.

– J'ai dû me tromper, concéda-t-elle.

Certaines fumées lui tournaient la tête aussi sûrement que l'alcool. Elle avait dû être victime d'une illusion. Peu à peu, ils quittèrent cet îlot appelé le ghetto d'Aqabah (le renseignement venait d'Azzio qui y semblait parfaitement à son aise) et passèrent un nouveau pont.

– Ah, le quartier des Plaisirs ! s'extasia-t-il. Dommage que nous n'y passions pas la nuit.

Vani avait du mal à partager son engouement pour cette grande rue vide qui serpentait au milieu de boutiques fermées.

– Il faut imaginer cet endroit à la nuit tombée, soupira Azzio, des étoiles dans les yeux. Des lanternes s'allument partout, plongeant le quartier dans un mélange de rouge et d'or…

Il ne put continuer sa phrase. Un groupe de silhouettes leur barrait le passage. Quand ils se retournèrent, ils en virent autant de l'autre côté. Vani reconnut dans un frisson l'homme entrevu plus tôt devant une boutique. Elle décocha un nouveau coup dans l'épaule de Gunnor.

– Je t'avais bien dit qu'on nous suivait !

Les hommes avaient le visage masqué par des voiles enroulés autour de la tête.

– Ils viennent d'Aqabah, grinça Sirane.

Elle se redressa fièrement, défiant les hommes dont les lames brillaient déjà.

– Vous venez de la part de Milak, dit-elle. Laissez partir les autres. Ils n'ont rien à voir avec le différend qui nous oppose.

Vani admira son courage. Sa voix ne tremblait pas.

– Il est hors de question qu'on t'abandonne ici, répliqua-t-elle.

– Ah, bon ? fit Azzio. Moi, j'étais prêt à accepter sa proposition.

L'un des assaillants masqués s'avança d'un pas.

– Vous allez tous mourir !

– Voilà qui met fin à mes interrogations…

Les hommes attaquèrent. Ils étaient six, bien armés, contre quatre personnes sans arme, à l'exception du poignard de Sirane. Vani entama une prière, tout en essayant de repérer des parties saillantes sur les murs, auxquelles elle pourrait se raccrocher. Hélas, des plaques de bois avaient été apposées sur les devantures, terriblement lisses.

– Je suppose que vous n'acceptez aucun pot-de-vin, tenta Azzio.

Pour toute réponse, l'agresseur se fendit. Il portait un sabre qui se dirigeait droit vers la poitrine du noble.

– Non ! hurla Vani.

Alors, un événement tout à fait inattendu eut lieu. Un bras blanc se tendit devant Azzio et saisit la garde de l'arme. On entendit un craquement. La lame courbe tomba sur le sol.

Gunnor, car c'était lui qui avait réagi et brisé le poignet d'un premier adversaire, décocha un coup de poing à un second ennemi. Il y eut un nouveau craquement, du nez cette fois. Puis le troisième assaillant reçut deux gifles sur les oreilles qui claquèrent dans la rue.

– Attention ! hurla Sirane.

Vani se retourna en hâte. De son couteau, la jeune femme tenait en respect les trois derniers combattants. Cependant, l'un d'eux attaqua d'estoc. Sirane évita l'assaut mais le tranchant cueillit Gunnor au flanc. Une gerbe de sang éclaboussa l'un des panneaux de bois avec un martèlement semblable à la pluie.

Le guerrier ne cria pas. Serrant les dents, il accompagna le geste de son agresseur afin d'éviter une blessure trop profonde. Vani était incapable de réagir. Tout allait si vite !

Elle vit Gunnor tourner sur lui-même. En pivotant, il lança une jambe et son genou s'écrasa sur le torse de son attaquant. Nouveau craquement. Cela ressemblait à une spécialité. Du bout du pied, il ramena près de lui le sabre qui avait roulé à terre et le souleva. L'arme bondit en l'air et atterrit dans sa main, comme attirée par un aimant. Gunnor trancha l'air horizontalement. Une tête tomba avec un bruit sourd.

Il ne restait plus qu'un homme debout.

– Milak te retrouvera ! jeta-t-il avant de tourner les talons et de prendre la fuite.

Soulagée, Vani se tourna vers Gunnor.

– C'était magnifique ! s'emporta-t-elle. Tu as éliminé cinq tueurs à toi tout seul !

Pour toute réponse, le guerrier mit un genou à terre.

– Laisse-moi voir ta blessure ! ordonna Sirane.

– Non ! protesta Gunnor.

– Allons, fit Vani. Ce n'est pas le moment de jouer les héros qui se rient de la douleur !

Il secoua la tête.

– Je suis un misérable. Je ne mérite pas d'être soigné.

Du menton, il désigna le corps décapité qui gisait un peu plus loin.

– J'ai tué cet homme.

– Tu nous as sauvés ! rectifia Vani.

– J'avais juré de ne plus tuer.

– Montre-moi l'entaille, insista Sirane.

Elle désignait son flanc où ruisselait désormais un épais flot rouge. Vani sentit la nausée lui monter à la gorge. Gunnor allait mourir s'il s'obstinait à ne pas être pansé ! Elle allait tenter de le convaincre quand une main se leva. C'était Azzio. Il asséna un coup de manche de sabre sur la tête de son camarade. Celui-ci s'effondra, assommé.

– *Le Faucon rieur* n'est plus très loin, dit-il, très pâle. Emmenons-le là-bas !

Alors, tous trois s'employèrent à soulever le colosse blond. Vani le prit par les aisselles tandis que Sirane et Azzio soulevaient chacun une jambe.

– Il pèse un âne mort, l'animal ! pesta Azzio.

– Tu veux changer d'organisation ? lança Vani.

– Non, ça va…

Soufflant, peinant, ils transportèrent le corps inconscient jusqu'aux limites du quartier des Plaisirs. Le cœur de Vani battait très fort, à la fois en raison de son épuisement et de la peur de perdre le guerrier blond. Elle ignorait encore s'ils allaient pouvoir le soigner avant que sa blessure ne le tue.

ÉPISODE 7
BONS BAISERS D'AQABAH

Leur arrivée au *Faucon rieur* fut remarquée.

Ils poussèrent la porte de l'auberge aux murs à colombages, et tous les regards se tournèrent vers eux. Quelques clients demeurèrent avec la cuillère levée, la bouche encore ouverte, l'œil rond. La tenancière, une femme d'environ cinquante ans, longue et maigre, qui faisait penser à une brindille sèche dans le vent, s'approcha d'eux.

Sans un mot, elle désigna une table. Les personnes qui l'occupaient s'écartèrent aussitôt, certains ayant toujours leur serviette autour du cou, leur assiette et leur chope à la main. On étendit le blessé sur le plateau débarrassé. Gunnor poussa un gémissement quand il fut allongé. Vani se tordait les mains, impuissante. Elle aurait voulu faire davantage mais elle ne connaissait rien à la médecine.

La patronne se pencha, roseau ondulant, sur le blessé.

– Appelle un médecin, lança-t-elle.

Vani vit alors un garçon aux yeux clairs et aux cheveux presque blancs hocher la tête. Il partit en courant, vif comme l'éclair.

La femme se tourna vers le trio encore indemne. Elle ne chercha pas à s'adresser au chef hypothétique de la bande mais les engloba dans son regard.

– Détrousseurs ? demanda-t-elle.

– Tueurs d'Aqabah, répondit Sirane.

Cette dernière semblait encore sous le choc de l'agression. Son visage exprimait à la fois un intense soulagement et une grande angoisse. La tenancière alla ouvrit le vêtement de Gunnor et dévoila son torse blessé. Vani détourna les yeux, gênée. Elle entendit la femme renifler l'entaille.

– Je ne sens pas de poison. Tant mieux. Mais votre ami n'est pas tiré d'affaire pour autant.

Elle tendit le bras en arrière et, comme par magie, un seau d'eau arriva dans sa main. Un client l'avait devancée. Vani n'en revenait pas de l'aura dégagée par cette simple tenancière d'auberge. On aurait dit un capitaine de vaisseau et son équipage. Les clients étaient en alerte, prêts à l'assister, certains anticipaient même ses demandes.

– Je nettoie la blessure, prévint-elle.

Elle versa de l'eau chaude pour ôter le sang. On y voyait mal car la plaie saignait toujours.

– Bandages, intima la femme.

– Voilà, Magida, glissa un homme en lui mettant de la charpie dans la paume.

La dénommée Magida posa le tissu sur la blessure. Gunnor gémit de nouveau. Il était à demi évanoui et répétait sans cesse :

– Je suis un misérable… Je suis un misérable…

Il finit par perdre connaissance. Magida nota le fait sans s'en émouvoir.

– C'est pour le mieux, dit-elle.

Sirane et Azzio demeuraient les bras ballants, faisant d'instinct confiance à la femme. Ce fut quand elle aperçut son profil que Vani comprit que c'était elle le faucon de l'auberge. Son nez busqué ressemblait à un bec et elle possédait le même regard perçant.

Puis le garçon fut de retour. Un homme arrivait derrière lui, portant une trousse de potions. Il leva son chapeau en apercevant Magida. Il était de corpulence moyenne mais son visage était rond, gonflé, rougeaud avec d'énormes cernes qui descendaient sur ses joues tombantes. Il examina la blessure à son tour. Vani vit la commissure de ses lèvres se contracter légèrement. Il sortit ses instruments, des lames effrayantes dont le fil brillait.

Dans l'auberge, tout le monde se taisait et retenait son souffle. Un client tenait toujours un pilon de poulet dans la main sans penser à le manger, tandis qu'un peu de peau grillée dépassait de sa bouche.

Le médecin se pencha sur Gunnor. Il enfonça ses mains dans la plaie, soulevant quelques hoquets dégoûtés dans l'assistance. On le vit fouiller dans le ventre de Gunnor.

– J'ai trouvé l'origine du saignement, dit-il. Donnez-moi du fil, s'il vous plaît.

Magida lui confia son matériel, le fil passé dans le chas d'une aiguille. Le praticien s'en empara et commença à recoudre quelque chose que personne ne voyait puisque le sang affluait toujours.

Vani était folle d'inquiétude. Elle s'était attachée à ce colosse blond qui parlait peu, détestait le contact et l'avait pourtant portée dans les marécages. Elle était étonnée du contraste entre le lecteur immobile, presque minéral, qu'elle connaissait et le guerrier fatal qu'elle avait entrevu un peu plus tôt dans la rue.

Enfin, le médecin soupira. La blessure ne saignait plus. Tout le monde souffla et les épaules des clients se détendirent. Certains osèrent même porter une cuillère de soupe refroidie à leur bouche. Le mangeur mordit de nouveau dans son pilon de poulet.

Tandis que le docteur s'occupait à recoudre le flanc de Gunnor, Vani remarqua que le garçon aux cheveux blancs parlait à l'oreille de Magida. Cette dernière, le dos arrondi pour se mettre à sa hauteur, écoutait attentivement. Que pouvait-il lui raconter ?

Le médecin avait terminé sa tâche. Il s'écarta de son patient, l'air encore plus accablé qu'à son arrivée.

– Alors ? s'inquiéta Sirane.

– J'ai fait ce que j'ai pu. Mais la plaie risque de s'infecter. Nettoyez-la à l'alcool. Et priez.

L'homme se retira sans réclamer d'honoraires.

– Il ne veut pas être payé ? s'étonna Azzio.

– Il me devait une faveur, répliqua Magida.

Elle esquissa un geste et quatre clients s'avancèrent pour soulever Gunnor.

– Quelle chambre ? demanda le garçon aux cheveux blancs.

– La bleue, répondit la tenancière.

Les convives emportèrent Gunnor. Vani voulut le suivre mais Magida l'arrêta d'un geste.

– Un instant, ordonna-t-elle.

Elle parlait d'une voix basse, sans jamais hausser le ton.

– Cette auberge est un sanctuaire. Votre ami recevra tous les soins nécessaires. Néanmoins, vous concernant, j'aimerais avoir quelques éclaircissements.

Elle montra le garçon aux cheveux blancs.

– Toam, ici présent, m'a informée que vous aviez laissé un cadavre dans la ruelle. Pouvez-vous m'expliquer ?

– On n'a fait que se défendre ! intervint Vani. Ils nous ont attaqués à six contre quatre. Nous n'avions même pas d'arme !

– Certes, concéda Magida. Mais comment se fait-il qu'ils vous aient attaqués ?

Cette fois, ce fut Sirane qui répondit.

– C'est ma faute, dit-elle en s'avançant.

Vani sentit qu'elle allait enfin en apprendre davantage sur leur compagne. Magida le comprit aussi. Elle leur désigna un recoin de l'auberge.

– Venez. Nous serons mieux pour discuter.

Ils avancèrent lentement vers une sorte d'alcôve où se dressait une table assez imposante avec de véritables fauteuils en bois. Magida prit une place et invita les autres à faire de même. En s'asseyant, Vani se rendit compte qu'elle était épuisée et affamée. Déjà Magida levait un doigt pour faire signe à son personnel.

– Nous avons de quoi payer, fit Azzio en fouillant dans ses poches.

– Plus tard, trancha Magida. Pour l'instant, tout ce que vous me devez, ce sont des explications.

Sirane soupira. Pour la première fois, Vani la trouva vulnérable.

– Je suis Sirane d'Ashanul, la seconde plus grande ville d'Aqabah. Mon père est un prince, ma famille s'étant jadis enrichie en formant des guerriers pour les arènes. Quand j'ai eu dix-sept ans, il a souhaité me marier avec un cousin nommé Milak. Je le connaissais depuis toujours. Nous jouions souvent ensemble quand nous étions enfants. Nous nous entendions bien. J'avoue que j'étais même contente de l'épouser. Je le préférais lui à un inconnu. À cette époque, j'avais à cœur d'obéir à mon père et d'œuvrer pour le bien de la famille…

Sirane parlait de sa belle voix grave. Vani l'écoutait, heureuse de découvrir enfin qui était sa compagne de voyage.

– Pour les fiançailles, nous sommes allés à Aqabah avec toute ma famille. J'étais heureuse de retrouver Milak. Je ne l'avais pas vu depuis des années. Quand nous nous sommes rencontrés dans le quartier des Musiciens, j'étais transportée de joie. Il était joli garçon avant ; maintenant, il était devenu beau, avec des yeux très noirs et de longs cils. Nous restions bien sûr sous la surveillance de nos parents mais nous sommes parvenus à échapper à leur vigilance.

À cet instant, on apporta un plat de terre cuite rempli d'un ragoût de viande. Vani se mit à saliver malgré elle. Elle mourait de faim !

– Pendant un moment, nous nous sommes cachés derrière les moucharabiehs qui donnaient sur le canal de l'Ufsan. Nous n'avons pas prononcé un mot. La lumière de la lune se mêlait à celle des torches et nous étions habillés d'or et d'argent. Milak s'est penché vers moi, et nous nous sommes embrassés.

Vani tendit son assiette à Magida qui faisait le service. La chaleur de la nourriture se communiqua à ses mains. Elle huma le plat : c'était de l'agneau qui semblait très tendre, cuit dans des poivrons. Son ventre gargouilla en retour.

– Je passai une semaine magnifique, poursuivait Sirane, imperturbable. J'étais amoureuse. Mon corps vibrait dès qu'il m'effleurait. Nos parents étaient ravis, bien sûr. Et puis, peu à peu, sans que je le remarque dans un premier temps, l'attitude de Milak changea. Il se montrait de plus en plus possessif, de plus en plus jaloux. Il ne supportait pas que je parle avec un autre homme, que ce soit un serviteur ou un membre de ma propre famille. Je compris qu'il me faisait surveiller étroitement car il savait ce que je faisais dans la journée, même quand nous n'étions pas ensemble…

Son regard se perdait dans ses souvenirs. Dans la pénombre de la pièce, ses cheveux noirs défaits encadraient son visage de nuit.

– Je finis par parler à Milak, lui disant que je ne supportais pas d'être ainsi espionnée par mon futur époux. Je pensais qu'il allait se confondre en excuses. Au lieu de cela, il m'a saisi le bras, m'a serrée jusqu'à me faire pleurer de douleur. Il m'a dit que je lui appartenais. Que je lui devais une obéissance absolue. Que je n'étais rien qu'une petite princesse idiote, à peine jolie. Je me suis débattue. Il m'a frappée.

Vani avala presque de travers. Elle avait du mal à imaginer quelqu'un oser frapper Sirane.

– Il a sorti une arme et menacé de me tuer si je faisais quoi que ce soit pour empêcher le mariage. Sa famille avait besoin de notre fortune, je l'ai appris par la suite. Il avait essayé de jouer le jeu de la séduction mais le masque était tombé trop vite. Je pense qu'il ne me croyait pas capable de lui opposer la moindre résistance.

Azzio semblait outré. Il avait le poing serré et les articulations blanchies.

– Je n'ai pas su quoi faire. J'avais peur que mes parents ne me croient pas. Alors, j'ai décidé de m'enfuir. J'ai quitté Aqabah en revendant mes bijoux. Ainsi, j'ai payé ma traversée pour Aria. Mais Milak a envoyé ses assassins après moi. Ils m'ont poursuivie sur tout le continent. Je me suis cachée longtemps, presque deux ans. Ils avaient perdu ma trace. Je suis revenue à Aria. Mais ils m'ont retrouvée aussitôt et j'ai dû me faire arrêter pour leur échapper.

Un silence accueillit la fin de l'histoire. Vani se leva et alla prendre Sirane dans ses bras. Elle ne se sentait pas la force d'agir autrement. La jeune femme se raidit, un peu à la manière de Gunnor. Mais, après quelques secondes, elle se détendit et accepta le câlin.

– Je suis désolé pour toi, déclara Azzio qui semblait toujours en colère contre Milak.

Magida se redressa et son profil de faucon se révéla.

– Après ce que j'ai entendu, vous êtes les bienvenus dans mon auberge. Vous pouvez rester aussi longtemps que vous le souhaitez.

– Nous paierons, reprit Azzio.

Et il sortit l'une de ses éternelles reconnaissances de dette de sa poche. La tenancière la parcourut rapidement.

– À votre guise, dit-elle.

Elle allait se lever quand Vani la retint, avalant rapidement sa dernière bouchée.

– Attendez ! On a encore des questions à vous poser !

– Attention à ne pas abuser de mon hospitalité, prévint Magida, soudain plus raide.

– Ce n'est pas ce que vous croyez. On était en route pour votre auberge, afin de vous demander si vous aviez vu un dénommé Rokugami.

Les yeux de la tenancière s'étrécirent jusqu'à ne plus être que des fentes.

– Ce nom ne me dit rien, siffla-t-elle entre ses dents.

– Il y a quelques semaines, il avait rendez-vous dans votre auberge avec un certain Swainn, un homme du pays Blanc.

Vani fouilla dans son habit pour en ressortir le médaillon frappé de la rune. Alors, ils virent Magida se crisper. De nouveau, le silence tomba sur l'ensemble de la salle.

– Où avez-vous obtenu cela ? grinça-t-elle.

– Nous avons échoué en prison avec Rokugami, expliqua Vani, décidée à ne rien cacher. Il était déjà mort. Nous avons utilisé ses...

– Ses restes, proposa Azzio.

– Ses restes pour nous évader. Nous avons pris le médaillon en même temps. Mais, plus tard, nous nous sommes retrouvés avec Swainn aux galères.

Azzio grimaça. Il aurait vraisemblablement souhaité qu'elle ne donne pas autant de détails dans son histoire.

– Il était malade, résuma Vani. Il est mort en nous faisant jurer de sauver son village.

Les épaules de la tenancière se relâchèrent.

– Vous avez assisté aux derniers moments de Swainn ?

– Oui. Nous l'avons incinéré sur Esperanza. C'est là que nous avons prêté serment sur le fleuve des morts !

Un murmure impressionné parcourut les lèvres des clients. En effet, tout le monde avait dressé l'oreille pendant ce dernier échange et Vani avait parlé assez fort pour être entendue de tous. Pour toute réponse, Magida se tourna vers le garçon aux cheveux blancs qui se tenait près du comptoir.

– Toam, viens par ici !

Le petit albinos s'avança. De près, on pouvait voir que ses yeux bleus n'étaient jamais en repos et ne cessaient d'osciller dans un mouvement irrépressible. Magida posa une main sur l'épaule du garçon.

– Mon petit, j'ai une mauvaise nouvelle pour toi.

– Mon père est mort ? demanda Toam d'une voix tremblante.

– Je suis désolée. Swainn était un homme bon.

Vani était perdue. Ainsi, le petit Toam était le fils de Swainn ? Elle n'avait jamais pensé qu'il avait un enfant.

Sous le choc, Toam ne versa pas une larme. Le jeune garçon observa les trois aventuriers.

– Alors, c'est vous qui allez secourir mon village ?

Ils hochèrent gravement la tête. Vani commençait à saisir l'importance de son serment. Jusqu'alors, elle n'y avait vu qu'une formidable quête. Mais le garçon incarnait ce qu'ils devaient sauver.

– Quand ma mère est morte de la maladie qui ravage Vik, mon père s'est porté volontaire pour aller passer commande d'un automate. Nous sommes arrivés tous les deux à Aria il y a six mois. Nous avons attendu que la mage construise Rokugami. Tout ce temps, nous étions ici, au *Faucon rieur*.

Un sourire passa sur le visage de l'enfant.

– Un soir, Rokugami est arrivé. C'était un vrai héros ! Comme dans les contes ! Il a aidé Magida à retrouver le moral, elle qui était hantée par des souvenirs douloureux. Il m'a consolé de la mort de ma mère. Il a protégé plusieurs commerçants qui étaient harcelés par des brutes. Il a mis hors d'état de nuire une bande de voleurs qui sévissait dans le quartier. Pendant un moment, tout s'est bien passé. *Le Faucon rieur* est devenu un...

– Un sanctuaire, compléta Magida, émue.

– Oui. Mon père était ravi. Enfin, il avait un champion capable de sauver Vik. La mage n'avait pas menti. Elle avait vraiment livré un automate héroïque. Dans l'auberge, tout le monde a même oublié que c'était un être artificiel. Mon père a décidé de repartir au plus vite vers le pays Blanc. Moi, j'avais peur. Je ne voulais pas tomber malade. Surtout que je voyais bien que mon père ne s'était toujours pas remis de la mort de ma mère.

Toam s'assombrit.

– Et puis, un soir, des hommes sont venus. Ils étaient habillés tout en blanc...

Vani sentit un frisson lui parcourir l'échine.

– Je n'ai pas distingué leur visage, ajouta-t-il. J'ai une très mauvaise vue. Il me serait impossible de les reconnaître. Ils avaient tous les cheveux ras et le même costume blanc...

Il soupira.

– Ils ont attaqué Rokugami. Il s'est défendu mais il refusait de tuer des gens. Ils en ont profité. Ils ont réussi à me capturer et ont menacé de me tuer. Alors, Rokugami s'est rendu. Ils l'ont emporté... Plus tard, des gardes sont venus arrêter mon père. Juste après, il est tombé malade en prison, la même maladie qu'au village. Magida s'est occupée de moi…

Sa voix se brisa.

– C'est ma faute ! gémit l'enfant. C'est moi qui ai demandé à mon père de partir plus tard pour Vik. J'avais peur. Peur de tomber malade. Peur que mon père ne supporte pas le voyage.

Azzio se leva. Il était beau en cet instant, majestueux. Il posa un genou à terre en face de l'enfant.

– Écoute-moi, mon garçon. Rien de tout ce qui est arrivé n'est ta faute. Ce n'est pas toi qui as déclenché la maladie qui ravage Vik. Ce n'est pas toi qui as attaqué Rokugami. Ce n'est pas toi qui as dénoncé ton père et l'as envoyé aux galères. Tout cela, ce sont manifestement les hommes en blanc qui en sont responsables. Et si vous étiez partis plus tôt, ils vous auraient attaqués sur la route au lieu de vous attaquer à l'auberge. Cela n'aurait rien changé. Tu comprends ?

Toam hocha la tête. Vani essuya discrètement une larme. Elle avait envie de prendre tout le monde dans ses bras. À commencer par Azzio.

– Je savais bien que, sous tes airs de voleur, tu étais quelqu'un de bien ! s'écria-t-elle.

– Je *suis* un voleur, maugréa-t-il.

Voyant que tout le monde le regardait avec méfiance, il ajouta précipitamment :

– Mais je ne suis pas en activité actuellement.

Vani se sentit envahie d'un sentiment profond. Elle se tourna vers les clients de l'auberge et s'appliqua à les regarder tous dans les yeux.

– Rokugami était un héros. Swainn était un héros. Nous nous efforcerons d'être aussi héroïques qu'eux, nous, les Quatre Fantastiques !

Azzio secoua la tête avec une moue désapprobatrice.

– Le nom de notre groupe n'est pas encore fixé, corrigea-t-elle. Mais ce que je peux vous promettre, c'est qu'on essaiera d'être à la hauteur du courage de Swainn et Rokugami !

Des bravos éclatèrent et gonflèrent en applaudissements nourris. Magida décréta une tournée générale sous des hourras. Des bières et du rhum arrivèrent depuis le comptoir. Vani se retrouva avec une chope à la main sans rien avoir demandé. Elle la leva.

– À Rokugami ! s'époumona-t-elle.

– À Rokugami ! répéta l'assemblée.

– À Swainn !

– À Swainn ! Et aux Quatre Fantastiques !

Elle tenta bien de réexpliquer que ce n'était pas le véritable nom de leur groupe, elle ne put empêcher que plusieurs tournées ne leur soient consacrées sous cette appellation.

L'ivresse se répandit dans l'auberge. Azzio n'était pas le dernier pour la bouteille. Rapidement, il proposa une partie de cartes à d'autres clients et entama un jeu de pochère.

Vani, légèrement éméchée, tenta de ne pas trop boire. Elle avait un mauvais souvenir de la dernière beuverie à laquelle elle avait participé, même si cela lui avait permis de rencontrer ses nouveaux amis. Elle songea soudain qu'elle n'avait pas vu Sirane depuis un moment. Elle pensa ensuite à Gunnor qui était là-haut, toujours blessé. Elle eut envie de monter le voir, de vérifier qu'il était toujours bien en vie.

Elle avança vers l'escalier qui menait aux étages. Mais elle avait bu plus que prévu. Ses pieds s'emmêlèrent et elle manqua trébucher. Un homme, avec une longue moustache triste et un nez qui ressemblait à une fraise, la rattrapa.

– Vous savez, dit-il, avant, j'étais un ivrogne. C'est Rokugami qui m'a persuadé d'arrêter de boire. Je lui dois la vie. Même si je ne trinque pas avec vous ce soir, tout mon cœur pense à lui.

Il en avait les yeux humides. Vani lui donna l'accolade, incapable de parler. Elle poursuivit sa route chancelante vers l'escalier. Quand elle mit le pied sur la première marche, elle regarda en arrière pour voir si quelqu'un avait remarqué son manège. Mais non. Les gens buvaient ensemble, échangeaient des souvenirs, des bourrades amicales. Azzio, qui avait déjà terminé sa partie, distribuait des reconnaissances de dettes à ses partenaires de jeu. Il discutait avec Toam qui semblait très intéressé.

– Voudras-tu retourner à Vik avec nous ? demandait le noble.

– Non. Je ne crois pas. Magida m'a accueilli ici. Je ne peux pas l'abandonner.

Il ajouta sur le ton de la confidence :

– Ne lui dites pas mais elle est un peu comme une nouvelle mère pour moi.

– Je ne lui dirai pas, promit gentiment Azzio.

Vani n'en entendit pas davantage. Elle acheva de grimper la volée de marches. Une fois en haut, il lui fallut un moment pour que le couloir cesse de tourner autour d'elle. La tenancière avait parlé de la chambre bleue... La jeune femme avança dans le corridor. Il y avait des portes de chaque côté. Mais elles portaient toutes une couleur différente : rouge, vert, jaune... et bleu.

Vani s'arrêta. Elle inspira pour retrouver ses esprits. Si Gunnor dormait, elle ne voulait pas le réveiller. Tout doucement, elle ouvrit le battant et pénétra dans la pièce sur la pointe des pieds.

À cet instant, elle entendit une étrange mélopée. Soudain dégrisée, elle se glissa sur le côté et referma la porte derrière elle. Une silhouette noire était penchée sur le lit de Gunnor ! Le sang de la pirate ne fit qu'un tour. Regrettant de n'avoir pas pris d'arme avec elle, elle se prépara à sauter sur l'ombre encapuchonnée.

Au même moment, la forme se tut. Elle se retourna et Vani reconnut Sirane. Ses yeux étaient étranges, d'un bleu lumineux qui n'avait rien de naturel. Sirane ne la vit pas dans l'ombre. Elle quitta précipitamment la chambre et referma la porte.

Le cœur battant dans la gorge, Vani s'avança vers le blessé. Qu'est-ce que Sirane avait bien pu lui faire ? Était-elle une traîtresse à la solde des hommes en blanc ? Lui reprochait-elle d'avoir tué l'un des hommes d'Aqabah ? Mille scénarios se bousculaient dans sa tête. Craignant ce qu'elle allait découvrir, Vani se pencha sur Gunnor.

Le guerrier, pâle, les cheveux en étoile autour de son visage, dormait paisiblement. Le drap avait été ramené jusque sous son menton. Avec lenteur, Vani souleva la couverture. Elle crut que son cœur allait s'arrêter quand elle vit que le bandage appliqué par le médecin avait été enlevé ! Elle examina la plaie et, stupéfaite, ne la trouva pas. Un bourrelet de tissu cicatriciel avait remplacé la terrible entaille. Vani l'effleura pour se persuader que ce n'était pas une illusion.

Sirane avait donc guéri Gunnor ? Il n'y avait que la magie pour expliquer une cicatrisation aussi rapide. La jeune femme n'avait manifestement pas encore livré tous ses secrets. Le souffle du guerrier était régulier, apaisé. Il paraissait même avoir repris des couleurs. Le soulagement de Vani fut si brutal qu'elle se sentit épuisée. Tous les effets de l'alcool lui revenaient, ainsi que les émotions de la journée.

Gunnor était guéri ! Il allait vivre !

Alors, elle pleura sans pouvoir s'arrêter pour évacuer toutes les tensions de ces dernières heures. Harassée, n'ayant plus la ressource de redescendre au rez-de-chaussée ni de trouver une autre chambre, elle profita de la couverture relevée pour se glisser dans le lit et se blottir contre le grand corps endormi.

ÉPISODE 8
TRINED

– Vani ?

La jeune femme ouvrit un œil. On chuchotait juste à côté de son oreille. Elle reconnut Toam. Derrière lui se tenaient Azzio et Sirane. La lumière était encore grise. L'aube n'était pas loin.

Vani se redressa sur le lit. Elle avait dormi contre le flanc chaud de Gunnor.

– Qu'est-ce qu'il y a ? bafouilla-t-elle, encore à demi assoupie.

– Les hommes en blanc, souffla Toam. Ils entourent l'auberge.

Un sursaut électrique traversa Vani. Elle se leva, alertée, et secoua le grand guerrier du pays

Blanc. Il s'éveilla et ses yeux bleus brillèrent dans la pénombre.

– On les combat ? demanda Vani.

– La garde est avec eux, fit Azzio en secouant la tête. Ils ont dû jouer sur les accusations qui pèsent sur nous. Après tout, nous sommes responsables de la mort d'un ressortissant d'Aqabah.

Le cœur de Vani se serra. Décidément, elle n'avait pas souvent droit à des réveils tranquilles, ces derniers temps. Elle observa Gunnor qui la fixait, interrogateur.

– Comment vas-tu ?

– Bien, je suppose, répondit le guerrier. Que s'est-il passé ?

– Tu t'es évanoui après la bataille et on t'a emmené dans une auberge pour te soigner. Et là, tu as l'air d'être à peu près guéri !

– Guéri ?

Il observa le bandage défait sur son flanc et écarquilla légèrement les yeux.

– Il est déjà tiré d'affaire ? s'étonna Azzio.

– Le docteur avait l'air de savoir ce qu'il faisait, glissa Vani.

– Bon, dépêchons, trancha Sirane. Si les hommes en blanc nous trouvent, ils nous tueront…

– Les hommes en blanc ? répéta Gunnor.

– Je t'expliquerai, promit Vani.

Ils se levèrent en silence. Le guerrier ne paraissait plus souffrir du tout de sa blessure. Déconcerté, il effectuait des gestes pour tester sa mobilité.

À cet instant, Magida apparut sur le seuil.

– L'auberge est encerclée, annonça-t-elle. Je peux retenir les hommes en blanc mais pas les soldats de la garde. Je ne peux pas me mettre hors la loi. Vous devriez partir par le toit.

– Par le toit ! s'exclama Vani avec joie.

Elle adorait se promener en hauteur. C'était presque un cadeau qu'on lui faisait. Les autres membres du groupe ne semblaient pas apprécier autant qu'elle cette escapade.

– Suivez-moi, intima Magida.

Filant comme une lame, elle les mena hors de la chambre, dans le couloir, puis jusqu'à un escabeau qui conduisait vers le plafond. Elle les précéda, appuya sur la charpente et ouvrit un panneau avant de redescendre.

– Par là, vous pourrez fuir sans être vus. Mais baissez bien la tête.

Sirane s'inclina légèrement en signe de remerciement. Azzio sourit à la tenancière.

– Merci pour tout.

Il lui fourra dans les mains l'argent gagné à Altabianca.

– Pour que Toam ait le meilleur.

– Ce n'est pas la peine, protesta Magida.

– Si, croyez-moi. Et sinon, utilisez cet argent pour entretenir l'auberge, pour le jour où il en héritera.

Cette fois, Magida ne refusa pas. Quand ce fut le tour de Vani, elle passa ses bras autour de la tenancière qui était sans doute la personne la plus filiforme qu'elle ait jamais serrée contre elle.

– Faites attention avec les hommes en blanc, murmura-t-elle, les yeux embués.

– Ce sont eux qui ont causé la mort de Swainn et Rokugami. Ils le paieront un jour ou l'autre.

Un éclat meurtrier brilla dans ses prunelles, celui d'un faucon en chasse.

Gunnor, toujours un peu ahuri, passa devant Magida sans rien dire. Ils montèrent tous les quatre sur l'escabeau. Quand Vani émergea à l'air libre, elle se sentit soudain mieux respirer. La lumière était encore faible. Azzio et Sirane attendaient avec impatience.

– Dépêchons, fit le baron. Ils ne vont pas tarder à comprendre par où nous sommes partis.

Par chance, une portion du toit dépassait sur le côté et les dissimulait aux yeux des gens de la rue. Ils avancèrent donc à quatre pattes dans une sorte de tranchée aménagée au milieu du toit. C'était sans doute un espace destiné aux ramoneurs, à en juger par la quantité de suie collante qui maculait le bois. Ils progressèrent un moment jusqu'à quitter la verticale de l'auberge. Un escalier permettait de se hisser sur le bâtiment suivant, plus haut d'un étage. Là, les fugitifs étaient exposés. Il fallait aller vite.

Azzio s'élança le premier. Son manteau, jadis chatoyant, avait mal vécu les derniers rebondissements. Les couleurs en étaient passées, délavées, brunies. Cela lui fournissait un excellent camouflage. Sirane aussi, avec ses vêtements noirs, passa inaperçue. Vani fut si rapide que personne n'eut le temps de la remarquer. Gunnor, cependant, posait deux problèmes. Son habit demeurait assez clair et, étourdi, il n'avançait pas rapidement.

Du haut de l'étage supérieur, Vani observa la rue. Il n'y avait pas grand monde à cette heure matinale. Quelques hommes en blanc se remarquaient néanmoins çà et là. Ils étaient aux aguets. Ils avaient le même crâne rasé que celui aperçu dans la chambre du garde. Aucun ne regardait dans la direction de Gunnor. Ce dernier se hissa avec effort. Vani lui tendit la main pour l'aider mais il la refusa.

– Allez, allez ! insistait Azzio.

Le groupe se trouvait désormais sur un toit fait entièrement de chaume. Les joncs craquaient quand on posait le pied dessus. Le baron avança avec précaution. Il n'était pas lourd, Sirane et Vani non plus. Gunnor, en revanche, fit gémir le toit de roseaux.

– Je savais que ces muscles causeraient ma perte, murmura Azzio.

Pourtant, le colosse réussit à traverser le toit sans encombre.

– On va redescendre, fit le voleur. On est assez loin.

– Comment ? demanda Sirane. On va se rompre le cou...

Vani chercha du regard. Elle aperçut une charrette de terre. Cela amortirait leur chute. Du doigt, elle désigna la cible. Azzio leva les yeux au ciel. Sirane parut prier en dedans.

– D'accord, j'y vais en premier, proposa Vani.

Sans attendre, elle sauta. Cette chute n'était pas une nouveauté pour la pirate. Elle avait déjà effectué ce genre de cascades à de nombreuses reprises. Elle savait qu'à moins d'un terrible manque de chance, elle ne risquait rien.

Elle atterrit exactement à l'endroit visé, sans se faire mal le moins du monde. Néanmoins, elle sut immédiatement que sa bonne étoile l'avait provisoirement abandonnée quand les premiers effluves lui chatouillèrent les narines : elle avait atterri dans du fumier.

Elle se dégagea et voulut avertir les autres. Il était trop tard, hélas. Azzio s'enfonça profondément dans le tas d'excréments.

– Mais c'est… Mais c'est de la… !

Il ne put en dire davantage. Sirane l'avait suivi. Ses jambes se fichèrent dans la matière fécale. Elle n'émit aucune protestation mais ses yeux noirs se posèrent sur Vani, lui promettant de sinistres représailles. Enfin, Gunnor les rejoignit. Il ne parut même pas remarquer où il avait mis les pieds. Il quitta la charrette fatale sans sourciller.

– Euh, je vous propose d'y aller, murmura Vani.

Ainsi crottés, ils avancèrent dans la rue. En face d'eux s'étendait une fosse gigantesque remplie d'immondices en tout genre.

– Le dépotoir, fit Azzio. C'est notre chance. Nous pourrons quitter Aria par ce côté.

– On quitte Aria ? demanda Vani.

– Nous n'avons plus rien à faire ici, n'est-ce pas ?

– Et le meurtre de Rokugami ?

– Nous savons déjà que ce sont les hommes en blanc.

– Mais on n'a aucune preuve ! s'emporta Vani. Il faudrait réunir des témoignages et faire condamner ces assassins !

– Tu penses vraiment qu'ils vont écouter d'anciens galériens comme nous ? ricana Azzio. Tu es encore plus naïve que je ne le craignais...

– Moi, naïve ! s'empourpra Vani. Je te rappelle que je suis une pirate !

– Une pirate d'eau douce, oui !

La jeune femme pâlit affreusement. Même Gunnor et Sirane eurent un mouvement de recul.

– Tu vas trop loin, murmura le guerrier.

Et Sirane approuva d'un hochement de tête.

– Pardonne-moi, fit Azzio en levant les mains. Ma vie est devenue un peu trop mouvementée à mon goût ces derniers temps et mes paroles ont dépassé ma pensée. Tu n'es pas une pirate d'eau douce, Vani.

Cette dernière observa le noble, hésitant à lui pardonner. Et puis, la bonne humeur lui revint. Elle n'avait pas envie de rester fâchée.

– C'est bon, dit-elle. Je ne t'en veux pas. Mais dis-moi comment tu espères résoudre notre quête en quittant Aria ?

– En tout cas, si nous restons, nous nous ferons arrêter.

– Il a raison, ajouta Sirane. Si ce ne sont pas les gardes ou les hommes en blanc, ce seront les hommes de mon cousin qui nous égorgeront.

À ces mots, Gunnor baissa la tête sans un mot.

– Même si on faisait condamner les coupables, si on parvenait à se faire justice, nous n'aurions pas avancé dans notre quête, reprit Azzio. Nous n'avons pas la possibilité de faire fabriquer un nouvel automate. Estella devait être une des rares mages à accepter un tel marché. Et nous n'avons plus l'argent nécessaire pour en payer un nouveau.

– Et tes reconnaissances de dette ?

– Cela ne marchera pas pour une grosse somme. J'ai monté cette escroquerie qui fonctionne uniquement si je facture de petits montants. Autrement, cela attirerait l'attention des autorités bancaires d'Altabianca. En outre, les payeurs pourraient contester la validité de la signature.

– Tu es un voleur ! On pourrait dérober de quoi se payer un nouvel automate !

– J'ai l'impression que Rokugami était unique. On n'a aucune assurance de tomber sur un nouveau héros.

Vani se sentit envahie par le désespoir. Elle savait qu'Azzio ne faisait qu'énoncer des vérités.

– Eh bien, s'emporta-t-elle, d'accord ! Quittons Aria ! Allons à Kniga ! Là-bas, ils sauront bien nous fabriquer un automate digne de ce nom.

– Nous serons confrontés aux mêmes problèmes de financement, répondit Azzio.

– J'ai peut-être une solution, murmura Sirane, les cheveux au vent.

Les trois autres se tournèrent vers elle.

– Je connais quelqu'un, dans la forêt de Sauvagny, qui pourrait éventuellement nous aider.

– Qui ? Comment ? s'enquit Vani.

Sirane ne put lui répondre.

– Nous ne sommes pas seuls, siffla Gunnor entre ses dents.

En effet, trois silhouettes blanches se tenaient non loin d'eux. Profitant de la distraction des quatre compagnons, elles avaient approché en silence. C'étaient deux femmes et un homme. Ils avaient les mêmes crânes tondus, le même sourire extatique.

– Mes amis, déclara l'une des femmes, enfin nous vous retrouvons. La joie est grande dans nos cœurs.

Déstabilisée, Vani ne trouva rien à répliquer. Elle aurait presque eu envie de serrer ces gens dans ses bras. Gunnor dut le sentir car il tendit la main devant elle, comme on protège un enfant.

– Ne t'approche pas d'eux.

– Je ne suis pas stupide !

– Je sais.

– Nous sommes venus vous offrir la sérénité, aventuriers, affirma la femme.

Cette fois, les quatre compagnons n'étaient pas partis sans armes. Ils avaient emporté celles prises sur leurs assaillants d'Aqabah. Azzio jeta un des deux sabres à Gunnor qui ne s'en saisit pas. La lame tomba sur le sol avec un bruit clair.

– Que t'arrive-t-il ? s'étonna le noble.

– Il a trouvé la sérénité, déclara la femme.

– Vous, on ne vous a rien demandé ! rétorqua Vani.

La femme en blanc ne parut pas s'en offusquer.

– Vous ne faites que vous fuir vous-mêmes. Avec nous, vous aurez toutes les réponses.

– Vous avez tué Rokugami ! s'emporta Vani.

– Nous lui avons offert la sérénité. Il n'y avait pas d'autre voie. Il l'a refusée.

La femme en blanc ne cessait de sourire. Elle parlait d'une voix douce. Tout cela était très troublant. Vani les observa mieux. Les membres de ce groupe portaient tous un bijou à trois lames tourbillonnantes entrelacées, l'une de bronze vert, l'autre de cuivre rouge et la troisième de fonte noire.

– Quel est ce signe ? interrogea-t-elle.

– C'est le Trined, répondit tranquillement la femme. Il symbolise la voie vers la sérénité.

Sirane regardait partout autour d'elle. Manifestement, elle mourait d'envie de fuir mais redoutait un piège. C'était tout ce qui la retenait en cet instant. Sans cesse, elle jetait des coups d'œil en direction du dépotoir.

Gunnor semblait en proie à un puissant combat intérieur. Même s'il demeurait monolithique, impassible, Vani sentait qu'il était tiraillé. Ses poings se serraient et se relâchaient alternativement.

Quant à Azzio, il était prêt à en découdre, arme au poing.

– N'écoute pas, glissa-t-il. Je connais ces gens-là. Ils te font croire qu'il n'existe qu'une seule manière de vivre.

– Il n'y a qu'une seule manière de vivre, répliqua doucement la femme au Trined. Comme il n'y a qu'une seule vérité.

– Pourquoi vous en avez après nous ? demanda Vani.

– Vous êtes égarés. Nous voulons vous montrer le bon chemin, la vraie voie. Venez avec nous, cela ne prendra pas longtemps.

– Nous sommes obligés de décliner, répondit Azzio. Croyez bien que nous en sommes désolés.

– Nous ne pouvons accepter cette réponse, rétorqua la femme. Permettez-nous d'insister.

Vani ne supportait pas cet échange poli où la violence était latente. Elle aurait préféré un véritable combat à ces assauts d'amabilités. Et puis, le sourire continuel de ces gens lui devenait intolérable.

Ses camarades semblaient tout aussi décontenancés par l'abord amical des Trined. On aurait pu oublier qu'ils avaient menacé le petit Toam et égorgé Ado Oavlovic, le gardien de prison. Dans le même temps, leur confiance absolue laissait soupçonner quelque entourloupe. Cela pouvait aussi bien être un archer embusqué que des lames empoisonnées. Et Vani était dans l'impossibilité de communiquer avec ses camarades pour mettre au point un plan de fuite.

– Nous ne vous voulons aucun mal, reprit la femme. Je m'appelle Orionde. Et vous ?

Vani était sur le point de répondre quand Azzio lui fit non de la tête. Peut-être était-elle naïve finalement. Sa mère ne lui avait pas appris à se méfier des gens. Elle lui répétait que la bonté et la sincérité assuraient une coexistence pacifique et harmonieuse entre les hommes. Même au cours de son voyage jusqu'à Aria, elle n'avait jamais eu à dissimuler ses intentions. Se taire était pour elle un supplice. Elle avait envie de répondre poliment aux gens du Trined. Cette femme dénommée Orionde lui rappelait sa mère. Et sa mère lui manquait. Elle n'avait pas imaginé que la quête de son père l'emporterait dans des détours aussi inattendus et dangereux.

– Vous voulez nous empêcher de sauver Vik, comprit soudain Vani. C'est pour cela que vous nous poursuivez. Vous avez deviné qu'un serment nous lie au destin de ce village.

– Nous l'ignorions, avoua Orionde sans se départir de son sourire. Mais vous n'avez rien à voir avec cette bourgade perdue du pays Blanc. Laissez la nature suivre son cours et la maladie se répandre.

– Nous avons juré sur le fleuve des morts, précisa la pirate.

– Vani ! pesta Azzio. Pourrais-tu éviter de raconter toute notre vie à des gens que l'on peut considérer comme des ennemis ? Avec le respect que je vous dois, Orionde.

Orionde repartit d'un ton mielleux :

– Nous ne sommes pas offensés par cette appellation.

– Je ne leur raconte pas toute notre vie, répliqua Vani. Ils ne nous mentent pas. Je n'ai pas à leur mentir en retour.

– Vous faites bien, glissa Orionde.

– N'est-ce pas ? Pourquoi est-ce que la sincérité ne serait pas une force pour une fois ? Au lieu d'être considérée comme une faiblesse.

– Vous parlez d'or, susurra doucement la femme. Vous devriez rejoindre nos rangs. Oui, l'un de nos membres a menacé un enfant mais il n'a jamais eu l'intention de porter la main sur lui.

– Et le garde de la prison ? Votre homme a trébuché ?

– Exactement, fit Orionde avec un aplomb remarquable.

– Attention ! cria Azzio.

En effet, relâchant son attention, Vani s'était légèrement rapprochée de la femme du Trined. Un poignard à trois lames jaillit aussitôt, visant sa poitrine. Une des lames brilla dans les feux orangés de l'aurore.

La main d'Orionde tomba à terre, tenant toujours le manche de son arme. Son sourire ne bougea pas, comme si elle n'avait reçu qu'une caresse sur la peau, la femme fit un pas en avant. Azzio, qui lui avait déjà tranché un membre, la menaça de la pointe de son sabre.

Orionde s'avança comme si de rien n'était. Le tranchant perça sa combinaison blanche et s'enfonça dans sa poitrine, laissant perler une goutte de sang rouge sur le tissu immaculé.

La femme continua d'avancer et le fer se ficha lentement dans sa poitrine.

– Elle est folle ! s'exclama Azzio, extrêmement mal à l'aise.

Pourtant, il ne céda pas et garda le manche de son sabre fermement dans sa main. La lame pénétra d'un pouce, puis deux dans la chair.

– Attention !

Cette fois, c'était Sirane qui avait crié. Elle planta son poignard dans le poignet encore indemne de la Trined. Car la femme avait tenté de toucher Vani avec son autre main. Malgré ses horribles blessures, elle ne paraissait pas ressentir la douleur. Elle souriait toujours, d'un sourire affreux qui donnait froid dans le dos.

Finalement, Azzio, qui ne supportait plus la situation, leva un pied et frappa le plexus de la Trined pour dégager son arme.

– Partons ! intima-t-il.

Vani n'était que trop heureuse de lui obéir. Cette scène lui donnait la nausée. Gunnor l'attira en arrière. Ils se jetèrent soudain dans la fosse d'ordures en contrebas. L'estomac de Vani lui remonta dans la gorge mais elle atterrit dans les détritus avec un certain soulagement. Tout plutôt que ces fous de Trined.

Ils roulèrent le long de la pente, glissant sur les déchets collants, humides. Une certaine chaleur s'élevait de cet endroit, à la manière du compost. En relevant la tête, Vani vit que ses trois compagnons étaient autour d'elle. Ils se mirent à courir aussi vite qu'ils le pouvaient dans le champ d'ordures. La puanteur était suffocante mais moins étouffante que l'aura de malaise qui entourait les gens du Trined.

Vani se retourna. Les trois silhouettes blanches étaient toujours perchées en hauteur, au bord de la fosse, immobiles. Elle eut l'impression de voir des fantômes qui l'observaient de loin, grimaçants.

– Qu'est-ce que c'est que ces malades ? lança-t-elle une fois hors de portée des Trined.

– Je n'ai jamais rencontré de tels fanatiques, confia Azzio qui s'empêtrait à demi dans son sabre.

Gunnor et Sirane gardaient les mâchoires serrées. Ils traversèrent ainsi le dépotoir, regardant sans cesse en arrière pour vérifier qu'ils n'étaient pas suivis. Il n'y avait jamais personne. Mais Vani avait toujours le sentiment que les Trined continuaient de l'observer avec leur rictus plaqué sur le visage.

Au loin, à main forte, se dessinaient des champs. Les quatre obliquèrent de ce côté où il semblait plus facile de se déplacer. Vani enjamba une carcasse verdâtre, piétina quelques planches de bois pourries. Elle était presque heureuse de se dégourdir les jambes.

Ils arrivèrent enfin auprès des cultures et s'enfoncèrent dans les blés. L'or entoura Vani qui inspira à pleins poumons l'air sec et chargé de parfums céréaliers.

Elle se heurta presque à un mur. Les champs étaient entourés d'une muraille. Des semences étaient passées par-dessus cet obstacle. Cela suffisait pour dissimuler les compagnons qui longèrent le mur en hâte.

Il y avait une porte un peu plus loin. Des gardes étaient occupés à l'ouvrir, sans doute pour permettre aux gens de venir déposer leurs ordures. Quelques pauvres attendaient de pouvoir entrer. Vani comprit qu'ils venaient plutôt chercher dans ces immondices de quoi se nourrir ou se vêtir. Cette pensée lui serra le cœur.

La bande de blé s'arrêtait quelques pas avant la porte. Le groupe fit une pause, essoufflé.

– Comment on fait pour sortir ? demanda Vani.

– Vu notre état, on nous confondra facilement avec des pauvres, répondit Sirane.

Ce n'était même pas un sarcasme. Après la traversée du champ d'ordures, les quatre aventuriers ne ressemblaient plus à grand-chose. Ils étaient couverts de boue, de lisier et d'autres substances innommables.

– Attendons que des gens rentrent et on ne fera pas attention à nous au moment de sortir, proposa Vani.

Le plan fut rapidement adopté. Tout le monde voulait fuir au plus vite Aria et ses hommes en blanc. Azzio guettait l'entrée. Un groupe de mendiants fut admis dans le dépotoir.

– C'est notre chance ! lança-t-il.

Après avoir un peu attendu, ils quittèrent le refuge des blés que des pauvres commençaient à glaner et à dévorer sur pied. Vani constata qu'ils avaient piètre allure. Ils avaient l'air de bonshommes de boue.

Ils avancèrent sous le regard des gardes. Le cœur de Vani battait à tout rompre. Seule Sirane n'avait rien perdu de son allure mais elle avait rabattu sa capuche sur son visage et courbait l'échine pour ne pas attirer l'attention. Les gardes se désintéressèrent d'eux.

Vani mit un pied en dehors d'Aria avec le sentiment d'embrasser une liberté nouvelle.

ÉPISODE 9
MODAZZIO !

Vani songeait avec nostalgie au *Stradivari* qu'ils avaient laissé dans le port d'Aria. Ses yeux se perdaient dans le Parcoul, énorme fleuve qui traversait la capitale avant de se jeter dans la mer de la Morsure. En cet instant, les voyageurs remontaient le vaste cours d'eau en direction du septentrion.

De temps à autre, une saute de vent ou bien un mouvement particulier venait soulever une odeur nauséabonde. La jeune femme se rendit compte que c'étaient eux qui sentaient horriblement mauvais.

– On devrait se baigner dans le fleuve ! proposa-t-elle.

Souvent, ses idées ne rencontraient pas un enthousiasme délirant au sein du groupe mais, cette fois, tout le monde acquiesça. Il fut décidé qu'on se séparerait en deux équipes, Gunnor et Azzio d'un côté, Vani et Sirane de l'autre. Les femmes trouvèrent une crique protégée. Elles se baigneraient tandis que les garçons surveilleraient les alentours. Puis ils inverseraient.

Vani ne perdit pas de temps. Elle ôta ses vêtements dégoûtants et se précipita à l'eau, nageant avec délectation. Le flot frais faillit l'emporter. Elle revint près du bord, surprise par le débit du fleuve. Heureusement, l'onde était bien plus propre ici qu'elle ne l'était dans Aria, sa couleur étant plus claire, quoique toujours opaque.

Vani frictionna sa peau pour en extraire la crasse avant de se frotter les cheveux. Soudain, elle sentit la présence de quelqu'un à côté d'elle. C'était Sirane, toujours silencieuse.

– Tu es une sorcière, hein ? s'enquit Vani dans l'une de ses fulgurantes intuitions.

La chevelure sombre de Sirane flottait, éparse. Elle ne parut pas surprise.

– Qu'est-ce qui te fait dire ça ? demanda-t-elle, en effectuant quelques brasses.

Vani remarqua qu'elle portait des tatouages au henné sur les bras.

– Tu as soigné Gunnor. Et, quand on est passés sur Esperanza, Ska a dit qu'elle savait qui tu étais. Ensuite, ton cousin t'a attaquée. Il paraît que les sorcières sont des femmes qui veulent se venger des hommes. Bon, on raconte aussi qu'elles ont la peau noire de crasse et qu'elles sacrifient des enfants à la pleine lune !

Sirane l'observa un moment, amusée. Elle semblait hésiter à répondre.

– Oui, je suis une sorcière, convint-elle. Quand j'ai fui Aqabah, j'ai eu un rêve. On m'invitait à me diriger vers le Kohest pour rejoindre mes sœurs. Un clan de sorcières m'a recueillie. J'avais peur de tout. J'avais l'impression d'être une moins que rien, d'avoir trahi ma famille. Les paroles de Milak résonnaient encore en moi. Il m'a fallu du temps avant de retrouver l'estime de moi-même. De comprendre que je n'étais pas coupable, mais victime. De décider que je ne voulais pas rester victime...

Ses yeux noirs prirent un éclat effrayant.

– Qu'as-tu fait ? frémit Vani.

– Disons que notre serment à propos de Vik n'est pas le premier que je fais...

En cet instant, Sirane ressemblait à une allégorie de la Mort. Vani se réjouit de ne pas compter parmi ses ennemis.

– Pourquoi est-ce que tu n'as pas dit à tout le monde que tu pouvais soigner Gunnor ?

– Ce n'était qu'un sort de guérison très simple. Il n'a fait qu'accélérer la cicatrisation. Le docteur avait bien travaillé...

– Tu ne réponds pas à ma question !

– Les sorcières sont pourchassées, surtout par les mages d'Aria. Je ne pouvais pas rester à côté de l'Académie sans prendre de gros risques. Estella aurait pu me démasquer...

Vani avait fini de se décrasser. Elle rejoignit la berge et attrapa le paquet puant qui lui tenait lieu de vêtements. Elle commença à gratter les tissus pour les rincer et les nettoyer. Sirane fit de même. Le Parcoul emportait des eaux devenues brunâtres.

– Tu nous emmènes chez les sorcières alors ? interrogea Vani.

– Pas directement. Certaines sœurs de mon clan ont vraiment conservé une haine des hommes. Gunnor et Azzio n'y seraient pas les bienvenus. Mais je peux demander à la sorcière qui m'a formée si elle peut m'aider. Je pense à un sort...

Vani voulut l'interroger plus avant mais elle ne put rien tirer de plus de Sirane. Les deux jeunes femmes ressortirent de l'eau et enfilèrent leurs vêtements trempés. Tandis qu'elles s'éloignaient du fleuve, la sorcière retint la pirate par le bras.

– Ne leur dis pas. Pas encore.

Vani acquiesça.

– D'accord. Même si je pense que tu peux leur faire confiance. Surtout Gunnor.

Elles revinrent vers un bosquet où les attendaient les deux hommes. À leur arrivée, Azzio se dressa comme un ressort.

– À nous ! dit-il joyeusement.

Quand il passa à côté d'elles en sifflotant, elles sentirent l'odeur atroce qu'il dégageait. Gunnor le suivit, sans un mot, perdu dans ses pensées. Ils disparurent ensuite derrière un rideau d'arbrisseaux.

– Je me demande ce qui tracasse Gunnor, songea Vani à voix haute. Il est tellement sombre depuis qu'on a combattu les hommes de ton cousin !

Sirane baissa la tête.

– Mais je ne voulais pas dire que c'était à cause de toi ! corrigea aussitôt Vani en maudissant sa maladresse.

– Je le sais bien. Milak paiera pour ce qu'il nous a fait...

La sorcière changea de conversation. Elle montra à Vani des plantes et des fleurs dont celle-ci ignorait l'existence. On pouvait s'en frotter les aisselles pour aspirer la sueur et exhaler une délicate senteur florale. Vani se sentit revivre.

– Chez moi, les parfums sont partout.

– Si un jour tu viens à Aqabah, je t'en ferai découvrir...

Un peu plus loin, Sirane pressa des tiges qui émirent un liquide gras et translucide.

– Mets-en sur tes cheveux, dit-elle. Cela les nourrira et leur donnera du brillant.

Vani s'exécuta et découvrit avec joie que Sirane disait vrai. Déjà, le soleil matinal venait réchauffer leurs vêtements et les sécher.

– Ah ! s'exclama soudain Azzio en revenant. On ne dira jamais assez combien l'hygiène influe sur l'image de soi. Et, si j'ai rincé mes vêtements, je me suis aussi rincé l'œil !

Il ricana puis, voyant qu'il ne rencontrait pas d'écho chez les deux jeunes femmes, il se pencha en avant.

– Comment faites-vous pour que vos cheveux brillent de cette manière ?

Sirane partagea son secret avec lui. Azzio en profita pour coiffer sa courte barbiche et ses tresses. Avec le nettoyage, son manteau avait retrouvé un peu de couleur.

Gunnor arriva ensuite et les filles n'eurent pas besoin d'insister beaucoup pour qu'il les laisse s'occuper de ses longs cheveux blonds. Elles le coiffèrent à la manière d'une poupée à taille humaine.

– Tu es sûr que tu ne veux pas de natte ? demanda Vani.

– Non merci.

Malgré l'atmosphère joyeuse, le guerrier ne se dérida pas. Il semblait toujours préoccupé et songeur.

– Je suis heureuse d'être débarrassée de ces gens du Trined ! s'exclama soudain Vani.

Elle eut un frisson.

– Oui, renchérit Azzio, ils me font froid dans le dos.

– Et maintenant ? s'enquit Gunnor.

– On remonte le fleuve, répondit Sirane.

– Jusqu'où ?

– Je vous dirai…

* * *

Ils reprirent leur marche vers le septentrion. À présent qu'ils étaient libres, propres et légèrement armés, il ne leur manquait plus qu'une chose : de la nourriture. Rapidement, ils tombèrent sur une petite auberge qui accueillait de nombreux voyageurs en bord de route. Azzio eut un regard d'envie envers l'écurie.

– Il y a de belles bêtes là-dedans. Nous irions plus vite avec des montures, qu'en dites-vous ?

Il observa ses poches. Hélas, ses reconnaissances de dette avaient souffert du bain : elles étaient à la fois humides et odorantes. Avec un soupir, le baron pénétra dans la vaste maison de rondins décorée d'une tête de cerf aux bois immenses.

Une fois à l'intérieur, le jeune homme embrassa la grande salle du regard. Il jeta son dévolu sur un groupe de nobles, accompagnés d'un serviteur, qui prenaient leur petit déjeuner au centre, en prenant bien soin d'être remarqués par les autres voyageurs.

– Mes amis ! s'exclama Azzio en les abordant.

Avec un naturel désarmant, il s'installa à leur table comme s'il les connaissait depuis des années.

– Azzio de Giocoperdudo ! Nous nous sommes vus au dernier bal !

Il était si convaincant que les trois nobles attablés furent bientôt persuadés d'avoir croisé le jeune homme à de nombreuses reprises. Quelques minutes après, la tablée riait aux éclats. On aurait dit qu'ils cherchaient à faire le plus de bruit possible. Même les couleurs de leurs vêtements étaient criardes, assorties de plumes et de dentelles.

Azzio parvint à se faire inviter. Il fit signe à ses camarades de s'asseoir.

– Ah, vous savez, la domesticité de nos jours !

Les nobles enchaînèrent en tenant des propos poliment injurieux à l'égard du peuple. Azzio ne cessait de les y encourager. Vani sentait ses oreilles devenir rouges d'indignation. Sirane dut lui rappeler qu'elle n'était pas vraiment la domestique de leur camarade.

– Quand même ! grommela la pirate, prenant à témoin le domestique des trois nobles. On ne parle pas des gens de cette manière !

Le serviteur haussa les épaules en silence, résigné.

Cependant, Azzio se débrouilla pour leur faire apporter de quoi manger. La colère de Vani s'envola quand elle put dévorer un morceau de fromage sur du pain, ainsi que du saindoux accompagné d'un demi-oignon.

Comme c'était l'heure du déjeuner, Azzio encouragea ses hôtes à commander des alcools forts. Il apparut que ces nobles venaient du fief du Rideau pour profiter de la capitale avant le mariage de l'un d'entre eux. Il fut beaucoup question du quartier des Plaisirs.

– Ah, fit Azzio, je ne puis vous laisser partir sans vous mettre en garde. Les escrocs sont partout et ils risquent de vous dépouiller aux cartes. Laissez-moi vous montrer.

Il se fit apporter un jeu et entama une partie de pochère. Il perdit toutes ses mains, s'entêtant à faire monter les enchères.

– On dirait que vous n'avez pas grand-chose à nous apprendre ! s'esclaffa l'un des nobles.

– Je me suis montré présomptueux, concéda Azzio, tout déconfit. Laissez-moi vous signer une reconnaissance de dette.

Les autres protestèrent. Ils étaient entre gentilshommes. Mais Azzio insista tellement qu'il finit par leur signer un papier encore humide stipulant qu'il leur devait une fortune. Vani commençait à s'ennuyer. Elle ne voyait pas où Azzio voulait en venir.

Ce dernier offrit une nouvelle tournée. Les chopes d'hydromel se succédèrent. Azzio semblait de plus en plus éméché. Vani faillit se lever et intervenir quand il proposa une nouvelle partie de pochère. Sirane l'arrêta.

– Mais il va perdre tout son argent ! chuchota la pirate.

– Je crois qu'il a un plan...

Cela recommença comme avant. Azzio perdit partie sur partie. C'en était presque douloureux à regarder. Les créances s'accumulaient en rouleaux sur la table. Même ses adversaires tentaient de le dissuader de continuer. Vani remarquait néanmoins qu'ils prenaient plaisir à dépouiller leur semblable. Ils le méprisaient de plus en plus ouvertement, à mesure que celui-ci perdait de l'argent.

Finalement, Azzio se retrouva, dodelinant de la tête, à supplier ses hôtes de lui accorder une dernière chance.

– Laissez-moi me refaire, gémit-il. Je sens que la chance va tourner.

Il parut pris d'une soudaine inspiration.

– Je suis prêt à mettre en jeu le manoir des Giocoperdudo à Altabianca. Cinquante chambres. Deux cents domestiques. Des dizaines de tableaux de maître et de sculptures. Sans compter les tapis et les vases !

Une lueur de convoitise brilla dans les yeux des trois nobles. Ils échangèrent un regard entendu. Cette fois, Vani se leva.

– Monsieur, dit-elle, ce n'est pas possible. Vous allez perdre le domaine de vos parents !

Elle essayait de jouer le jeu mais elle avait beaucoup de mal à mentir.

– Va te rasseoir, bafouilla Azzio. Je sais ce que je... ce que je... fais...

– C'est d'accord, acceptèrent les trois nobles. Mais je ne vois pas ce que nous pourrions miser.

– Peu importe ! éluda Azzio.

– Nos chevaux, proposa l'un des trois.

– Si vous le souhaitez, répondit le jeune homme en haussant les épaules.

Vani comprit enfin où Azzio avait mené le trio. Il cherchait à récupérer leurs montures. Cependant, il prenait de grands risques et il semblait vraiment saoul comme une barrique.

– Monsieur ! protesta-t-elle.

– Chut ! lui ordonna-t-il en posant son doigt sur sa bouche.

En fait, il ne trouva pas ses lèvres et posa son index sur son menton. Vani se rassit, en proie à une terrible angoisse.

Une nouvelle partie commença. La jeune femme ne parvenait pas à détacher ses yeux de la dernière reconnaissance de dette signée par son camarade. Elle indiquait qu'il perdrait son manoir en Altabianca si le jeu ne lui était pas favorable. Les cartes furent distribuées. La tension monta d'un cran dans la salle. Les serveuses avaient cessé de servir, les mangeurs de manger et l'on n'avait plus d'yeux que pour la partie en cours. Le silence s'installa. Seul le frottement des cartes sur la table se faisait encore entendre.

Vani avait bien envie de se cacher les yeux. Azzio observa sa main et son visage s'allongea sous l'effet de la déception. Il ne put retenir un :

– Oh, non !

– Nous pouvons encore annuler la partie, proposa l'un des trois nobles, celui qui avait le plus de scrupules.

– Non, soupira Azzio, tragique, l'œil humide. Je me suis engagé à aller jusqu'au bout.

– Très bien.

Les trois nobles en goguette dévoilèrent leurs cartes. C'étaient de belles combinaisons, très fortes, presque impossibles à battre.

Alors, d'un geste lent, théâtral, comme s'il jetait ses armes aux pieds de son vainqueur, Azzio abattit sa main sur la table. C'était un carré de reines.

– J'ai gagné ! s'écria-t-il. J'ai gagné !

Des hourras éclatèrent dans la salle. Les nobles, stupéfaits, ne savaient comment réagir. Ils ne purent même pas protester. Entamant une danse endiablée, Azzio les entraîna avec lui. Il rafla quelques pièces sur la table et les lança à l'aubergiste.

– Musique ! s'écria-t-il.

Il invita ses adversaires malheureux à une ronde formidable. Patauds, les nobles se laissèrent embarquer, ainsi que toutes les personnes présentes dans l'auberge. Azzio avait beaucoup bu. Il n'avait pas fait que feindre l'ivresse. Vani s'en rendit compte quand il monta sur une table et jeta à la foule déchaînée :

– Je m'appelle Azzio de Giocoperdudo et je vous...

Ce fut alors du délire.

– C'est le mot d'Azzio !

Vani eut même l'impression que l'expression avait raccourci au point de devenir : modazzio. D'ailleurs les clients répétaient en chœur :

– Modazzio ! Modazzio !

Un violoniste s'était emparé de son instrument et avait initié une gigue folle à laquelle il était difficile de résister. Vani faillit se joindre aux danseurs mais, de nouveau, Sirane la retint. D'un mouvement de tête, elle lui fit signe de sortir.

Accompagnées de Gunnor qui demeurait imperméable à l'ambiance de fête, elles quittèrent la salle sans se faire remarquer. Ce fut une fois dehors que Vani mesura le vacarme qui régnait à l'intérieur.

– Ah, vous voilà ! fit Azzio qui conduisait quatre chevaux hors de l'écurie.

La mâchoire de Vani s'affaissa.

– Comment tu as réussi à sortir aussi vite ?

– Un magicien ne dévoile jamais ses trucs, répondit-il avec un clin d'œil. Je vous rassure cependant : j'ai récupéré mes reconnaissances de dette. Je n'ai jamais eu l'intention de payer ces nobliaux.

Alors, les quatre enfourchèrent les chevaux.

– Partons avant qu'ils dessoûlent !

Les montures prirent la direction du septentrion tandis que, derrière eux, s'élevaient des notes de musique et le fracas des pieds battant la mesure. Pendant longtemps, le vent continua de porter ce doux refrain :

– Modazzio ! Modazzio !

ÉPISODE 10
Les bois Noirs

Le voyage se poursuivit à cheval. Vani n'était guère habituée à se déplacer de cette manière. Elle eut rapidement les fesses et les cuisses en feu à cause du frottement de la selle. Sirane dut aller lui trouver une plante apaisante afin de rendre la suite du parcours supportable.

En la regardant chercher dans les herbes, Azzio, qui n'avait pas complètement évacué son ivresse, songea tout haut :

– Je me demande si Sirane n'est pas une sorcière.

Vani rougit et se détourna. Elle détestait garder des secrets. Gunnor, lui, ne réagit pas. Il ne quittait pas la route des yeux, frémissant aux bruits, morne.

Le Parcoul avait nettement diminué en taille. Sa couleur avait également changé. Il prenait des teintes bleutées de torrent de montagne, quoiqu'il fût encore assez imposant.

Après plusieurs jours sans incident, la troupe arriva devant les bois Noirs. En prévision de futurs affrontements, Gunnor avait montré quelques passes d'armes à Vani avec le sabre. Lui-même refusait de conserver une arme.

– Ici commence la forêt de Sauvagny, déclara Sirane. C'est là que nous trouverons ce qu'il nous faut.

Sans hésiter, elle mena son cheval sous les frondaisons sombres. Des arbres centenaires étalaient leurs lourdes branches, occultant presque complètement la lumière du jour. Vani frémit en pénétrant dans la futaie. Les écorces crevassées ne lui inspiraient pas confiance. Des oiseaux de mauvais augure croassaient dans le silence. Les bois craquaient. Et les sabots des chevaux, nerveux, brisaient des brindilles sous leur poids.

– N'est-ce pas un endroit charmant ? plaisanta Azzio.

Mais on voyait bien qu'il n'était pas rassuré non plus. L'ambiance devint vraiment sinistre. Vani avala sa salive. D'ordinaire, elle aurait adoré grimper aux arbres mais, cette fois, les branches moussues, verdâtres, ne lui faisaient pas envie.

Ils avancèrent jusqu'au soir, sans jamais vraiment quitter les bords du Parcoul. Le soleil baissa à l'horizon, couchant les ombres dans la forêt.

– Restez ici, dit Sirane en sautant de cheval. Je vais chasser.

– Elle chasse en plus ? s'étonna Azzio. Elle ne cesse de m'étonner. C'est peut-être la femme idéale.

– Merci pour moi ! grommela Vani.

– Serais-tu jalouse ?

– Pas du tout ! Mais j'ai l'impression que tu trouves des qualités à tout le monde, sauf à moi.

Azzio posa sur elle ses grands yeux verts, soulignés de cils si longs et si noirs qu'ils semblaient maquillés.

– Vani, soupira-t-il, n'as-tu pas remarqué que je complimente les gens uniquement quand ils ne sont pas là ?

La jeune femme réfléchit et se dit qu'en effet, il n'avait fait de remarques admiratives que lorsque les intéressés n'étaient pas à portée d'oreille.

– Ça veut dire que tu parles bien de moi quand je ne suis pas là ?

– Évidemment, s'indigna-t-il faussement. Qui d'autre pourrait être ma pirate préférée ?

– Oh ! fondit-elle, la bouche en cœur.

Le voleur ne put échapper à une embrassade.

– On pourrait s'appeler la Confrérie du Câlin, suggéra Vani, blottie contre le torse du jeune homme.

– Bien sûr, voilà qui terrifierait nos ennemis, répondit Azzio.

– Donc, c'est non ?

– C'est non.

Il se détacha d'elle doucement.

– Tu es une drôle de pirate.

– Merci !

Ils durent ensuite aller chercher du bois mort pour faire du feu, car la température ne montait guère à l'ombre des bois et le Parcoul avait tendance à emporter le peu de chaleur avec lui.

– Ne t'éloigne pas trop, recommanda Azzio.

– Toi non plus, rétorqua-t-elle.

Elle avait beau s'en défendre, la forêt de Sauvagny l'impressionnait avec ses grands arbres sombres. Elle se hâta donc de ramasser quelques brindilles avant de revenir vers le campement.

Gunnor n'avait pas bougé. Assis sur une pierre, le regard perdu dans le vide, il faisait peine à voir. Vani déposa son fagot et réfléchit à une idée pour le tirer de son abattement. Elle alla aux chevaux et fouilla dans les sacs des selles. Il n'y avait pas grand-chose à vrai dire. Les nobles n'avaient laissé là que ce qui était de peu de valeur à leurs yeux, quelques chiffons, une gourde et... un livre.

Ravie, Vani courut vers le guerrier et lui déposa le petit in-8 sur les genoux.

– Tu as vu ?

Il baissa les yeux sur l'ouvrage. Son visage demeura de marbre mais une petite lueur s'alluma dans son regard. Il s'empara du grimoire.

– *Le Codex nobilis* ? gronda-t-il.

– S'il ne te plaît pas, je le reprends, s'impatienta la jeune femme.

– Non, c'est bon. Je te remercie, fit-il.

Il se plongea dans la lecture. Vani soupira, satisfaite. Gunnor l'avait aidée à surmonter ce moment douloureux où elle avait cru que son père n'était pas ce qu'elle espérait (c'était bien sûr une erreur !). Elle était heureuse de lui retourner la faveur.

Azzio revint à cet instant, les bras chargés d'un énorme fagot. Il entreprit de dégager un endroit du sol pour préparer le foyer.

– Si seulement, j'avais du papier pour lancer le feu, songea-t-il.

– Ce n'est pas drôle, déclara Gunnor.

Les premières flammèches crépitèrent bientôt. Il était temps car l'obscurité tombait sur la forêt. Les oiseaux chantaient dans l'air du soir. C'était un véritable concert de pépiements. Une lueur dorée, suivie d'une douce chaleur, se propagea autour de l'âtre.

– Tu sais allumer un feu ? s'étonna Vani.

– J'ai un briquet d'amadou, révéla Azzio.

Il s'assit à son tour sur une pierre, se chauffant les mains à la belle flambée.

– Je me demande ce que fabrique Sirane. Elle va bientôt se retrouver dans une obscurité totale…

– De quoi parle ton livre, Gunnor ? demanda Vani pour ne pas songer au crépuscule.

– C'est assez extraordinaire, répondit-il. J'ai dans les mains le fameux *Codex nobilis*, un traité qui décrit le courtisan idéal, sa manière d'être et de se comporter. Je pensais que c'était une copie mais il semble bien que ce soit un original.

– *Le Codex nobilis* ? répéta Azzio. Ma famille en possédait un exemplaire à Altabianca. On ne le lisait jamais, mais on aimait à le montrer aux invités. J'imagine que ce sont les parents de l'un de ces freluquets qui lui ont offert l'ouvrage. Il n'a pas dû l'ouvrir…

– C'est une mine de renseignements, s'anima Gunnor. Le premier livre trace le portrait du courtisan idéal. Le deuxième évoque sa manière d'agir, tandis que le troisième est consacré au pendant féminin du courtisan, la dame de palais. Quant au dernier livre, il s'attarde sur l'évocation du prince idéal.

– Cela paraît passionnant, déclara Azzio en bâillant. Je regrette de ne pas l'avoir lu…

À cet instant, une silhouette ténébreuse surgit. Tout le monde tressaillit.

– C'est moi… dit la voix grave de Sirane.

Elle baissa sa capuche et dévoila ses deux grands yeux noirs. Puis elle jeta les dépouilles qu'elle tenait sur son épaule. Trois lapins tombèrent à terre. Azzio se frotta les mains.

– Nous allons nous régaler.

Sirane écorcha et vida les animaux en hâte, avant de les embrocher et de les faire cuire au-dessus du feu. Pendant ce temps, elle remarqua que Gunnor lisait. Elle ne dit rien mais parut se détendre légèrement. Vani était aux anges.

– Je crois que c'est la première fois qu'on est tranquillement au coin du feu, tous les quatre !

– Vraiment ? ricana Azzio.

– Sois gentil, murmura Sirane.

Ils attendirent que le gibier cuise. Bientôt, des odeurs de viande grillée montèrent dans l'air et Vani se surprit à saliver. Elle mourait de faim.

* * *

Un craquement résonna. Vani s'éveilla aussitôt. Elle ne parviendrait donc jamais à faire une nuit complète ! Elle allait protester quand elle aperçut, à la lueur des braises, un gigantesque insecte, gros comme un cheval.

Le monstre était recouvert d'une carapace brun-rouge avec un médaillon triangulaire sur l'abdomen. La chose émettait une stridulation étrange provenant d'un organe en forme de râpe situé sous son ventre. Elle exhalait une senteur fade de pomme pourrie.

Poussant un cri, Vani roula sur le côté. Elle passa par-dessus Gunnor qui grogna :

– Je n'aime pas qu'on me touche.

La pirate le secoua brutalement et, quand il s'éveilla, il ouvrit de grands yeux étonnés. Sirane était déjà debout, son poignard à la main.

– Il y a souvent des insectes géants dans les bois Noirs...

– Tu ne pouvais pas nous prévenir ? s'emporta Vani.

– Elle a dû être attirée par les odeurs de lapin...

– Elle n'a pas l'air de vouloir se contenter de ça ! s'écria Vani.

– Attention à son rostre ! prévint la sorcière.

En effet, la bête déployait une sorte de corne torsadée avec laquelle elle tentait de harponner ses proies. Vani dégaina son sabre et para l'attaque de la punaise colossale. Car c'était bien une punaise démesurée qu'elle affrontait.

Une sorte d'escrime s'engagea entre la pirate et le monstre, entre le sabre et le rostre. Heureusement, Vani avait pu s'entraîner un peu au maniement de cette arme. Elle évita les coups autant qu'elle le put.

Sirane tentait de blesser l'animal en le poignardant sur le flanc mais sa lame ne parvenait pas à percer l'armure. Elle s'acharna jusqu'à ce que l'arme, rebondissant sur la chitine, lui échappe.

Vani recula alors vers le fleuve. Repoussée par la bête, elle allait devoir sauter dans les eaux noires. Le Parcoul était extrêmement rapide à cet endroit. Y tomber, c'était la noyade assurée. Elle recula encore, le talon suspendu dans le vide. Des mottes de terre se détachèrent de la rive et dégringolèrent dans le fleuve.

Soudain, alors que la jeune femme voyait sa dernière heure arriver, un sabre se leva. Le tranchant s'abattit sur la carapace du monstre. Une odeur nauséabonde envahit l'air nocturne.

Gunnor empoigna le manche de son arme et frappa encore. Les plaques de chitine cédèrent sous la violence de son attaque, un peu à la manière d'une couche de glace qui se fend sous les pas. Les organes de la créature, mous, apparurent et commencèrent à couler sur le sol avec des relents écœurants.

Enfin, la punaise cessa d'avancer et s'affaissa, morte. Les exhalaisons qu'elle émettait soulevaient le cœur.

– Tu vas bien ? demanda Gunnor.

– Et toi ? rétorqua Vani.

Le colosse blond soupesa le manche de son arme. Il esquissa un sourire.

– Je vais mieux.

Ce fut à cet instant qu'Azzio s'éveilla en sursaut. Il regarda autour de lui, étonné.

– J'ai manqué quelque chose ?

Puis, humant l'air, il grimaça avec dégoût.

– Il y en a à qui le lapin ne réussit pas, marmonna-t-il avant de se draper de nouveau dans sa couverture.

* * *

Vani eut du mal à se rendormir. Non seulement elle craignait une nouvelle attaque mais, en plus, le cadavre de la punaise sentait extrêmement mauvais. C'était une véritable infection. Même quand ils eurent fait basculer la carcasse dans le Parcoul, la puanteur demeura.

Le seul à être bien reposé au matin fut donc Azzio. Il sifflotait en préparant le petit déjeuner.

– Debout les campeurs ! s'écria-t-il joyeusement. Et haut les cœurs !

Gunnor mit ses bottes.

– Ça va cailler aujourd'hui, fit Vani en grelottant.

Les matins se ressemblaient depuis qu'ils avaient quitté Aria. C'était un éternel recommencement.

– Qui veut un reste de lapin ? s'enquit Azzio. Ah, j'ai magnifiquement dormi !

Sirane se dressa, l'air sombre.

– Nous allons éviter d'autres attaques mortelles, déclara-t-elle. Je vais nous trouver un raccourci…

– Pourquoi parle-t-elle d'attaque mortelle ? s'étonna Azzio.

Nul ne prit la peine de lui répondre. Ils avalèrent leurs dernières bouchées et montèrent à cheval.

La sorcière conduisit les montures dans les bois. Ils perdirent de vue le Parcoul. Vani n'aimait pas l'ambiance des écorces sombres et torturées.

Tout à coup, le décor trembla autour d'eux. La pirate se raidit sur son cheval. Elle observa les environs. Tout semblait normal.

Puis, derechef, le paysage tressauta, se brouilla. Les troncs devinrent un large bandeau noir, tandis que les frondaisons se transformèrent en un ruban verdâtre. Les chevaux avaient beau avancer à la même allure, le monde accélérait autour d'eux comme s'ils avaient galopé follement.

– Quelle est cette sorcellerie ? demanda Azzio.

– Nous l'appelons la traversée des forêts…

Sirane ne paraissait pas disposée à en dire davantage. Vani regardait, fascinée, les bois défiler. Soudain, tout vira au noir absolu. Elle eut l'impression que ses entrailles lui remontaient dans le gosier.

Et le décor cessa de bouger.

Tout avait changé autour d'eux. Ce n'étaient plus les bois Noirs qui les entouraient mais des pins dont les aiguilles acides avaient tué toute végétation en dessous d'eux. Un tapis craquant s'étendait à perte de vue.

– Nous ne sommes plus dans la forêt de Sauvagny, murmura Azzio.

– Nous sommes dans le Kohest, répondit Sirane.

– C'est inconcevable ! Il est impossible de franchir les montagnes !

– C'est à cela que sert la traversée des forêts…

Sirane mit pied à terre.

– Maintenant, ne dites plus un mot. Sauf Vani. Vani peut parler…

– Voilà qui est tout à fait injuste, protesta Azzio.

Il n'en dit pas davantage. Une forme arrivait à travers bois. Sa silhouette était semblable à celle de Sirane : même manteau long à capuche, même démarche silencieuse.

– Je me réjouis de te revoir, ma sœur, déclara une voix de femme.

Elle rabattit sa capuche sur ses épaules. Vani découvrit une femme d'une cinquantaine d'années au visage à demi brûlé. La moitié de sa chevelure brune avait viré au blanc du côté de la blessure. La sorcière désigna Gunnor et Azzio.

– Ils ne sont pas les bienvenus, dit-elle froidement.

– Ils ne bougeront pas, ils ne parleront pas... promit Sirane.

Elle manifestait beaucoup de respect à son aînée.

– Ma sœur, salua-t-elle en inclinant la tête.

La sorcière défigurée se détourna et s'éloigna. Sirane lui emboîta le pas.

– Vani, viens avec nous.

La pirate adressa un regard d'excuse aux deux garçons et suivit les deux femmes. Elles marchèrent un moment jusqu'à atteindre, à l'abri derrière un rocher, une petite chaumière camouflée dans les bois.

Elles pénétrèrent dans la maison. Vani fut heureuse d'y découvrir un décor plus accueillant que celui de Ska, croisée à Esperanza. En effet, la cabane était bien plus spacieuse qu'elle ne le paraissait au premier abord.

– C'est plus grand à l'intérieur, nota Vani.

– On me le dit souvent, éluda la sorcière en se tournant vers Sirane.

Elle examina sa cadette.

– Tu n'as pas accompli ta vengeance, déclara-t-elle.

– Kas, écoute-moi, supplia Sirane.

– Non, je ne veux pas entendre tes excuses. Je t'avais bien dit de ne pas jurer sur l'Araignée. C'est un serment fatal. Pourquoi es-tu revenue ?

– J'ai de nouveau juré. Sur le fleuve des morts, cette fois.

La sorcière parut accuser le coup.

– Sirane, tu n'as toujours pas compris la leçon ? La vengeance ne mène à rien ! Crois-moi. Tu sais à quel point j'ai poursuivi les hommes qui m'ont fait cela.

Elle montra sa brûlure. Vani détourna le regard, gênée.

– Un par un, je les ai tous tués. Ils m'ont suppliée de les épargner. Je les ai laissés parler et je les ai consumés. Pas un n'a échappé à mes flammes.

– Je le sais, commença Sirane, mais…

– Laisse-moi finir, ma sœur. Je ne t'ai jamais raconté la suite. Après ces meurtres, je suis retournée dans le

Kohest, je me suis occupée de toi. Je suis en paix avec ma cicatrice. Mes sœurs m'ont acceptée telle que je suis.

Elle avait redressé fièrement la tête.

– Mais une flamme me brûle toujours, avoua-t-elle. Une flamme qui m'éveille encore la nuit. Je revois la mort de mes victimes, je vois leur chair fondre, noircir, se racornir. Il n'est rien de pire que la morsure du regret. J'ignore si ces hommes méritaient la mort, mais je sais que je ne méritais pas de devenir un assassin.

Sirane s'était raidie. Elle avait refoulé l'émotion qui montait en elle.

– Je ne suis pas comme toi, ma sœur. Je n'aurai de repos que quand Milak baignera dans son sang.

La sorcière irradiait de haine. Vani ne l'avait jamais vue dans un tel état. Soudain, aussi vite qu'il était apparu, l'éclat monstrueux disparut de ses prunelles.

– Mais ce n'est pas pour cela que je suis revenue, reprit Sirane. Le second serment qui m'oblige n'est pas une vengeance. Il s'agit d'un sauvetage.

En quelques mots, elle expliqua la situation de Vik et les sacrifices déjà consentis par les habitants. Elle désigna Vani.

– Elle m'accompagne. Nous sommes liées par le même serment…

– Les deux hommes aussi ? s'enquit Kas.

– Oui. Ils sont dignes de confiance, autrement je ne les aurais menés à toi que pour les regarder mourir…

Un long frisson remonta l'échine de Vani. Sirane pouvait être réellement effrayante parfois.

– Que veux-tu ? demanda Kas.

– Nous avons perdu un automate capable d'approcher des porteurs de maladie. Je voudrais que tu me montres à nouveau comment fabriquer un golem.

– Tu ne voulais pas l'apprendre la dernière fois…

– J'ai changé d'avis. Veux-tu bien m'enseigner ce sort ?

Kas soupira. Après un instant de réflexion, elle répondit :

– Soit. De toute façon, je te connais. Tu finiras par en découvrir le secret toute seule, d'une manière ou d'une autre. Regarde.

La sorcière s'accroupit. Sirane l'imita. Vani hésita avant de s'asseoir à son tour. Elle osait à peine respirer, de peur de déranger le cours.

Kas frotta la terre battue qui couvrait sa chaumière. Elle ôta quelques fétus de paille, des brins d'herbe et des épines.

– Assure-toi de travailler à partir du matériau le plus homogène possible. Tout élément étranger risque d'affaiblir la structure de ta créature. Certaines d'entre nous conservent volontairement un défaut pour pouvoir neutraliser leur golem en cas de besoin.

Sirane hocha la tête, concentrée.

– Une fois ta matière première réunie, trace la rune de vie. C'est là que tout se joue. Le caractère, la longévité, la force, la taille de ton golem dépendront de la façon dont tu traceras le signe. S'il manque de précision, ton golem sera imprévisible. Si tu te trompes, tu créeras un monstre. Si tu doutes, il sera incomplet.

Joignant le geste à la parole, Kas dessina un glyphe complexe dans la terre battue. D'abord, rien ne se passa. Vani ne put s'empêcher d'éprouver un peu de déception.

Puis le sol trembla. Un être argileux s'étira. Il ne mesurait que quelques pouces de hauteur. Son visage était entièrement lisse, sans bouche et sans yeux.

Le petit être, que Vani trouvait très mignon, s'agita soudain et se dirigea vers le pied de la sorcière. Il déchira entre ses mains le bas de son manteau. Il aurait poursuivi son entreprise de destruction si Kas n'avait pas retiré de son corps un brin d'herbe. Coupé en deux, l'homoncule tomba en tas et rejoignit la terre.

– Certaines sorcières orgueilleuses ont bâti des golems gigantesques que rien n'arrête. Ils errent encore dans ces bois…

– Et les sorcières ? demanda Vani.

– Mortes...

La jeune pirate avala sa salive. Elle était émerveillée par la magie à laquelle elle venait d'assister mais l'image d'un monstrueux golem vagabondant dans les montagnes du Kohest lui serra le ventre.

– La leçon est terminée, conclut Kas en se relevant.

– C'est tout ? s'enquit Sirane.

– Tu sais tout ce qu'il y a à savoir en théorie. Maîtriser la pratique exige parfois une vie entière.

Sirane s'inclina profondément.

– Je te remercie, ma sœur.

– Je te souhaite de sauver ce village. Et de trouver la paix.

La jeune sorcière allait prendre congé quand son aînée la retint.

– Et fais attention à toi. J'ai appris que notre sœur Xa avait récemment été tuée.

– Par qui ? interrogea Sirane en serrant les poings.

– Un groupe d'aventuriers appelé la Compagnie Créance.

– Décidément, dit Vani, ils sont partout, ceux-là !

– Ils n'ont pas fait que du bien. Et beaucoup aimeraient nous voir disparaître d'Aria, nous les sorcières.

Sirane s'inclina de nouveau. Elle quitta la maison, suivie par Vani qui se pressa pour rester à sa hauteur.

– C'est donc là que tu étais après avoir fui Aqabah ?

– Oui, Kas m'a recueillie et m'a appris tout ce que je sais.

– Et son visage ? s'enquit la pirate.

– Un homme voulait l'épouser. Elle a refusé. Il lui a jeté de l'acide à la figure, estimant que son honneur avait été bafoué. Il a reçu le soutien des hommes du village quand elle a réclamé justice. Maintenant, ils sont tous morts...

– J'avais saisi, murmura Vani.

Elles retrouvèrent un peu plus loin leurs deux compagnons qui les attendaient patiemment. Gunnor lisait et Azzio taillait un morceau de bois.

– Alors ? demandèrent-ils en se levant.

– J'ai de quoi fabriquer l'équivalent de l'automate, répondit Sirane. Nous n'avons plus qu'à prendre la route du pays Blanc.

– Attends, quel équivalent de l'automate ? Tu pourrais nous en dire davantage, non ? insista Azzio.

– Je veux créer magiquement un golem...

Azzio et Gunnor échangèrent un regard alarmé. Cela dura longtemps et une conversation muette s'engagea entre eux, faite de froncements de sourcils, d'inclinaisons de tête, de moues sceptiques, d'écarquillements interrogateurs. Enfin, le baron haussa les épaules et opina du chef en signe d'assentiment.

– Eh bien, qu'est-ce qu'on attend ? s'exclama Vani. Allez ! En avant !

Et elle sauta sur son cheval.

ÉPISODE 11
La bière coule à flots

– Oh, non ! gémit Vani. On retourne encore à Aria ?

En chemin, le groupe avait dû réfléchir à un plan. Tous avaient convenu qu'il valait mieux reprendre le *Stradivari* qui mouillait dans le port de la capitale. Sirane usa de sa magie pour transporter le groupe depuis les forêts du Kohest jusqu'aux bois Noirs de Sauvagny. Là, ils obliquèrent vers le ponant pour rejoindre la cité du Rideau, au confluent du Parcoul et de la Craonne. C'était leur première halte en ville depuis un moment.

Gunnor, d'habitude assez calme, montrait des signes certains d'excitation.

– C'est la troisième plus grande bibliothèque du royaume d'Aria ! dit-il en guise d'explication. Je dois la voir.

Il ne paraissait écouter aucun discours.

Le groupe entra donc dans Rideau en proie à d'âpres discussions. L'idée d'Azzio consistait à vendre les chevaux et à poursuivre leur route en descendant le Parcoul sur un bateau. Mais, quand ils aperçurent la forteresse, placée au milieu du fleuve dont les eaux puissantes frappaient sans relâche les arches d'un pont de pierre, ils changèrent d'avis. Plus loin, on pouvait apercevoir des rapides et même des cascades.

– Il va falloir trouver un autre moyen, murmura le voleur.

– Pas avant d'avoir vu la bibliothèque.

Ils dépassèrent de grandes fermes dont les champs longeaient le Parcoul, avant de pénétrer dans la ville, composée de belles maisons de pierre et de bois. Les rues se révélèrent étonnamment propres.

Sans attendre, Gunnor mit pied à terre et se dirigea vers la forteresse. Les autres durent courir derrière lui car le colosse avançait à grandes enjambées.

– On dit que l'accès de la bibliothèque est sévèrement restreint, souffla Azzio. Il faut demander l'autorisation au seigneur local.

– Je la lui demanderai.

Gunnor s'arrêta enfin.

– Vous ne comprenez pas, dit-il. Je vis pour découvrir ces bibliothèques. J'ai déjà manqué celle de l'Académie de magie d'Aria. Il est hors de question que je laisse passer une nouvelle occasion.

Voyant qu'il n'y avait aucun moyen de le raisonner, Azzio céda.

– Bien, soupira-t-il. Mais tu vas au-devant de tristes déconvenues.

Ils se présentèrent à la forteresse et demandèrent à être reçus par le seigneur. Il s'agissait d'un certain Anne du Rideau. Les gardes prononçaient son nom avec crainte et respect.

Vani espéra un instant qu'Anne ne pourrait les recevoir et que ce serait la fin de leur étrange expédition. Mais ils se virent répondre presque aussitôt que ce dernier était disposé à leur accorder une audience.

Traînant le pas, elle avança dans un dédale de couloirs, à peine interrompus par de vastes salles. Ils débouchèrent finalement dans une pièce ornée de tentures bleues, couleur des armoiries du Rideau. Là, on les fit asseoir sur un banc. Un chevalier à l'armure rutilante gardait un portail en bois sculpté.

– Nous ne devrions pas être là, grinça Sirane. Nous avons une mission.

– Ne pensez-vous pas que cette bibliothèque est peut-être le meilleur endroit pour en apprendre davantage sur les hommes en blanc du Trined ? glissa Gunnor.

Vani ouvrit la bouche, stupéfaite. L'idée ne l'avait pas effleurée. Pour tout dire, elle s'était empressée d'oublier l'existence de ces gens terrifiants. D'ailleurs, ils en avaient à peine parlé entre eux tant la dernière rencontre avait été traumatisante.

– Entrez, déclara simplement le chevalier en ouvrant la porte.

Impressionnée, Vani se fit toute petite. Sirane, elle, était sur ses gardes comme si elle arpentait de nouveau les bois Noirs. Ils entrèrent dans un vaste bureau. Entouré de conseillers, un homme grand, sec, au regard aigu, consultait des rapports. Il leva à peine les yeux à l'entrée des aventuriers.

– Que voulez-vous ? Je suis pressé.

– Seigneur, commença Gunnor.

Il ne put poursuivre. Azzio le dépassa et prit la parole à sa place.

– Seigneur Anne, nous venons vous faire part d'une menace qui pèserait sur le fief et même sur Aria.

Cette fois, les gens se tournèrent vers les arrivants. Il avait réussi à capter leur attention.

– En effet, reprit le voleur, nous sommes en butte aux menées d'un groupe de personnes qui se font appeler le Trined.

– Jamais entendu parler, gronda Anne.

Azzio ne se démonta pas.

– Ils sont fort discrets pour l'instant mais tout indique qu'ils ont pour projet de s'attaquer à tout ce que nous chérissons. Le village de mon ami (il montra Gunnor) a déjà été ravagé par leur faute. Nous les avons suivis et retrouvés à Aria. Mais nous avons perdu leur trace le long du Parcoul. Ils s'habillent de blanc et portent les cheveux ras.

Le seigneur consulta discrètement ses conseillers qui semblaient faire non de la tête.

– Nul n'a connaissance d'une telle engeance, répondit Anne. Vous me faites perdre mon temps.

Il levait déjà la main pour ordonner au chevalier de les reconduire quand Azzio se drapa dans son manteau et adressa fièrement :

– Je suis le baron Azzio de Giocoperdudo et je sollicite très humblement auprès du seigneur Anne du Rideau l'autorisation de consulter sa bibliothèque.

L'œil d'Anne s'alluma.

– Vous êtes de la famille Giocoperdudo, une branche des Santa Sophia ? Votre grand-père était Protecteur d'Altabianca, si je ne m'abuse.

– Tout à fait, répondit Azzio en se rengorgeant.

Anne réfléchit un instant.

– L'entretien de la bibliothèque coûte cher, reprit-il. Et chaque consultation use un peu plus les ouvrages.

– Peut-être pourrions-nous effectuer une donation afin de participer à cet entretien ? glissa Azzio.

– Un don généreux serait appréciable.

Vani suivait la négociation avec délectation. Azzio sortit une de ses éternelles reconnaissances de dette et la signa en mettant les formes et toute la pompe possible.

Anne se fit apporter le document, le consulta, le fit authentifier par ses conseillers avant d'opiner du chef.

– C'est bien. Je vous laisse deux heures dans la bibliothèque.

C'était à prendre ou à laisser. Azzio s'inclina respectueusement et le chevalier les guida vers une autre pièce.

– Je croyais que tu ne pouvais pas signer pour des sommes importantes, murmura Vani entre ses dents.

– C'est différent avec le seigneur du Rideau. Si l'on n'acquitte pas sa dette, cela devient un incident diplomatique.

Pendant ce temps, Gunnor se frottait nerveusement les mains.

– Je vais voir la troisième bibliothèque d'Aria, répétait-il.

On les mena jusqu'à une tour ronde, sorte de donjon. Une grille fut levée et ils entrèrent. À l'intérieur, des étagères sur mesure tapissaient les murs, épousant l'arrondi des parois. Il y en avait même dans les escaliers en colimaçon qui menaient aux étages.

– C'est… c'est magnifique, balbutia l'érudit, terrassé par l'émotion.

Vani fut époustouflée par la vue mais, rapidement, elle commença à s'ennuyer. Il n'y avait pas grand-chose à part des grimoires, des codex et des rouleaux. Elle n'avait jamais été une grande lectrice. Sirane disparut dans des rayonnages. Quant à Azzio, il fit un tour avant de s'asseoir dans un coin, estimant sans doute qu'il en avait assez fait.

Gunnor ressemblait à un chien de chasse sur la piste de sa proie. Il furetait dans les rayons, courait d'un meuble à un autre.

– Deux heures, l'entendait-elle marmonner quand il passait devant elle. Cela ne sera jamais suffisant.

Parfois, il s'extasiait sur un exemplaire.

– Oh, ils ont une *Chronique de la Guerre des deux royaumes* ! s'écria-t-il en brandissant un énorme volume. Il vient à peine de sortir !

– Concentre-toi, l'encouragea Vani. On n'a pas beaucoup de temps. Trouve ce que tu peux sur le Trined.

– Tu as raison.

Et le guerrier se perdait de nouveau dans les rayons. Vani s'appuya sur un volume particulièrement épais et s'en servit comme coussin pour sa tête. Elle finit par s'assoupir. Avec toutes ses nuits interrompues, elle était en manque de sommeil.

Elle ferma les yeux quelques secondes, ou du moins le crut-elle. Une grande main la secoua. Gunnor se trouvait face à elle, ses beaux yeux bleus brillants.

– J'ai trouvé !

Sirane surgit de nulle part. Azzio acheva de manucurer ses ongles avec son sabre avant de daigner les rejoindre.

– Le Trined est bien un signe très ancien. Il remonte même à avant la Clarté de Tansanli. D'après ce que je lis, il s'agissait d'une puissance maléfique primordiale. Elle a brusquement disparu sans laisser de trace. Et il semble que, depuis, sa place ait été prise par le dieu Ennemi.

– Mais le dieu Ennemi vient d'être vaincu par la Compagnie Créance ! s'exclama Vani.

– En effet, cela explique peut-être le retour du Trined.

– Mais en quoi consiste cette force maléfique ? demanda Sirane.

– Et comment peut-on la faire disparaître à nouveau ? ajouta Azzio.

Gunnor secoua la tête.

– Je n'ai pas encore réussi à trouver cette information. Pour l'instant, je n'ai rien sur les hommes en blanc. Ni sur le rapport avec Vik.

– Il est l'heure ! déclara le chevalier à l'entrée de la bibliothèque.

– Non ! supplia Gunnor. Juste encore un peu !

Il ressemblait presque à un petit enfant qui ne veut pas aller dormir. Mais le chevalier se montra intraitable.

– Le délai est écoulé, asséna-t-il d'un ton sans réplique.

Les épaules voûtées, Gunnor accepta de se laisser conduire jusqu'à la herse. Mais, une fois à la porte, il retrouva son allant.

– C'était le plus beau jour de ma vie ! s'exclama-t-il, transporté.

Azzio émit un sifflement moqueur.

* * *

Après cette visite, Gunnor éprouva le besoin de lire son *Codex nobilis*. Il leur fallut trouver une auberge. Ils se décidèrent pour la plus proche d'entre elles et confièrent leurs chevaux à l'écurie.

C'était un établissement qui se situait au bord du Parcoul, en haut d'un escarpement rocheux qui rejoignait celui de la citadelle. Les eaux coulaient en contrebas, mousseuses, blanchâtres, entre les grandes parois de pierre. On les devinait à travers une grande porte-fenêtre comportant des vitraux.

À l'intérieur, le décor était convenu, à l'exception d'un magnifique comptoir en bois entièrement sculpté et aménagé. L'ensemble contenait une tireuse à bière pour servir les clients et des ouvertures avaient été pratiquées dans le plan de travail. Quelques saucisses et feuilletés y restaient au chaud pour ceux qui souhaitaient seulement emporter leur repas.

Les aventuriers n'avaient guère d'argent. Cela ne coupa pas l'appétit de Vani. Elle se jeta avec gourmandise sur le gigot qu'on lui servit. Les autres dévorèrent aussi, à part Gunnor, captivé par son livre, qui ne mangea que du bout des lèvres, sans quitter ses pages des yeux.

La pirate avait parfois du mal à comprendre le guerrier qui montrait de telles capacités au combat sans paraître vouloir s'en servir. Cette logique lui échappait encore. Mais, une fois le ventre plein, ces questions n'eurent plus autant d'importance à ses yeux.

– Bon, dit-elle après avoir arrosé son repas d'une rasade de bière, qu'est-ce qu'on fait maintenant ?

– Eh bien, nous rentrons à Aria, récupérons le *Stradivari* et faisons voile vers le pays Blanc, répondit Azzio.

– Oui, mais comment on fait le voyage ? Les Trined vont nous guetter et je n'ai pas envie de me retrouver face à eux !

– Nous pouvons éventuellement éviter la ville et entrer de nuit dans le port, proposa le voleur. Cela permettrait de...

Il n'acheva pas sa phrase. Trois voyageurs venaient de pénétrer dans l'auberge. Ils étaient tous habillés intégralement de blanc et arboraient un crâne rasé. Vani se recroquevilla sur sa chaise. Elle revoyait la lame d'Azzio s'enfoncer dans la poitrine de la Trined sans que celle-ci perde son sourire.

Les nouveaux arrivants embrassèrent la salle du regard. Quand leurs yeux tombèrent sur les quatre aventuriers, ils se mirent à sourire.

– Il faut vraiment qu'ils arrêtent de faire ça, murmura Vani.

Le trio s'avança vers leur table.

– Vous êtes les auteurs du Serment des Runes, déclara celui qui semblait être leur chef.

– Je vous demande pardon ? dit Azzio sur ses gardes.

– Nous savons que vous avez juré sur le fleuve des morts de sauver le village de Vik. Mais vous n'avez aucune chance de réussir. Vos tentatives pour reconstruire un automate ont été des échecs cuisants. Vous devriez renoncer.

Personne ne répondit. Sirane contractait les mâchoires. La main d'Azzio avait glissé sous la table pour saisir le manche de son sabre. Seul Gunnor continuait de lire comme si de rien n'était.

– Je me demande encore ce que vous êtes venus faire dans le fief du Rideau, reprit le Trined avec son éternel rictus.

– Nous sommes en visite, mentit Azzio.

– La région est belle, ajouta Vani.

– Et l'air est pur...

Cette dernière phrase de Sirane résonna comme une sourde menace. Les gens du Trined ne bougeaient pas. Ils continuaient de fixer les aventuriers avec leur air illuminé. Vani se sentait de plus en plus mal à l'aise.

Les clients de l'auberge avaient senti qu'il se passait quelque chose. Déjà, plusieurs d'entre eux payaient leur repas et quittaient la salle. L'auberge se vida lentement.

Bientôt, il ne resta plus que les quatre compagnons et les trois Trined. Mais d'autres hommes et femmes en blanc entrèrent, un à un, une à une, venant grossir leur nombre.

Vani réfléchissait. Elle regarda le beau comptoir, large de cinq pas, et une idée lui vint.

– Azzio, donne-moi une de tes reconnaissances de dette. Je veux régler le repas, avec un gros pourboire !

– Un gros pourboire ?

– Très gros !

Azzio prit un air dégagé. Sortant de sa poche un long papier enroulé et froissé, il le compléta rapidement en appliquant son sceau sur une goutte de cire.

– Voici, dit-il en le tendant à la pirate.

Elle jeta un coup d'œil à la somme et vit que le voleur avait été généreux. La confiance de son camarade l'émut. Il savait qu'elle avait un plan. La jeune femme se leva sous l'œil immobile des Trined qui étaient maintenant une dizaine. Ses pas la conduisirent jusqu'au comptoir où se tenait encore le patron, un homme dégarni avec une petite moustache tremblante.

– Il y a un problème ? demanda-t-il.

– Oui ! répliqua joyeusement Vani. Je pense que ces gens veulent nous tuer !

L'homme devint blême.

– Oh, non ! Rassurez-vous ! Ils ne vous feront rien !

– Je ne veux pas qu'on tue mes clients, bredouilla le tenancier.

– À ce sujet, vous pouvez peut-être nous aider, glissa Vani en vérifiant que les Trined ne pouvaient l'entendre. Comment votre bar est-il fixé au mur ?

– Il est simplement posé, répondit l'aubergiste, décontenancé.

– Ah, très bien ! Et vous diriez qu'il pèse combien, à peu près ?

– À vide, je dirais cent cinquante livres. Mais avec la nourriture et la bière, cela se monte sûrement à deux cents.

– Bien, bien...

Elle déposa la reconnaissance de dette sur le bar.

– Voilà pour le repas.

L'homme jeta un coup d'œil au montant.

– Mais c'est beaucoup trop !

– Il y a aussi le prix du bar. Je vous l'achète.

Elle désigna la fenêtre sur le côté.

– Je vous l'achète aussi.

– Mais pourquoi ? fit l'homme, éperdu.

– Vous verrez, éluda-t-elle. Maintenant, je pense que vous devriez y aller. Et prévenez la garde.

L'aubergiste lâcha enfin le verre qu'il essuyait frénétiquement depuis une dizaine de minutes et s'éloigna en hâte. Après quelques secondes, il revint et rafla la reconnaissance de dette qui gisait toujours sur le plan de travail.

– Bonne chance, souffla-t-il.

Vani se retourna, satisfaite. Elle avait toujours une peur bleue des Trined mais elle avait désormais le sentiment de maîtriser un peu mieux son destin.

Quand elle retourna à la table, l'ambiance s'était encore alourdie. Les hommes en blanc entouraient ses compagnons, si près qu'ils les touchaient presque.

– J'ai réglé l'addition, avertit-elle en se faufilant entre deux Trined.

Elle remarqua qu'ils ne sentaient rien. Ils n'exhalaient pas la moindre odeur. Gunnor lisait toujours. Sirane semblait prête à poignarder quelqu'un au moindre mouvement suspect. Quant à Azzio, il paraissait presque détendu et souriait.

– Allons, disait-il, il y a sûrement moyen de nous entendre. N'y a-t-il rien qui vous intéresse ? De l'argent, par exemple ?

– Nous ne voulons que votre bien, répondit une femme.

Son ton fit frissonner Vani. Ces gens avaient beau ne pas avoir une attitude ouvertement menaçante, tout en eux provoquait l'inquiétude.

– Tu ne les raisonneras pas, trancha Sirane. Ces ordures sont capables de s'en prendre à un enfant.

– Un enfant ?

Gunnor venait de lever les yeux de son livre, pour la première fois depuis l'arrivée de leurs ennemis. Et ces yeux portaient la puissance d'une tempête.

– Oui, insista Azzio. Tu ne l'as pas entendu parce que tu étais blessé mais l'une de ces charmantes personnes avait pris Toam en otage pour obliger Rokugami à se rendre. Nous ne te l'avions pas raconté ?

– Non, gronda Gunnor.

Il se redressa lentement, déplia son corps athlétique. Debout, il touchait presque le plafond de l'auberge.

– Allons, sourit l'un des Trined, vous ne réussirez pas à nous impress...

Le poing du guerrier le cueillit dans le nez. Un craquement sinistre retentit et une petite gerbe de sang jaillit de sa narine. Tout cela fut si rapide que Vani eut l'impression que le monde ralentissait autour d'elle.

Le colosse pivota sur lui-même, lançant ses deux poings dans toutes les directions. Sirane et Azzio n'eurent pas à se baisser, étant assis. Et Vani n'était pas assez grande pour être menacée. Elle sentit simplement le souffle du coup passer au-dessus de sa tête. Les Trined se renversèrent comme des quilles. Le visage de Gunnor exprimait une colère glacée, dure, minérale. Vani décida qu'il pouvait se débrouiller tout seul.

– Avec moi ! lança-t-elle à ses deux autres camarades.

Azzio et Sirane, étonnés, la suivirent néanmoins en enjambant les Trined qui gisaient sur le sol. La pirate leur montra le bar, puis elle désigna la fenêtre. Azzio hocha la tête. Il se pencha et commença à pousser le meuble de bois.

Sirane demeura un instant circonspecte, non parce qu'elle n'avait pas compris le plan de Vani, mais parce qu'elle ne pensait visiblement pas que c'était une bonne idée. Pourtant, elle finit par joindre ses efforts à ceux du voleur. À eux trois, ils parvinrent à faire glisser le comptoir vers la fenêtre. C'était la seule ouverture vitrée. Comme elle donnait sur le vide, on n'avait pas jugé bon de la protéger par un volet. Elle offrait une très belle vue sur le Parcoul qui cascadait en contrebas.

Vani tenta d'ouvrir la fenêtre munie d'un large vitrail. À son grand soulagement, le vantail s'entrebâilla.

– Allez ! encouragea-t-elle.

Pendant ce temps, Gunnor, déchaîné, rossait d'importance les Trined qui s'étaient relevés. Ceux-ci s'approchaient du colosse, sans armes, sans menace. D'ordinaire, cela suffisait à intimider, voire à paralyser leurs adversaires. Là, l'homme du pays Blanc avait perdu tout scrupule.

D'un coup d'œil, Vani vit qu'il distribuait des baffes monumentales qui claquaient sous les poutres de l'auberge. Sous la force du choc, les Trined tournaient sur eux-mêmes et allaient s'affaler sur les tables voisines, entraînant les tabourets dans leur chute. Pour finir, Gunnor se saisit du chef par le col et lui asséna des soufflets du creux, puis du revers de la main, ponctuant chaque gifle d'un mot :

– On… ne… s'en… prend… jamais… aux… enfants !

Le Trined s'écroula, les joues écarlates. Ce fut le moment que Vani choisit pour interpeller le colosse :

– Gunnor ! On a besoin de toi !

En effet, ils ne parvenaient pas à faire basculer le bar par-dessus la rambarde de la fenêtre. Les deux cents livres pesaient trop. Comme égaré, le guerrier se tourna vers eux. Sa rage s'envola et il parut saisir le problème.

À pas lourds, il avança vers eux. Sans montrer le moindre signe de difficulté, il poussa le comptoir à travers le cadre. Le bois se brisa.

– C'est pas grave ! indiqua Vani. J'ai payé aussi pour la fenêtre !

– Et maintenant ? demanda Gunnor.

– Maintenant, on renverse le meuble et on le pousse dans le vide. Avec nous dedans.

– Tu es folle, décréta le guerrier.

– C'est vrai ! concéda-t-elle.

Joignant leurs forces, ils firent pivoter le bar pour en faire une sorte de barque. Les côtés remontaient, offrant un espace qui les protégerait des flots.

– Montez, ordonna Gunnor.

Les trois autres s'exécutèrent, d'autant plus vite que les Trined commençaient à revenir à la charge. Ils souriaient un peu moins.

– Ils s'échappent ! fit le chef dont la joue s'ornait d'une magnifique empreinte de main.

Gunnor poussa l'esquif improvisé avec ses trois passagers en émettant un ahanement rauque. Le bar s'avança au-dessus du vide, comme suspendu.

Puis il se mit à basculer. Le guerrier sauta à bord, échappant de peu aux mains qui se tendaient vers lui pour le retenir.

Vani sentit ses entrailles lui remonter dans la gorge. La chute libre dura une éternité. Finalement, elle eut l'impression de s'écraser sur un tas de sable. Ils avaient atteint l'eau. Elle leva les yeux : là-haut, les Trined fulminaient.

Les aventuriers n'étaient pas encore tirés d'affaire. Le meuble était assez profond pour flotter et transporter ses passagers sans encombre. Mais le fleuve était d'un autre avis. Il emporta la pauvre embarcation dans ses flots déchaînés.

Vani se rendit compte qu'elle avait la bouche ouverte quand elle avala la moitié d'une vague. Cela sentait l'écume et la pierre. Ils s'engouffrèrent dans les rapides. Derrière, les arches du pont et les gorges de Rideau s'éloignaient à vie allure. Les Trined n'étaient plus que des points blancs énervés évoquant des larves surprises sous une pierre moussue.

– Attention au rocher !

Un énorme bloc se dressait dans le lit de la cascade.

– Mettez-vous à main faible ! hurla Vani.

Ils déplacèrent leur poids sur le côté. Le bar vira lentement. On entendit un affreux crissement de bois sur l'arête rocheuse. Quelques échardes volèrent, rejoignant les gouttes en suspension. Ils étaient passés !

Les rapides se poursuivirent encore sur un mille au cours duquel ils faillirent verser cent fois. Ensuite, les eaux se calmèrent et le Parcoul s'élargit. Les aventuriers purent cesser de se cramponner aux rebords. Ils poussèrent de profonds soupirs de soulagement.

– Ouf ! s'écria Vani. Ça a marché !

Sirane regardait en arrière.

– Ils n'ont pas l'air de nous poursuivre. Pour l'instant...

– Bravo, Vani, la félicita Azzio. Tu as été bien inspirée. Il va juste falloir trouver à manger pour la route.

La pirate ouvrit l'un des compartiments du comptoir. Tout avait été renversé mais les saucisses huileuses demeuraient parfaitement consommables. Elle montra même le fût de bière qui avait survécu à la chute.

– C'est merveilleux ! s'exclama Azzio avec des larmes dans les yeux qui ne devaient pas tout aux embruns.

– Je ne pense pas que les Trined puissent nous rattraper si j'en juge par le débit du Parcoul. Il prend le chemin le plus court et il ne s'arrête jamais. Dans trois jours, nous devrions arriver à Aria.

– Je me demande si nous aurons assez de bière jusque-là, s'inquiéta Azzio.

ÉPISODE 12
Revoir Aria et…

Vani secoua la tête pour chasser l'eau qui s'accrochait encore à ses courtes boucles. Un peu plus loin, le bar était échoué dans un banc de sable, sur la rive du Parcoul.

– Tu t'es endormi pendant ton tour de veille, gronda Sirane à l'intention d'Azzio.

Ce dernier parut tenté de nier un moment mais, finalement, il avoua :

– C'est vrai. La bière est un peu traîtresse.

– Dommage qu'on n'ait pas eu de l'eau douce à disposition ! persifla Vani en montrant le Parcoul.

Ce n'était pas difficile de comprendre ce qu'il s'était passé. Le baron s'était assoupi et le comptoir, pris dans des rapides, avait été renversé, jetant tous ses passagers par-dessus bord.

Gunnor ôta sa chemise et, torse nu, fit claquer sa chevelure dans son dos, sous le regard admiratif de ses trois camarades. Il possédait une superbe musculature, parfaitement dessinée, mélange de puissance et de souplesse. Même Sirane eut une petite moue lorsque l'homme du pays Blanc se rhabilla après avoir tordu son vêtement.

– J'ai encore perdu mon livre, constata-t-il tristement.

– Nous trouverons bien un parchemin à te mettre sous les yeux, répondit Azzio.

Il montra au loin les tours de la cité d'Aria qui se dressaient fièrement vers le ciel. Le bar était définitivement brisé sur un rocher, le fût déversant un reste de bière dans le courant. Par chance, ils avaient pu sauver leurs sabres.

Les compagnons reprirent leur marche sur un petit sentier surélevé au-dessus du Parcoul.

– Comment traverser la cité sans se faire remarquer ? interrogea Vani.

– Nous pourrions de nouveau nous faire passer pour les saltimbanques du *Stradivari*, proposa Azzio. Bien souvent, la meilleure cachette se trouve à la vue de tous.

La pirate n'était pas convaincue. Elle aurait préféré arriver de nuit. Cependant, elle haussa les épaules.

– On est d'accord qu'on ne prend cette identité que si on nous demande !

– Si tu le souhaites, soupira Azzio. Je rappelle que je n'ai pas encore pu montrer mes capacités en la matière.

– À qui la faute ? demanda Sirane. Tu as refusé de nous aider.

– Oui, quel est ton problème avec Altabianca ?

Azzio regarda au loin l'horizon d'un air pénétré.

– Hélas, je vois qu'il est temps de vous révéler mon drame secret, mon passé mystérieux, la douleur lancinante qui me suit en tout lieu !

Il disait cela avec le ton d'un mauvais acteur. Les autres attendaient en silence, peu impressionnés par sa performance. Il roula des yeux, déçu de cet accueil.

– Bref, poursuivit-il, ma famille est l'une des plus riches d'Altabianca. Mes parents ne m'ont jamais élevé. J'ai passé mon enfance entre des servantes et des domestiques. Depuis, je cherche à leur faire payer leur manque d'intérêt envers moi. Je possède donc des reconnaissances de dette qui prennent sur la fortune familiale. C'est ainsi que je suis devenu voleur. En réalité, je ne vole jamais qu'une seule et même personne : mon père. Il a tenté par tous les moyens de faire de moi un adjoint de mon frère aîné, lequel a eu droit à tous les égards et à l'affection de mes parents. Je me suis rebellé et je suis parti, me jurant de ne plus jamais remettre le pied sur cette île maudite.

Pour la première fois, une émotion véritable passa dans les yeux du baron. Mais elle disparut bien vite. Il reprit :

– Comme mes parents sont fiers, ils ne peuvent refuser une reconnaissance de dette signée de ma main. Hors de question pour eux de révéler au monde que leur fils cadet est devenu un fidèle du dieu Poisson. Je dois simplement veiller à ne pas inscrire de trop grosses sommes qu'ils pourraient contester en déclarant que ma signature a été imitée ou extorquée.

À partir de ce moment, Azzio pérora longuement, à grand renfort de citations, sur la dureté de son sort. Vani cessa de l'écouter.

Ce fut ainsi qu'ils pénétrèrent dans la capitale. Vani n'était pas très à l'aise. Elle regardait autour d'elle, prête à courir au moindre signe de menace. Les habitants entraient dans la ville, indifférents les uns aux autres. Très vite, la pirate se sentit emportée dans le flot des passants qui lui parut plus froid que celui du Parcoul. Les aventuriers avancèrent, anonymes.

– Arrête de dévisager les gens, lui intima Sirane.

Elle semblait habituée à évoluer au milieu de foules potentiellement hostiles. La sorcière avait rabattu son capuchon sur sa tête. Azzio s'était fabriqué un chapeau à partir d'un bout de tissu et il le portait comme si c'était un couvre-chef à la dernière mode. Même Gunnor avait ramené sa longue chevelure en bataille devant ses yeux.

Vani se maudit de ne pas avoir pensé plus tôt à dissimuler ses traits. Elle prit un chiffon et l'enroula autour de sa tête comme le faisaient certains hommes voisins du désert Noir. En tout cas, c'était ce que sa mère lui racontait. À présent, la jeune femme se demandait quelle était la part du vrai et du faux dans ces histoires.

Leur trajet se poursuivit sans heurt. Ils passèrent à dessein dans des quartiers qu'ils n'avaient pas traversés la dernière fois. Ravie, Vani observa le grand marché et son abondance de nourriture. Il y avait là des épices venues du continent entier, des troupeaux de chèvres et de bœufs, des fruits et légumes de toutes sortes et de toutes couleurs. Aria était bien la plus grande cité du monde !

– Pattes de groully, huit rois ! annonçait un commerçant d'une voix de stentor.

– Quatre rois pour mes belles cerises d'Arance ! proclamait un autre.

Vani perdit peu à peu toute prudence. Elle était fascinée par ce qu'elle voyait. Un étal qui vendait des perches, pêchées dans le Parcoul au niveau de Rideau, attira son attention. Elle s'en approcha. Au début de leur voyage fluvial, un poisson semblable avait échoué sur leur bar. Il était tombé sur les genoux d'Azzio qui s'était levé avec un cri de dégoût, menaçant l'équilibre de leur embarcation.

Quand elle se retourna pour interpeller le baron voleur, Vani se retrouva face à un homme qui la dévisageait avec intensité. Un froid mortel l'envahit. L'homme était vêtu de blanc et souriait.

– Ils sont là ! s'exclama-t-il.

– Qui ? Qui ? demandèrent quelques curieux.

Avant que le fidèle du Trined n'ait le temps de répondre, Vani se souvint de leur couverture.

– Les saltimbanques du *Stradivari* ! cria-t-elle.

Le rictus du Trined ne s'effaça pas mais il se crispa de contrariété. Déjà, le bruit se répandait dans le marché.

– Il y a des artistes !

– Où ça ?

– C'est le *Stradivari* ! Je les ai vus à Altabianca, ils étaient extraordinaires !

Vani profita de la confusion pour s'enfoncer dans la foule. La rumeur grossissait. Elle entendait les gens murmurer autour d'elle, tout excités.

– Ils vont dans le désert Noir, c'est sûr !

– Il y a quoi, là-bas ?

– Mais c'est le plus grand spectacle du monde !

– Je te l'avais dit, mais tu ne m'écoutes jamais quand je te parle...

Les esprits s'échauffaient. La jeune femme sentait bien que la masse des badauds se resserrait autour d'elle. Ils se hissaient sur la pointe des pieds pour mieux apercevoir les célébrités.

– Je ne vois rien !

– Ils sont juste là !

– Mais pousse-toi, enfin !

La bousculade commença. Un homme trébucha à moitié sur la pirate, la renversant presque. Un grondement montait, sourd et sinistre. Vani prit peur. Si jamais la foule devenait réellement sauvage, elle serait emportée.

Soudain, une main jaillit entre deux corps et l'attrapa par le poignet. Vani sursauta et chercha à se dégager. Elle allait mordre les doigts qui la retenaient prisonnière quand les cheveux blonds de Gunnor apparurent audessus d'elle.

– C'est moi, dit-il simplement.

Soulagée, elle se réfugia contre lui. L'homme du pays Blanc, malgré sa stature qui dépassait aisément celle des autres personnes, ne semblait pas à son aise. Il était rouge, le front humide de sueur, le regard traqué.

– On doit s'en aller, murmura-t-il entre ses dents.

Il avait beau ne pas aimer le contact, il ne semblait plus faire attention à celui de Vani. Sans montrer d'effort particulier, il la hissa sur son bras fort pour l'empêcher d'être piétinée.

– *Stradivari* ! *Stradivari* ! scandait la foule.

Gunnor écarta deux individus de son chemin. Il semblait se couler dans les flots humains avec aisance, comme s'il nageait d'un seul bras, l'autre portant sa protégée. Blottie contre son torse immense, Vani se sentit entraînée. Elle entendait le guerrier haleter, son cœur tambourinant avec angoisse.

Pour le rassurer, elle se serra plus étroitement contre lui, enroulant ses mains autour de son cou. Elle avait déjà effectué ce geste avec des chevaux prêts à s'emballer. Et cela parut fonctionner. Les battements s'apaisèrent. Gunnor cessa de panteler.

– Merci, souffla-t-il.

– Merci à toi, plutôt, rétorqua-t-elle.

Comme dans le marais d'Esperanza, ils progressèrent à travers les obstacles.

– Ils vont faire un spectacle sur le marché !

– Écartez-vous !

La masse des badauds reflua. Après quelques protestations, la vague revint vers eux.

– Vous me marchez sur les pieds !

– Hé !

– Aïe !

Glissant comme une anguille, Gunnor traversait les rideaux humains un à un.

Finalement, il tomba sur Sirane qui leur lança un regard noir et brillant.

– J'ai cru que vous étiez morts, dit-elle.

– Pas tout à fait, répondit l'homme du pays Blanc.

– Où est Azzio ? demanda Vani.

À cet instant, elle entendit quelqu'un qui frappait deux objets métalliques. Elle tourna la tête pour apercevoir le baron, monté vraisemblablement sur une caisse, qui tapait sur un chaudron à coups de louche.

– Mes amis, hurlait-il à la foule, vous ne vous trompez pas ! Les artistes du *Stradivari*, dont moi-même, sont en route pour le désert Noir. Ce serait un honneur si vous nous accompagniez jusqu'au port !

– Hourra ! répondit une partie de l'auditoire.

– Faites-nous au moins un numéro ! maugréaient les autres.

Vani remarqua alors plusieurs Trined qui avançaient vers Azzio. Ils allaient le rejoindre ! Prise d'une inspiration subite, elle acheva d'escalader Gunnor et se dressa, les pieds posés sur ses épaules.

– Ah, ça commence ! se réjouirent certains.

– Je vois rien !

– Plus fort !

Faisant appel à tous ses talents d'acrobate, Vani prit son élan en espérant que son camarade saurait la rattraper. Elle plia les genoux et bondit en l'air, effectuant un saut périlleux avant de retomber sur la clavicule du guerrier.

– Oh !

– Bravo !

– Encore !

– Au port ! lança Azzio.

Son cri fut rapidement repris par d'autres.

– Au port ! Au port !

Il se passa alors quelque chose d'étrange. Tout en restant juchée sur Gunnor, Vani se sentit soulevée. La foule avait décidé de porter ses artistes en triomphe. Azzio apparut au-dessus d'une marée humaine. Il riait tout son saoul. Sirane surgit également au-dessus des têtes, soutenue par une armée de mains. Elle semblait beaucoup moins apprécier ce mode de transport.

Au loin, on voyait les crânes rasés des Trined qui s'épuisaient pour gagner quelques pieds. Pendant ce temps, les quatre compagnons glissaient sur la foule en délire. Des chants montaient. Les pas de centaines de personnes martelaient le sol et faisaient trembler la terre.

– Au port ! Au port ! répétait-on.

On frôla le quartier des Plaisirs avant de parcourir le marché de gros et de pénétrer dans le port de commerce. À main faible, Vani avisa le palais royal dont la silhouette effilée et blanche se détachait au-dessus de la mer.

Les gens hurlaient si fort qu'on avait du mal à s'entendre. Elle pensa avec peine aux propriétaires du *Stradivari* qui devaient être de véritables artistes pour déclencher une telle ferveur populaire. Manifestement, ils étaient attendus pour une représentation dans le fameux désert Noir qui s'étendait du côté d'Aqabah. Quelle idée d'organiser un rassemblement dans une telle fournaise ! Vani n'y était jamais allée mais elle avait entendu parler de ces étendues infinies de sable sombre.

Ce fut sur cette pensée qu'ils arrivèrent au port. Des odeurs d'iode et de poisson lui envahirent les narines. C'était le moment de descendre ! De toute façon, leurs admirateurs ne savaient plus où aller. La course s'arrêta là et, tout naturellement, les quatre compagnons glissèrent au niveau du sol. Par chance, ils étaient les uns à côté des autres.

– Qu'est-ce qu'on fait ? demanda Vani.

– On rejoint le *Stradivari*, résolut Azzio en montrant l'horizon.

– Mais comment ?

– Suivez-moi, indiqua le voleur.

Il s'extirpa de la foule et sauta du quai. Vani le vit disparaître avec angoisse. S'était-il jeté à l'eau ? Elle s'avança pour voir qu'il s'était réceptionné dans une petite barque. En réalité, le port était si rempli de bateaux qu'on pouvait rejoindre le *Stradivari* rien qu'en bondissant d'embarcation en embarcation. Elle rejoignit donc Azzio sur sa première étape : une large barque vermoulue. Gunnor et Sirane les suivirent.

– Il n'y avait pas autant de monde la dernière fois qu'on est passés dans le port, s'étonna Vani.

– C'est à cause du concert, répondit Azzio. Tout le monde se prépare à y aller !

– Ce n'est pas terminé ? Le voleur, là, celui qui s'appelait Jotun, en revenait.

– Il paraît que ça dure plusieurs semaines.

Sur l'embarcadère, la foule regardait la course des aventuriers qui sautaient de bateau en bateau.

– *Stradi-vari* ! *Stradi-vari* ! chantaient-ils de nouveau.

Ils devaient croire qu'il s'agissait du spectacle promis. Vani vit que les Trined avaient réussi à se ménager un chemin à travers la masse des curieux et les poursuivaient aussi en empruntant le pont de navires.

– Dépêchons-nous ! hurla-t-elle.

Sous les applaudissements des habitants d'Aria, Vani accéléra. Elle grimpa sur une cabine de bois, escalada un mât, se réceptionna sur un pont un peu plus loin, roulant sur des filets de pêche. Chacun de ses mouvements déclenchait une salve d'exclamations ravies. Se prenant au jeu, elle s'agrippa à une corde et s'y balança pour se plaquer sur une voile voisine et descendre doucement le long de la vergue. Ce qui lui valut des vivats appuyés.

Les autres n'étaient pas en reste, chacun dans un style différent. Gunnor fonçait tout droit, comme s'il courait sur un espace dégagé. Les embarcations roulaient sous ses pas mais il continuait, imperturbable. Sirane franchissait souplement les obstacles, glissant comme si elle ne pesait rien. Peut-être s'aidait-elle de sa sorcellerie. Azzio, au contraire, perdit bien vite la tête du groupe. Il ne cessait de trébucher, de s'effondrer, de se relever.

– Attendez-moi !

Il procurait le ressort comique de la troupe. D'ailleurs, les spectateurs le montraient du doigt et riaient sans retenue à chacune de ses chutes. Vani aurait aussi pu rire de lui si les Trined ne l'avaient pas sérieusement talonné.

– Dépêche-toi ! supplia-t-elle.

– Je fais ce que je peux, se justifia-t-il en s'empêtrant dans des lignes de pêche, enfonçant le pied dans une nasse à homards.

Le ton changea soudain dans les acclamations. Le public, d'instinct, avait enfin compris qu'il se passait quelque chose de grave.

– Il y a un scénario en plus ! se réjouissaient des voix.

– Allez, le clown !

– Grouille-toi ! Les méchants sont derrière toi !

Azzio, ainsi encouragé, redoublait d'efforts. Il eut beau glisser sur un poisson, trébucher sur un harpon, s'affaler dans des filets, les Trined ne parvenaient pas à le rattraper.

Vani dépassa la barque qu'ils avaient utilisée pour quitter le *Stradivari*. Elle la laissa derrière elle avec regret : l'esquif se trouvait trop loin sur le côté. Il restait encore beaucoup de distance pour rejoindre leur navire. Elle distinguait sa silhouette si particulière avec la passerelle de l'avant suspendue au-dessus des flots. D'un coup de reins, elle accéléra.

Là-bas, on entendait de moins en moins les cris des spectateurs, même si leurs voix résonnaient dans tout le port. Vani serra les dents. Ses muscles commençaient à brûler et à faiblir. Elle s'essoufflait.

– *Stradi-vari* ! *Stradi-vari* ! chantait la foule en liesse.

Après une course interminable, Vani parvint enfin à approcher le vaisseau. Elle se réceptionna sur le pont et entama aussitôt les manœuvres pour dresser mâture et voilure. Sirane puis Gunnor la rejoignirent.

– Un bateau nous coince ! prévint la sorcière.

– Je m'en occupe ! assura le guerrier.

Il sauta sur le navire en question et s'évertua à le déplacer pour ouvrir la voie au *Stradivari*. Pendant ce temps, Sirane levait l'ancre.

– Attention ! Derrière vous ! avertissait l'auditoire.

Les Trined n'étaient effectivement pas très loin. Ils se préparaient à les aborder. C'était étrange de les regarder car, si leur bouche souriait toujours, leurs yeux exprimaient une haine féroce.

L'un d'eux sauta sur le *Stradivari*. Ce fut Sirane qui l'accueillit. Profitant de son élan, elle le fit basculer d'une prise par-dessus bord, sur l'autre flanc du navire. Il continua sa route en traversant le pont de part en part. Il disparut derrière le bastingage avec un grand « plouf » !

Vani aurait voulu applaudir mais ses mains étaient prises par les leviers. Les voiles étaient presque hissées. Soudain, le vent gonfla la toile. Le *Stradivari* fut poussé en avant. Le départ se révéla presque brutal.

Néanmoins, quelques Trined avaient réussi à s'agripper à la rambarde *in extremis*. Gunnor les attendait en faisant craquer ses phalanges. Il les envoya par le fond en leur assénant à chacun une gifle qui claqua sans doute jusqu'aux oreilles des spectateurs du port.

Élégamment, le *Stradivari* repoussa quelques navires et s'avança vers le large. Vani allait hurler de joie quand elle fut prise d'un doute.

– Où est Azzio ?

Ni Sirane ni Gunnor ne lui répondit. Un silence funeste passa sur l'équipage. Le baron n'était visible nulle part !

– Où est-il ?

Vani scruta l'horizon. Il y avait leurs admirateurs qui poussaient des cris de joie sur les quais noirs de monde. Une mer de navires. Quelques Trined qui barbotaient. Mais pas trace du voleur. Le cœur de Vani se serra. Avait-il été capturé ? Était-il tombé à l'eau ? S'était-il noyé ?

– On doit faire demi-tour ! s'écria-t-elle.

– Regarde, fit Sirane.

D'autres Trined jaillissaient de la foule et se lançaient à leur tour dans la course. Ils se rapprochaient dangereusement.

– On ne peut pas l'abandonner ici !

– Il est peut-être déjà...

Vani ne laissa pas la sorcière achever sa phrase.

– Je ne pars pas sans lui !

Gunnor semblait incapable de se décider. Il regardait les bateaux et la mer sans rien voir.

– Hé !

Vani dressa l'oreille. Elle avait entendu un cri.

– Hé !

De nouveau, ce même appel ! Elle observa tous les bateaux, collés les uns aux autres.

– Hé !

Cette troisième fois, elle tourna la tête à main faible. La silhouette allongée de *L'Archer*, canot de secours du *Stradivari*, se détachait de la masse des vaisseaux. Azzio y était assis, ramant comme un forcené.

Gunnor fut le plus rapide. Il attrapa une corde et la lança au retardataire. Ce dernier l'attrapa avec un soulagement manifeste. Il l'attacha à la barque et s'assit sur le banc pour souffler. Le guerrier, de son côté, tira lentement l'esquif vers lui. Après quelques minutes, Azzio put enfin mettre le pied sur le pont.

– Vous avez mis le temps à m'entendre, protesta-t-il. Je vais encore avoir des ampoules aux mains !

Pour toute réponse, Vani s'approcha de lui et le prit dans ses bras. Elle dut réprimer un long sanglot quand elle sentit la main d'Azzio qui lui ébouriffait les cheveux.

– Allons, dit-il doucement, tu savais bien que je m'en sortirais.

Elle leva sur lui des yeux humides. Les histoires de sa mère ne parlaient jamais de la peur que l'on peut éprouver à l'idée de perdre ses compagnons d'aventure.

Du menton, il désigna la foule déchaînée des quais d'Aria.

– Ils voulaient du spectacle, et je crois que nous leur en avons fourni un beau !

ÉPISODE 13
La vengeance aux deux visages

– On n'a plus rien.

Gunnor remontait de la cambuse. Vani s'attendait à ce verdict. Depuis plusieurs jours qu'ils naviguaient, le *Stradivari* ne s'était pas arrêté une seule fois pour faire de l'eau ou acheter de la nourriture.

– On aurait pu trouver ce qu'il fallait à Altabianca, murmura Sirane. Mais certains ont refusé…

Azzio redressa le menton avec un air de défi.

– J'avais juré de ne plus jamais fouler la terre de mon île natale. Par votre faute, j'ai déjà été forcé d'y retourner une fois. Il n'y en aura pas deux.

– En attendant, on n'a plus rien à manger ! déplora Vani. Ni à boire ! On doit absolument faire escale quelque part.

Elle regarda l'horizon. La superbe cité d'Aqabah s'étirait le long de l'embouchure du fleuve, qu'elle dominait de ses dômes et de ses minarets. C'était ainsi que la dispute avait commencé. Tout le monde tenait à s'y arrêter, à part Sirane. Vani en connaissait la raison. Si elle débarquait dans le sultanat, elle devrait accomplir sa vengeance.

Gunnor était le plus motivé. Il parlait sans cesse de la bibliothèque d'Aqabah, peut-être la plus grande du monde.

– Tous ceux qui entrent dans la ville doivent prêter leurs livres afin qu'ils soient copiés, expliqua-t-il avec un air rêveur. Et moi, je n'ai même pas d'ouvrage à leur donner.

– Ce sera toujours mieux de se ravitailler ici, insista Azzio. Les vendeurs d'Altabianca sont de véritables voleurs. Et je sais de quoi je parle !

– S'il te plaît ! supplia Vani.

Sirane soupira et tourna les talons.

– Eh bien, allez, dit-elle par-dessus son épaule. Je vous aurai prévenus...

Les trois autres sautèrent de joie à cette déclaration. Enfin, surtout la pirate.

Ils mirent donc le cap sur Aqabah.

* * *

La cité les accueillit dans la lumière dorée du soir. Les coupoles brillaient de mille feux. Il se dégageait de cette ville, plus petite qu'Aria, une impression de douceur et de sérénité. Le vent du large faisait à peine pencher les palmiers. Et les oiseaux volaient en points noirs dans le couchant.

Ils abordèrent au port. Un garde coiffé d'un turban leur demanda s'ils avaient des livres à bord. Devant leur réponse négative, il ne put retenir une expression de dégoût.

– Béotiens, marmonna-t-il entre ses dents.

Il fouilla cependant le *Stradivari* pendant un long moment. Quand il repartit, il eut même pour l'équipage un regard de pitié. Gunnor en rougit de honte.

– Peut-on visiter la bibliothèque ? demanda-t-il.

Le garde ne lui répondit même pas. Ils musèrent un moment dans le port en quête d'eau et de nourriture. Azzio tint à les inviter dans un estaminet. L'air était chaud, les ombres s'allongeaient mollement dans les rues. On sentait que la ville reprenait vie après les chaleurs intenses de l'après-midi. Les magasins s'ouvraient, les étals se montaient, les clients s'installaient aux terrasses.

Les conversations portaient sur les combats de l'arène qui auraient lieu ce soir-là. On sacrifierait à Qalil, dieu du combat et de la haine. Les paris allaient bon train et Azzio fut même tenté de participer. Il commença à se renseigner sur les côtes des combattants et sortit quelques pièces.

Vani se détourna. Ce fut pour voir que Gunnor s'éloignait en direction de la grande bibliothèque.

– Qu'est-ce qu'ils font ? pesta-t-elle. On avait dit qu'on resterait ensemble !

Elle voulut prendre Sirane à témoin mais la jeune femme avait également disparu. Non, son long manteau sombre apparaissait encore au coin de la rue. Vani se précipita pour ne pas la perdre de vue.

Au tournant, elle se rendit compte que deux personnes encadraient la sorcière. Le sang de la pirate se figea dans ses veines. Ces gens ressemblaient aux assassins envoyés par le cousin Milak. Vani se mordit les lèvres. Seule, elle n'était pas de taille à lutter. Elle regarda alentour dans l'espoir d'apercevoir Gunnor ou même Azzio, mais les deux garçons étaient partis.

N'écoutant que son courage, la jeune femme entreprit de suivre les sbires qui enlevaient Sirane. Ils avancèrent rapidement dans des rues tortueuses, dominées par des couleurs or et azur. Vani fut très vite perdue entre les petites places rondes et les venelles étroites.

Quand le trio s'arrêta devant une maison à toit plat, elle était tout à fait désorientée. Une lumière était allumée au premier étage. Sans bruit, prenant appui sur un tas de tapis, Vani se hissa sur le balcon. Son cœur battait fort mais elle n'avait pas l'intention d'abandonner son amie.

Sirane fut assise sur une chaise, les mains liées dans le dos. Vani l'aperçut à travers les ouvertures du moucharabieh. Il faisait nuit à présent et la clarté provenait de l'intérieur de la maison, évitant à la jeune femme de trahir sa présence par une ombre.

Un homme entra dans la pièce. Il était d'une grande beauté. Vani devina que c'était sans doute Milak. Les traits fins, les yeux noirs, le port noble, tout en lui disait sa condition.

– Ma chère cousine, dit-il en avançant. Ma promise. Ma fiancée.

Sirane avait gardé son capuchon rabattu sur la tête. On ne distinguait que le bas de son visage et sa bouche se pinçait en un pli amer. Avec lenteur, il s'approcha d'elle et releva sa capuche. De nouveau, Vani fut frappée par la beauté de Sirane. Puis elle lut dans ses yeux une haine implacable.

Milak lui caressa la joue. Elle essaya de se soustraire à son contact. Alors, il la gifla violemment. Sirane sourit et cracha un peu de sang sur le tapis.

– Tu te révèles enfin, murmura-t-elle.

– Tu m'as trahi, soupira-t-il.

Une de ses bagues avait laissé une traînée rouge sur la joue de la jeune femme. Il se frotta la main avec une mine douloureuse.

– Oh, tu t'es tordu le doigt ? s'apitoya faussement la sorcière. Ma bague de fiançailles ne t'a pas porté bonheur...

– Tais-toi, jeta-t-il. Tu m'as humilié. Je vais t'apprendre le respect, femme.

– Tu te trompes, Milak...

À cet instant, Sirane se leva de sa chaise, tandis que ses liens tombaient à terre, défaits. L'homme n'en croyait pas ses yeux.

– Comment ? balbutia-t-il.

Sirane leva une main. Il recula vers le mur en se tenant la gorge, comme étranglé par une poigne invisible.

– Ton manque d'intelligence me consterne, cousin... dit-elle de sa voix grave.

Elle le maintint en l'air. Il se tenait sur la pointe des pieds pour ne pas étouffer.

– Pensais-tu réellement pouvoir me surprendre ? Je savais que tu m'attendais. Tu as été capable de m'envoyer tes tueurs à Aria. Tes hommes ont dû t'avertir dès que j'ai posé le pied dans le port…

Elle avança et ses pas étaient étouffés par l'épais tapis. Vani l'observait, fascinée.

– Je comptais là-dessus à vrai dire. Tu m'as menée à toi, imbécile.

Elle secoua la tête.

– Je ne suis pas restée inactive après mon départ. J'ai rejoint les sorcières du Kohest. Elles m'ont appris leur magie la plus noire…

Vani allait se lever pour l'empêcher de commettre un acte irrémédiable quand Milak parvint à prononcer quelques mots :

– Ne… me… tue… pas…

– Non, bien sûr, répondit-elle avec un sourire venimeux. Tu vas d'abord me supplier, Milak. Tu vas me demander pardon pour toutes les violences que tu m'as fait subir. Ensuite, enfin, je t'achèverai.

Vani eut froid dans le dos en regardant son amie. Elle semblait complètement changée. Elle se prépara à intervenir.

– Ni… souffla Milak. Ni… Niwal !

Sirane fronça les sourcils.

– Qu'est-ce que tu dis ?

– Niwal ! répéta-t-il.

– Tu n'as pas le droit de prononcer le nom de ma petite sœur ! déclara la jeune femme, terrible.

– C'est ma femme.

– Quoi ?

La sorcière relâcha son étreinte magique et l'homme tomba à genoux, haletant.

– Qu'est-ce que tu lui as fait ? gronda-t-elle.

– Tes parents étaient si honteux de ton départ qu'ils m'ont proposé leur autre fille, ricana Milak en se redressant. Nous sommes mariés depuis un an.

– Non !

Milak s'approcha encore.

– Elle m'aime, susurra-t-il. Tu pourrais faire d'elle une veuve mais je ne pense pas qu'elle le supporterait. Vois-tu, elle est enceinte...

Sirane avait abominablement pâli.

– Hélas, fit le cousin triomphant, la grossesse est difficile. La moindre émotion pourrait la tuer. Un veuvage... Ou même apprendre que sa sœur est devenue une horrible sorcière...

– Si tu lui fais le moindre mal... menaça Sirane.

– Oh, j'ai appris ma leçon. Je n'ai pas commis la même erreur qu'avec toi. Et puis, Niwal est douce, accommodante, gentille. Tout le contraire de toi. Quand nous aurons un enfant, si elle survit à l'accouchement, j'aurai un excellent moyen de pression sur elle. Pour l'heure, je réserve mes… éclats à des courtisanes bien rémunérées.

Milak sourit.

– Tout cela, c'est grâce à toi, Sirane. Tu m'as enseigné la prudence. Ici, tout est fait pour les femmes. Vous êtes protégées, même quand vous êtes de viles manipulatrices. J'en suis réduit à ruser pour rester le maître chez moi. Car vous vous entendez entre vous pour nous enjôler, nous les hommes. Vous nous faites croire que nous avons le pouvoir mais, en réalité, c'est vous qui tirez les ficelles dans l'ombre. Il n'y a qu'à voir comment tu as réussi à te débarrasser de mes hommes de main.

– Ils cherchaient à m'égorger !

– Non, tu as joué les faibles femmes, tu as mis en scène ta fuite. Qui me dit que tu n'étais pas sorcière avant même de me rencontrer ? Tu es bien comme les autres. Toujours à vouloir contrôler les hommes.

Vani commençait à en avoir plus qu'assez du discours de Milak. Elle eut de nouveau envie de s'en mêler mais, cette fois, pour le faire taire et non pour le sauver.

À cet instant, on frappa à la porte. Un serviteur entra.

– Le travail a commencé, déclara-t-il. Les médecins sont inquiets.

Sirane était livide.

– Ne t'approche pas de mon épouse, dit doucement Milak. Comme je te l'ai indiqué plus tôt, ta simple présence pourrait la tuer. Tu ne voudrais pas avoir la mort de ta sœur sur la conscience ?

– Rha !

La sorcière avait poussé un cri. Elle dirigea sa main vers son cousin. Celui-ci se mit en garde mais rien ne vint. L'œil de Sirane s'élargit de stupéfaction.

– Oh, oh ! On dirait que ta sorcellerie ne fonctionne plus...

Milak frappa dans ses mains comme pour applaudir. Trois gardes surgirent d'une pièce voisine, bondirent sur la jeune femme et la maîtrisèrent. Elle eut beau se débattre avec l'énergie du désespoir, elle ne put résister à la force de trois hommes. Sans hésiter, ils la rouèrent de coups.

Vani se demandait quoi faire. Si elle intervenait, elle risquait de subir le même sort. Ah, si seulement Gunnor et Azzio avaient été là aussi ! Les hommes de Milak ne semblaient pas vouloir la tuer, alors la pirate ravala son angoisse. Elle attendit, se rongeant les sangs. Chaque coup porté résonnait dans sa chair.

Enfin, essoufflés, les trois hommes redressèrent leur victime étendue au sol. Ils l'assirent sur une chaise et la lièrent de nouveau au dossier. Milak se pencha sur elle.

– Ma chère cousine, nous nous reverrons bientôt. Je n'en ai pas terminé avec toi. Mais j'ai un accouchement qui m'attend. Je dois montrer à ma belle-famille à quel point je suis inquiet pour mon épouse…

Sur ces mots, il se retira, escorté de ses hommes de main. La porte se referma sur son rire satisfait. Sirane dodelinait de la tête, à demi évanouie. Sa tresse s'était défaite et ses cheveux noirs, épars, tombaient sur son visage, collés par le sang qui s'écoulait de sa lèvre et de son nez.

Vani patienta quelques minutes, puis elle poussa le moucharabieh. Il était fermé. Alors, elle prit un pot de fleurs et le lança sur le bois ajouré. Le panneau céda. La pirate s'engouffra dans la pièce. Il fallait faire vite, les gardes n'étaient sans doute pas loin.

– Sirane, c'est moi ! chuchota-t-elle. Viens, on s'en va.

Tout en parlant, elle défit les nœuds qui retenaient ses bras.

– Vani ? s'étonna Sirane.

Un hoquet lui coupa la parole.

– Je n'ai pas réussi, sanglota-t-elle. Je n'ai pas réussi à le tuer !

Vani n'osa pas lui dire que c'était peut-être pour le mieux. Elle aida sa camarade à se relever. Les hommes n'y étaient pas allés de main morte. La sorcière boitait et grimaçait à chaque pas.

À cet instant, un bruit de pas résonna dans l'escalier.

– On y va ! s'écria Vani. Ils ne doivent pas nous capturer !

Elle poussa presque son amie sur le balcon. Il y avait des tapis entassés en dessous. Elles se jetèrent toutes les deux de la hauteur. Cette fois, la réception fut plus douce que dans le fumier.

Vani se releva aussitôt. Elle entraîna Sirane avec elle. Là-haut, des éclats de voix indiquaient qu'on cherchait la sorcière. Clopin-clopant, les deux femmes disparurent dans la nuit.

***

Azzio était occupé à compter des pièces de monnaie quand elles le retrouvèrent. Il se tenait devant l'arène, souriant de sa victoire. Pourtant, quand il aperçut les deux femmes, son sourire s'évanouit.

– Qui t'a fait ça ? demanda-t-il en voyant l'état de Sirane.

– On en parlera plus tard, répondit Vani d'un ton sec. Où est Gunnor ?

– À la bibliothèque. Il est venu m'emprunter de l'argent pour acheter des livres.

Sans un mot, Vani prit la direction de ladite bibliothèque, guidée par Sirane. Azzio leur emboîta le pas, penaud.

* * *

Ils surprirent Gunnor à la sortie du bâtiment, la mine exaltée, les bras chargés de volumes.

– La bibliothèque vient à peine d'être reconstruite, expliqua-t-il. J'ignorais qu'elle avait brûlé. C'est pour renflouer les caisses qu'ils vendent des copies de livres…

Comme Azzio, son visage se défit quand il aperçut la sorcière.

– Que s'est-il passé ? s'enquit-il.

Vani se détourna sans lui répondre. Ils marchèrent jusqu'au port dans un silence pesant. Ils descendirent dans la cabine. Les deux hommes ressemblaient à des enfants grondés.

Une fois que le guerrier eut rangé ses livres, Vani lui décocha, ainsi qu'à Azzio, un coup de poing dans l'épaule.

– Imbéciles ! explosa-t-elle. Égoïstes ! Vous nous avez abandonnées ! Sirane aurait pu se faire tuer à cause de vous ! Quand est-ce que vous comprendrez qu'on forme une équipe ? Qu'on doit veiller les uns sur les autres ? Nos destins sont liés maintenant ! On ne peut pas se permettre de courir chacun de son côté !

Elle frappa derechef les deux garçons au même endroit.

– Je suis en colère contre vous ! Et je n'aime pas être en colère !

– Je suis désolé, murmura Gunnor. Cela ne se reproduira plus.

– Pardonne-nous, ajouta Azzio. Je me suis laissé emporter.

– Comme d'habitude... persifla Sirane.

Vani se tourna vers elle, toujours flamboyante.

– Toi, n'en rajoute pas ! Je suis en colère contre toi aussi ! Toi aussi, tu m'as abandonnée ! Tu ne vaux pas mieux qu'eux. Et si tu n'étais pas déjà blessée, je te taperais.

Submergée par ses sentiments, elle frappa de nouveau Azzio sur le bras.

– Aïe ! se plaignit-il.

Puis il baissa les yeux.

– Je l'ai un peu mérité, convint-il.

– Un peu ? s'emporta Vani.

Et soudain, toutes ses émotions la submergèrent. Les larmes lui montèrent aux yeux.

– J'ai vraiment eu peur ! gémit-elle. Et j'étais toute seule !

Alors, elle sentit que les grands bras de Gunnor se refermaient sur elle. Ce fut ensuite le tour d'Azzio de les accompagner.

– Allez, ne pleure pas, dit-il d'une voix altérée.

Lui-même avait les yeux humides.

Enfin, Sirane se joignit à eux. Et ils restèrent là, tous les quatre, enlacés, émus. Vani cessa peu à peu de trembler. Une grande chaleur réconfortante monta en elle.

– Vous êtes sûrs, pour la Confrérie du Câlin ? demanda-t-elle.

– N'exagère pas, fit Azzio, bourru.

ÉPISODE 14
PIÈGE EN HAUTE MER

Ils quittèrent Aqabah au matin.

Trahie par les bleus sur son visage, Sirane raconta toute l'histoire à ses camarades qui ne la connaissaient pas encore. Les deux garçons lui assurèrent toute leur compassion et lui proposèrent leur aide. Toutefois, craignant pour sa sœur, elle décida de remettre sa vengeance à plus tard.

– Quand Niwal sera rétablie, je retournerai à Aqabah. Il est hors de question que je l'abandonne à ce monstre…

Le *Stradivari* laissa la mer de la Morsure derrière lui et pénétra dans l'océan des Fantômes. Ce fut alors que Vani se rappela que le navire de son père avait coulé dans ce même océan. En même temps, elle avait honte de demander à ses camarades d'accepter un détour, même minime, alors qu'elle venait de les sermonner sur leur égoïsme. Elle n'en parla pas.

Le soir, cependant, les contes de sa mère lui revenaient et elle ne pouvait s'empêcher de les partager avec ses compagnons.

– Mon père était un grand pirate. Un jour, il a capturé un navire entier qui transportait des esclaves. Il leur a rendu leur liberté et les a installés à la tête du vaisseau, tandis que ceux qui les écrasaient sont allés ramer à fond de cale.

– Cela aurait pu nous servir quand nous étions sur notre galère, glissa Azzio.

– Une fois, il a affronté quatre navires ennemis. Même s'il était encerclé, il se refusait à tirer le moindre coup de canon. Quand ses hommes lui demandaient pourquoi, il répondait que le feu emporte ceux qui l'allument. D'ailleurs, il poussait les bateaux à se rapprocher de lui. Et quand ils ont tiré, les boulets sont passés par-dessus son navire et ont touché les autres adversaires. Les quatre bateaux ont coulé. Les pirates ont compris que mon père avait raison.

– J'ai déjà lu cette histoire, murmura Gunnor. Je crois qu'elle vient d'un conte.

– Une autre fois, mon père poursuivait un démon qui avait massacré les habitants de plusieurs îles. Il l'a chassé longtemps, sur plus de sept mers. Le démon avait possédé tout un équipage et semait la terreur sur son passage. Mais, après des années de traque, mon père l'a finalement rattrapé. Quand il a fait face au démon, il l'a regardé dans les yeux et le démon, effrayé par sa détermination, s'est enfui, relâchant l'équipage.

– Je ne pense pas qu'il suffise de regarder un démon dans les yeux pour le faire fuir, objecta Sirane.

Vani en eut bientôt assez de toutes ces remarques.

– Vous ne pouvez pas vous taire et juste écouter ? Je sais que ce sont des histoires. Mais je les aimais. Elles m'aidaient à supporter son absence.

– Oh, c'est bon ! s'emporta Azzio. On va aller voir le bateau de ton père ! Mais arrête avec ces contes à dormir debout sur Rajesh le Sanglant.

En entendant ces mots, Vani fut prise d'une joie terrible. Elle ne parvint pas à se retenir de sauter au cou du baron.

– Merci, merci !

Puis elle fut prise d'un doute.

– Tout le monde est d'accord ? Même après ce que je vous ai dit sur votre égoïsme ?

– Tu as le droit à ta ration d'égoïsme aussi, répliqua Gunnor.

La pirate eut envie de monter en haut du mât pour exprimer sa joie.

– Tu peux grimper à la vigie si tu veux… soupira Sirane.

– Vous êtes formidables !

Elle commença à escalader le mât, s'arrêta à quelques pieds de hauteur et ajouta :

– En fait, c'est « Rajesh le Grand », pas « le Sanglant ».

– Va voir là-haut si on y est ! répliqua Azzio.

* * *

La traversée se déroula sans encombre. L'océan des Fantômes était plutôt calme. En revanche, il était froid et les camarades durent s'emmitoufler dans tout ce qu'ils trouvèrent comme vêtements. Il ne restait plus que des costumes de scène au fond d'un coffre. Azzio s'attribua les habits les plus bariolés et les plus ajustés. Le choix de Sirane se porta sur les plus amples et les plus sombres. Quant à Vani, elle récupéra les plus petits. Gunnor, lui, passa simplement une peau de tigre sur ses épaules.

– L'air est vivifiant, n'est-ce pas ? disait-il.

– Ce n'est pas le mot que j'aurais employé, répondit Azzio en grelottant. J'aurais même plutôt dit l'inverse : on va attraper la mort ici.

Leur souffle se muait en vapeur d'eau en s'échappant de leur bouche. Le vent ne tombait jamais. Après quelques jours de navigation, ils commencèrent à voir les premiers blocs de glace flottants.

– Qu'est-ce que c'est que ça ? s'enquit Vani, émerveillée.

– Mon peuple les appelle des icebergs. Ce sont des morceaux qui se détachent d'un grand continent entièrement fait de glace.

La pirate partit d'un grand rire.

– Ah ! Tu me fais marcher, Gunnor ! Cela n'existe pas, un continent tout en glace !

– Bien sûr que si. En poursuivant vers le septentrion, nous pourrions même y aborder.

L'œil de Vani s'alluma.

– Tu peux nous y emmener ?

– Non, nous n'avons pas l'équipement ni la préparation nécessaires.

Déçue, elle persista à croire que tout cela était une invention. Ils continuèrent leur route, obliquant vers le levant. Vani s'enfermait dans la cabine pour effectuer des calculs avec les instruments du bord. Guettant la position des étoiles, elle parvint à établir leur position et à tracer leur itinéraire sur une carte.

Azzio observa son travail avec une certaine admiration.

– Tu es peut-être une vraie pirate, tout compte fait.

Vani en garda un immense sourire pour le reste de la journée.

* * *

Un matin, la jeune femme bondit dans la cabine, triomphante.

– On y est ! s'exclama-t-elle.

– Magnifique, grogna Azzio, pelotonné dans un coin.

Il supportait mal le froid de la région. Sirane aussi mais dans une moindre mesure. Le baron demeurait dans un coin, immobile, frissonnant, couvert d'un tas de vêtements toujours plus nombreux.

– Laissez-moi mourir ici, geignit-il. Je ne sens plus mes doigts...

– C'est parce que tu ne bouges pas ! lui lança Vani. Tu te réchaufferais avec un peu d'exercice !

– Je ne fais *jamais* d'exercice. L'exercice, c'est pour les pauvres qui ont besoin de travailler.

Le froid le rendait amer. Mais Vani refusait de s'en laisser conter. Elle se tourna vers ses autres camarades.

– Nous y sommes !

– J'avais entendu… gronda Sirane.

Déçue de ne trouver aucun écho à sa joie, Vani quitta la cabine et alla trouver Gunnor. Le colosse regardait l'horizon, ses longs cheveux blonds claquant au vent. Il ne paraissait pas souffrir des basses températures.

– Nous sommes arrivés, devina-t-il en observant la pirate.

– Oui. C'est là que le navire de mon père a été coulé.

– Et que veux-tu faire maintenant ?

La question la prit de court. Elle n'y avait jamais réfléchi. En se penchant par-dessus la passerelle, elle observa les eaux sombres. On n'y voyait rien. Impossible de deviner si une épave se trouvait en dessous.

– Tu vas descendre, dit Gunnor.

– Oui. Mais comment faire ?

Le cœur de la jeune femme battait très fort. Elle n'avait jamais été aussi proche de son père depuis des années. Elle ne pouvait se décider à partir sans avoir vu au moins son navire.

– Viens, l'invita le guerrier.

Il l'emmena jusqu'à la cabine où Sirane et Azzio attendaient, toujours enveloppés dans leurs multiples couches de vêtements. Sans leur prêter attention, il commença à fouiller dans les différents placards. Il en sortit une belle corde avant de dénicher quelques plombs.

– Nous allons d'abord évaluer la profondeur de l'eau à cet endroit. Par chance, nous ne sommes pas très loin des terres.

Il fit descendre l'ancre, guettant le moment où elle toucherait le fond. Concentré, il évalua la distance à quinze pieds.

– C'est bien, assura-t-il. Tu pourras encore profiter de la lumière du soleil. Il est bientôt midi : tu auras la plus grande clarté possible.

Il s'empara d'un tonneau remonté de la cambuse.

– Il va te falloir de l'air pour respirer. Tu ne pourras pas revenir à la surface chaque fois. Sinon, tu vas t'épuiser très vite. Nous allons renverser ce tonneau et l'envoyer par le fond, rempli d'air. Ainsi, tu iras y reprendre ton souffle quand tu en auras besoin.

Vani hochait la tête, époustouflée par les ressources de l'homme du pays Blanc. Elle le regardait avec une admiration renouvelée.

– Attention, prévint-il. Tout ce que je te dis, je l'ai lu dans des livres. Je ne peux pas te promettre que tout fonctionnera du premier coup, ni même après.

– D'accord, dit-elle.

Mais elle avait toute confiance en lui. Il attacha donc la corde lestée à l'intérieur du tonneau. Puis il examina le calfeutrage au blanc d'œuf.

– Cela devrait tenir.

La corde était assez longue pour leur permettre de récupérer le tonneau à la fin de l'expérience. Il lança donc la barrique par-dessus bord. Entraîné par la grosse pierre, le récipient de bois s'enfonça dans les profondeurs en emportant de précieuses bulles d'air.

– Veille à ne pas te blesser. Si tu saignes, remonte immédiatement. Un requin pourrait en sentir l'odeur à plusieurs milles à la ronde.

Un frisson parcourut l'échine de la jeune femme. Gunnor lui confia un harpon.

– Prends ça. Cela te permettra de te défendre mais aussi de fouiller dans les restes du navire.

Pour finir, il lui noua une corde autour de la taille.

– Si tu as besoin d'aide, tire trois fois sur la corde. Ce sera le signal qu'il faut venir te chercher, d'accord ? De temps en temps, tu peux tirer deux fois pour dire que tout va bien.

Elle acquiesça.

– Quand tu vas entrer dans l'eau, ton corps va se défendre contre le froid. Tu respireras très fort. Ne panique pas. Attends que cette réaction passe. Plus bas, tu devrais sentir un courant chaud qui passe en profondeur. Beaucoup de marins l'ont remarqué. C'est ce qui fait que mon pays n'est pas totalement enfoui sous les glaces. Mais, dans les premiers pieds sous la surface, l'eau sera glacée. Ne t'y attarde pas.

Toutes ces informations tournaient dans la tête de la jeune femme. Son cœur ne battait plus seulement d'excitation, mais aussi d'angoisse.

– Je t'attendrai en haut avec une boisson chaude. Il faudra te déshabiller entièrement et te jeter dans des vêtements secs. N'effectue pas plus de trois voyages depuis le tonneau. Ensuite, tes muscles risquent de te trahir. Tu vas dépenser beaucoup d'énergie pour nager dans ces eaux glacées. Tu ne pourras sans doute réaliser qu'une seule descente. Ce serait trop dangereux de les multiplier.

Elle hocha encore la tête.

– Maintenant, tu ne vas conserver que les vêtements les plus ajustés. Ils ne gêneront pas tes mouvements, ils ne t'alourdiront pas, mais ils t'aideront à conserver un peu de chaleur. Tu as tout compris ?

– Oui, répondit-elle timidement.

– Je vais chercher les autres.

Il redescendit vers la cale. Une fois seule, Vani se demanda si elle faisait bien de tenter une telle expédition.

Gunnor n'avait pas essayé de la décourager mais il lui avait bien décrit tous les dangers qu'elle allait affronter. Son regard se porta sur la mer. Depuis le pont, la surface grise semblait presque tranquille. Nul ne pouvait soupçonner qu'un navire avait été coulé là exprès.

Ce fut à cet instant que ses trois camarades remontèrent de la cabine. Leurs visages étaient inhabituellement fermés.

– Tu vas vraiment le faire ? demanda Sirane.

– J'en ai besoin, s'entendit-elle répondre.

– Eh bien, bon courage...

La sorcière se détourna et s'éloigna aussitôt. Manifestement, elle n'approuvait pas sa démarche.

– Ne lui en veux pas, murmura Azzio. Elle s'inquiète pour toi, c'est tout.

Vani secoua la tête. Elle n'avait pas le temps d'y songer pour le moment. Elle devait rester concentrée sur sa tâche.

– J'y vais.

La tension monta d'un cran sur le pont. Elle voyait bien que les deux garçons étaient anxieux. Elle-même n'était pas loin d'être paralysée par la peur. Elle agita les bras pour se donner du courage, ôta ses vêtements les plus amples et ne conserva que ceux qui moulaient sa taille et son torse, laissant ses jambes et ses pieds nus.

Gunnor vérifia que la corde était toujours bien attachée.

– Bonne chance, dit-il en se penchant sur elle. Et n'oublie pas : pas plus de trois voyages.

Émue, elle déposa une bise sur sa joue barbue. Il se recula, surpris, avant de sourire et d'appliquer à son tour un baiser sonore sur son front. Il n'ajouta rien. Azzio, pour une fois, se taisait aussi.

Alors, prenant une longue inspiration, fermant les yeux et bouchant son nez, Vani enjamba le bastingage et sauta par-dessus bord.

* * *

L'eau l'enveloppa, si glacée qu'elle en était brûlante. Vani se sentit suffoquer. Mais Gunnor l'avait prévenue. Elle décida de ne pas se laisser submerger par la crainte. Emportée par l'élan, elle descendit de plusieurs pieds sans effort et ouvrit les yeux. Le soleil brillait, pâle, dans le ciel blanc. Elle y voyait. Par contre, le sel lui irritait les prunelles.

D'un battement de jambes, elle se propulsa vers le bas. Elle y découvrit un spectacle étonnant. Le tonneau était là, non loin d'elle. Il était suspendu à quelques pieds du fond, accroché à son lest. Quelques rares bulles minuscules s'en échappaient mais, pour le reste, le calfeutrage semblait tenir.

Ce fut alors qu'elle la vit.

L'épave s'étalait sur le sable, majestueuse, comme naviguant sur le sol. Vani fut prise d'une profonde agitation. Elle nagea encore un peu et atteignit le niveau du courant tiède. Elle le sentit immédiatement. Ses membres cessèrent de trembler et elle retrouva un peu de contrôle sur eux.

Le harpon toujours en main, elle progressa vers le navire échoué. C'était une goélette effilée, plus petite que ce qu'elle avait imaginé. Sur le côté, elle parvint à lire son nom : *Vani II*. L'émotion l'envahit. Cela ne pouvait être que le vaisseau de son père.

Sur le flanc, elle avisa la voie qui avait dû lui être fatale. Cependant, elle n'était pas assez grande pour la laisser passer. Il fallait trouver une autre issue. Avançant avec une insupportable lenteur, Vani parvint jusqu'au pont. Elle repéra une écoutille. S'approchant, elle chercha à l'ouvrir. Mais le bois avait travaillé et le panneau était coincé dans son cadre.

Elle eut l'idée d'utiliser le harpon mais, déjà, ses poumons la brûlaient. La pirate devait reprendre sa respiration. Elle fit demi-tour et alla jusqu'au tonneau. Sa tête passa dans l'ouverture. Elle cracha et avala une goulée d'air qui sentait le hareng. En cet instant, ce fut l'odeur la plus délicieuse du monde.

Vani profita de cette pause pour tirer deux fois sur la corde et avertir ses compagnons que tout allait bien. Quelques secondes après, on lui répondit par le même signal. La jeune femme se surprit à sourire en pensant à Gunnor, là-haut, qui veillait sur elle comme une sorte de grand frère. Elle songea aussi à Azzio qui devait rouspéter contre le froid. Et puis, le départ de Sirane lui pinçait le cœur.

Mais elle n'avait pas de temps à perdre ! Elle inspira profondément et repartit vers l'écoutille. Cette fois, elle enfonça son harpon entre le montant et le battant que l'eau de mer avait pratiquement soudés entre eux. Le bois gonflé résista d'abord aux efforts de la pirate. Elle dut s'escrimer de longues secondes pour enfin faire craquer le panneau.

Elle avait déjà épuisé ses forces et son air. Elle dut retourner en hâte sous le tonneau renversé. Là, elle envoya un deuxième message rassurant. On lui répondit très vite. Manifestement, ils s'inquiétaient pour elle, à bord du *Stradivari*. Elle se sentait complètement fourbue. De nouveau, elle souffrait du froid. La tiédeur du courant n'avait été qu'un bref répit. Ce n'était pas non plus un bain chaud.

Vani avala une bouffée d'air en sachant que ce serait sa dernière expédition. Elle devait absolument trouver quelque chose dans le navire. Ses bras tremblaient de fatigue tandis qu'elle nageait vers l'écoutille, désormais ouverte.

La jeune femme s'engouffra dans l'ombre. À l'intérieur, il n'y avait presque plus de lumière. Elle devina pourtant des squelettes qui flottaient dans l'eau. L'un d'eux, agité par le courant, parut vouloir lui caresser la joue. Elle s'écarta avec horreur. Voilà où était passé l'équipage du *Vani II*. Quatre ou cinq marins avaient sans doute été enfermés là. En se retournant, elle comprit pourquoi elle avait eu tant de mal à ouvrir l'écoutille : le panneau avait vraisemblablement été verrouillé de l'intérieur. La pirate n'y comprenait plus rien.

Elle chercha si, parmi ces restes humains, pouvait se trouver la dépouille de son père. Rien ne lui permit de le découvrir. Déjà, elle manquait d'air. Sa poitrine avait des sursauts, comme pour respirer à vide.

Ses yeux se posèrent sur un petit coffre entrouvert. Vani s'en approcha. Au moyen du harpon, elle parvint à faire sauter le couvercle. Le sel et la rouille avaient eu raison du métal. La cassette dévoila un unique gant. Il semblait fait en mailles de fer. Pourtant, il avait été entièrement épargné par la rouille. Vani ne réfléchit pas.

Elle s'en empara et, afin de ne pas se surcharger, elle l'enfila. Il était temps de partir. Elle étouffait. Battant des pieds, elle remonta vers l'écoutille.

Soudain, elle se sentit retenue par la taille. Terrifiée, elle songea aux squelettes. Non. Ce n'était que la corde qui s'était coincée quelque part ! Vani se retourna, paniquée. Elle tira dessus de toutes ses forces. Rien n'y fit...

Elle ne pouvait retourner dans la cale, il n'était plus temps. L'un des crochets de son harpon était légèrement aiguisé. Elle décida de s'en servir pour trancher la corde. Agitée comme un poisson pris à l'hameçon, elle s'acharna sur la corde. Mais celle-ci était solide. Même si quelques fragments de chanvre se détachèrent, elle ne parvint pas à l'entailler suffisamment.

– Tu vas mourir ! Tu vas mourir ! criait une voix à son oreille.

Elle tira sur le lien avec l'énergie du désespoir. Des étoiles défilaient devant ses yeux. C'était la fin. Alors, elle repensa à son père, qui s'était sans doute noyé ici, et, relâchant ses efforts, elle se dit qu'il y avait pire endroit pour mourir.

***

Une main l'entraînait. Elle devait rêver dans ses derniers instants.

– Papa ? balbutia-t-elle.

– Je suis là.

Il avait une voix grave. Son visage était resté aussi jeune que dans ses souvenirs. Il sourit et lui dit :

– Crache.

– Pardon ? s'étonna-t-elle.

– Crache, répéta-t-il. Crache ! CRACHE !

Alors, elle vomit des gallons d'eau de mer.

* * *

– … t'avais bien dit que c'était une folie !

– Je me souviens seulement de t'avoir entendue déclarer : « Bon courage ».

– C'était sous-entendu. Un lettré comme toi devrait comprendre ce genre de choses. Si elle meurt, je te préviens que…

– Là, tu pourrais te contenter d'un sous-entendu.

C'était bien Gunnor et Sirane qui se disputaient. Vani reconnaissait leurs voix à présent. Ouvrant les yeux, elle aperçut le beau visage d'Azzio.

– C'est toi qui m'as sauvée ?

– Oh, non ! répondit-il avec un petit rire. Tu sais bien que je suis un poids inutile.

– Ce n'est pas vrai !

Il haussa les épaules, touché malgré tout.

– En tout cas, ce n'est pas moi qui me suis jeté à l'eau.

– Gunnor ? s'enquit-elle.

– Il était prêt à plonger quand nous avons compris que la corde était coincée. Mais c'est Sirane qui a été la plus rapide. Elle s'est enfoncée dans la mer pendant de longues minutes. Si longues que nous avons bien cru qu'elle ne remonterait jamais. En fait, elle a tranché la corde avec son poignard avant de te ramener à la surface. Là, nous avons eu grand-peine à te ranimer. Tu refusais de recracher l'eau que tu avais avalée. Gunnor a dû insister.

Elle le regarda, pleine de gratitude. Tout son corps était froid et douloureux.

– Tu t'inquiétais pour moi, avoue !

– Pas du tout, répliqua-t-il. Je venais simplement récupérer mon manteau puisque tu vas mieux. Gunnor a insisté pour qu'on te couvre de tous nos vêtements afin de t'aider à te réchauffer.

– Tu t'inquiétais pour moi, répéta-t-elle.

Il se drapa dans son habit, redressant le menton.

– Je ne vois pas du tout de quoi tu veux parler.

Pendant ce temps, Gunnor et Sirane continuaient de se jeter des reproches à la tête. Ils ne faisaient même plus attention à la miraculée, alors qu'ils se trouvaient simplement à l'autre bout de la cabine.

– Tu peux les prévenir que je vais mieux ? demanda Vani.

– Pas tout de suite, décida Azzio après une courte hésitation. Je pense qu'ils ont encore des choses à se dire…

Vani tendit l'oreille.

– Mais qu'est-ce que tu vois, le nez toujours plongé dans tes bouquins ?

– Sans doute plus que toi, engoncée dans ta capuche.

Azzio avait raison. Ils semblaient avoir besoin de davantage de temps pour vider leur sac. À force de se taire, ils avaient accumulé du ressentiment. Il fallait leur laisser le loisir de tout sortir.

– Tu peux te reposer encore un peu, chuchota Azzio.

Vani remonta le drap sur elle. Elle remarqua alors qu'elle portait toujours le gant. Mais ce n'était pas grave. Elle ferma les yeux et profita de la chaleur des couvertures en entendant ses amis se disputer pour évacuer leur frayeur.

ÉPISODE 15
JE M'EN IRAI DORMIR DANS LE PAYS BLANC

Après une nuit encore de navigation, ils furent en vue du pays Blanc. Les quatre aventuriers montèrent sur le pont. À leur grande surprise, ils eurent face à eux des étendues, non pas blanches, mais vertes.

– Je me sens floué, maugréa Azzio.

– Nous sommes en été, tempéra Gunnor. Le courant chaud que nous avons croisé permet à la végétation de pousser. Mais, dès que nous serons à l'intérieur des terres, vous apercevrez le blanc que vous aimez tant. D'ailleurs, c'est pour cela que nous abordons ici. Vik est presque inaccessible par le septentrion en raison des glaces.

Vani ouvrait de grands yeux pour admirer les vertes prairies qui vallonnaient doucement depuis la côte.

– Là-bas ! Il y a une petite plage !

Elle montrait une crique de sable où le *Stradivari* pouvait aborder. Ils s'y dirigèrent avant de jeter l'ancre. Vani regarda son navire avec regret.

– Je n'ai pas envie de l'abandonner, soupira-t-elle.

– Nous le retrouverons à notre retour, promit Azzio avec un peu trop d'empressement.

Il observa le rivage.

– Nous serons bientôt débarrassés de ce serment ! s'exclama-t-il.

Les autres le regardaient, incrédules.

– Je n'ai rien contre vous, se défendit-il. Mais je n'aime pas devoir quelque chose à quelqu'un.

Sirane ricana.

– Bizarre de la part de celui qui distribue à tour de bras des reconnaissances de dette...

– Cela n'a rien à voir, protesta le baron.

Manifestement, leur querelle personnelle n'était pas entièrement vidée, elle non plus. Ils continuèrent à argumenter pendant que Vani travaillait à mettre le canot à l'eau. Elle n'avait pas envie de se replonger dans les flots glacés de l'océan des Fantômes.

Ses yeux tombèrent sur le gant qu'elle arborait toujours à main faible. Malgré tous ses efforts, elle ne parvenait pas à l'enlever. En réalité, elle n'en avait pas très envie. C'était son dernier souvenir de son père, le seul objet qui lui avait peut-être appartenu en propre.

Quand la barque fut prête, tout le monde monta à bord et Gunnor souqua ferme pour gagner l'île. Impatiente, Vani se prépara à sauter sur le sable jaune. Dès qu'elle fut à bonne distance, elle bondit.

– Attention ! cria Sirane.

La sorcière l'attrapa par la ceinture. Mais il était trop tard. Lancée, le buste en avant, ne comprenant pas ce qui se passait, la pirate passa par-dessus bord, entraînant sa camarade avec elle. Au moment de toucher le sable, Vani vit sa main s'enfoncer dans une surface jaunâtre et gluante. Ce n'était pas du sable. Elle traversa la couche répugnante et atterrit une nouvelle fois dans l'eau. Sirane plongea juste après elle, déséquilibrée.

Les deux femmes sortirent la tête de la flaque grumeleuse.

– Qu'est-ce que c'est que ça ? demanda Vani.

– C'est un champignon, répondit Gunnor avec son érudition habituelle. Il s'accumule en raison du courant marin. On ignore son effet sur les humains. Les gens de mon pays préfèrent l'éviter.

– J'en ai plein les cheveux, marmonna Sirane. Et dans la bouche…

Les deux femmes s'extirpèrent de l'amas collant. Prenant pied sur la véritable plage, elles se débarrassèrent difficilement de la gangue poisseuse. La sorcière grommelait en arborant une moue de dégoût.

– Mais pourquoi tu m'as attrapée comme ça ? s'étonna Vani.

– J'ai compris que ce n'était pas du sable. J'avais peur que ce ne soit une substance dangereuse.

– Tu sais, tu n'es pas obligée de me sauver tout le temps, sourit la pirate. Je te dois déjà la vie.

Elle était touchée du dévouement de sa camarade. D'un geste, elle ôta une plaque gélatineuse de la tresse de Sirane.

– Merci…

Les garçons, prudemment, se déportèrent sur une véritable zone de sable pour mettre pied à terre. Gunnor paraissait ému. Il huma l'air vif. Azzio, toujours frileux, referma les pans de son manteau sur lui.

Ils descendirent leurs maigres bagages et entreprirent de traverser les éboulis de pierres tranchantes pour gagner des collines plus herbeuses. Là, des prés magnifiques s'offrirent à leurs yeux, semés de points blancs qui n'étaient autres que des moutons.

– Je croyais que le peuple du pays Blanc se consacrait aux raids et aux pillages ? s'étonna Vani. On parle d'eux comme les premiers des pirates.

– De ce côté-ci, il fait bon toute l'année et on pratique l'élevage. Cela ressemble au pays Môn. Vers le levant, c'est une autre affaire.

Vani acquiesça. Un peu plus loin, elle remarqua un berger, puis un autre, puis encore un autre. Il y en avait presque autant que de têtes de bétail.

– Pourquoi est-ce qu'ils sont aussi nombreux ?

Gunnor se rembrunit.

– Pendant des années, mon peuple a lancé des expéditions régulières contre le pays Môn. C'était devenu plus une formalité qu'autre chose. Les habitants ne se défendaient même plus. Mais la fameuse Compagnie Créance est passée par là et a organisé une révolte contre nos chefs. Elle les a repoussés un par un, jusqu'à nous refouler sur la côte.

Il soupira.

– Nous le méritions. J'ai toujours trouvé injuste d'exploiter un peuple qui ne nous avait rien fait.

– C'est pour ça que tu ne veux plus être un guerrier ? s'enquit Vani, sans s'embarrasser de précautions oratoires.

– D'une certaine manière, répondit Gunnor, les yeux dans le vague.

Un silence passa. Puis il sortit de sa rêverie.

– Bref, nos chefs sont revenus au pays Blanc avec leurs hommes et nous sommes maintenant beaucoup plus nombreux qu'avant.

– J'imagine que cela suscite des disputes ? interrogea Azzio.

– Pas du tout. Malgré ce passé honteux, notre peuple sait se montrer sage. Certains n'ont pas changé mais nous, nous avons décidé d'en profiter pour consacrer du temps à l'étude.

– Mais alors, que font tous ces gens dans les champs ? demanda Azzio.

– Ils débattent.

Les autres le regardèrent d'un air incrédule.

– En vers, précisa Gunnor. Nous appelons cela des batølles[1].

– Tu veux dire qu'ils font des duels de poésie ? s'enthousiasma le baron.

– Oui. Ils sont accompagnés d'un arbitre qui rend son jugement à la fin. Désormais, il est de bon ton de se confronter à son futur hôte avant de pouvoir être accueilli dans le pays Blanc.

Sirane avait aussi levé un œil intéressé.

1. Batølle (nom féminin), se prononce « bateulle ».

– J'ai bien envie de tenter l'aventure, qu'en pensez-vous ? questionna Azzio.

– Une victoire nous ferait bien voir de mon peuple. Nous avons bien besoin d'un hébergement et d'équipement pour affronter les neiges.

– C'est décidé ! fit le voleur en se frottant les mains.

Le groupe avança jusqu'à une troupe de bergers qui attendaient sous un arbre en regardant des fleurs. C'était étrange de contempler ces grands gaillards blonds occupés à fabriquer des bouquets d'un air fort sérieux, les uns conseillant les autres sur l'équilibre des couleurs et des feuilles.

– Tu ne tiens pas compte des parfums, Knot, s'impatientait un homme aussi large que haut et les épaules couvertes d'une peau d'ours.

Il avait des moustaches si longues qu'elles lui descendaient jusqu'au torse.

– Si tu négliges l'harmonie des couleurs et des formes, répliqua le dénommé Knot, personne ne s'approchera assez pour humer ton bouquet !

– Je préfère les œuvres qui se dévoilent lentement, moi. Tu cèdes à la facilité, mon bon Knot, en flattant la vue.

Le bon Knot en question était une montagne de muscles assez impressionnante. Dans sa main, les fleurs paraissaient minuscules. Gunnor les salua poliment.

– Mon nom est Gunnor, fils d'Ornaldur. Mon ami ici présent souhaiterait défier l'un d'entre vous dans le cadre d'une batølle.

Knot jaugea longuement le baron qui lui avait été désigné.

– Vers libres ? demanda-t-il simplement.

– Pourquoi pas ? répondit Azzio.

Avec grand soin, Knot confia son bouquet à son interlocuteur à moustaches.

– Thème ? s'enquit-il.

– Libre aussi ? suggéra Azzio.

L'autre hocha la tête. Les deux hommes se tournèrent autour avec une lenteur de fauves. Knot commença :

– *Terre*

Brûlée

Au vent

Des pâturages verts !

Les hommes applaudirent. Vani sentit que l'adversaire avait commencé très fort. Azzio se mordit les lèvres avant de répliquer :

– *On va s'aimer*

Sous le soleil de l'Arctique !

Cette fois, ce furent les trois aventuriers qui encouragèrent le voleur.

– *Ah, m'asseoir sur un roc*
Cinq minutes avec toi
Et regarder le phoque
Qui s'en va !

Ça y était ! Knot avait commencé à rimer. Les choses sérieuses étaient engagées. Bien sûr, Vani n'aurait rien saisi de toutes ces subtilités si Gunnor ne lui avait pas chuchoté des commentaires à l'oreille.

– Chacun établit son thème. Ils vont essayer de conduire l'adversaire dans une direction précise.

– *Le ciel blanc sur nous peut s'effondrer*
Et la mer peut bien tempêter
Peu m'importe si tu m'aimes !

Azzio avait clairement choisi de ramener le sujet vers la romance, tandis que son adversaire peinait à le suivre sur cette voie. D'ailleurs, il hésita un moment avant de poursuivre :

– *Un beau jour*
Ou peut-être une nuit
Près d'un fjord, je m'étais endormi.
Quand soudain, semblant crever la glace
Et venant de nulle part
Surgit un épaulard !

– Ah, belle tentative de diriger le thème vers la contemplation de la nature, nota Gunnor.

Azzio n'était pas en reste.

– *Emporté par la houle qui nous traîne*
Nous entraîne, écrasés l'un contre l'autre…

Le front de Knot se couvrit de sueur. Il avait manifestement du mal à résister aux propositions d'Azzio.

– *Pourtant que la banquise est belle*
Comment peut-on s'imaginer…

Le voleur enchaîna immédiatement :

– *Elle met du vieux pain sur son perron*
Pour attirer les aiglons, les faucons !

– *Je le sais*, céda Knot.
Sa façon d'être à moi parfois vous déplaît
Mais elle est
Mon avalanche à moi !

– *Ne me quitte pas*, poursuivit Azzio, implacable.
Il faut oublier
Tout peut s'oublier
Qui s'enfuit déjà
Oublier le temps des digues et des crues.

– *Avec le temps*, conclut Knot.
Avec le temps, va
Tout s'en va
Et l'on se sent blanchi comme un guerrier fourbu.

– Oh ! Magnifique conclusion ! s'enthousiasma Gunnor. Il a retourné le thème d'Azzio contre lui. Je ne crois pas que notre ami s'en relèvera.

En effet, le baron déçu s'inclina, acceptant sa défaite. Le dénommé Knot leva les bras en signe de victoire. Il alla donner une bourrade à son adversaire malheureux.

– Tu t'es bien battu, ami !

Il tendit la main et on lui rendit son bouquet de fleurs.

– C'est pour toi, déclara-t-il au voleur. Tu l'as mérité.

Azzio accepta avec une émotion contenue.

– J'aurais aimé remercier mes parents, dit-il, mais nous sommes en froid.

– Ah, ce n'est pas facile, répondit Knot. Venez ! Je vous invite tous à manger chez moi !

– Et à boire, j'espère ? glissa Azzio.

– Tu peux te reposer, mon ami, la compétition est finie. Ne gâche pas de bonnes répliques.

Ils allèrent dans la hutte de pierre et de chaume de Knot. La demeure se révéla beaucoup plus spacieuse qu'elle n'en avait l'air. L'homme tenait proprement sa maisonnée. Il posa sur la table des monceaux de viande fumée et de pain.

Vani, une fois de plus, mourait de faim. Elle se jeta sur la nourriture et l'avala goulûment. Les hommes cessèrent de parler. On n'entendit bientôt plus que des bruits de mastication. Même Sirane ne rechigna pas à manger. Azzio dut se contenter d'eau pour toute boisson. L'alcool était réservé aux jours de fête. Un peu plus tard, ils furent rejoints par l'épouse de Knot, Allu, une très grande femme athlétique, aux traits carrés.

– Ah, c'est elle, la meilleure de nous tous ! présenta fièrement l'homme. Elle est invaincue en batølle.

La conversation roula sur l'état du pays. Certains regrettaient les temps où l'on pouvait piller allègrement le pays Môn, tandis que d'autres jugeaient que cela n'avait que trop duré. Tous s'accordaient cependant à trouver que leur vie était meilleure depuis l'intervention de la Compagnie Créance.

– Et vous ? demanda Allu aux aventuriers.

– On n'a pas encore trouvé de nom, soupira Vani.

– Je veux dire : que faites-vous dans le pays Blanc ?

– Nous nous rendons à Vik.

Aussitôt, toutes les voix se turent. Vani vit que les regards convergeaient sur Gunnor. Allu fut la première à parler :

– N'est-ce pas ton village, fils d'Ornaldur ?

Cette fois, ce furent Vani, Azzio et Sirane (enfin non, pas Sirane) qui ouvrirent une bouche stupéfaite.

– Pourquoi n'as-tu pas dit que tu venais de Vik ? interrogea le baron. Je croyais que tu étais simplement de la même région.

– Tu nous as caché ça ! s'exclama Vani, heurtée.

Sirane demeurait silencieuse, les mâchoires serrées.

– J'avais honte, avoua le grand guerrier. J'ai peur que la malédiction qui touche mon village ne soit ma faute. Et puis, comme Swainn était trop affaibli pour me reconnaître, je n'ai rien dit.

– Raconte…

Ce fut le seul mot que Sirane prononça. Gunnor baissa la tête, comme pour dissimuler son visage derrière un rideau de cheveux. Il commença à narrer d'une voix sourde.

– Dans les dernières semaines où nous dominions le pays Môn, j'étais un jeune guerrier. J'étais fier de moi. Je voulais en découdre. C'était au moment où la Compagnie Créance avait suscité la révolte qui allait nous expulser. J'étais sous les ordres du boucher de Ka, Mormyx, un officier du chef Mikrallium. Nous étions occupés à piller le village du même nom, une petite bourgade fortifiée au milieu des sapins. Mais les habitants, ayant appris qu'un soulèvement avait commencé, ont refusé de se soumettre comme d'habitude. Ils ont voulu se battre.

Gunnor s'interrompit un instant.

– Je me suis retrouvé face à un jeune garçon, encore un enfant. Il avait sans doute dix ans. Il m'a attaqué avec une épée rouillée. Je me suis défendu. J'aurais pu l'épargner. Mais Mormyx m'a pressé d'en finir. L'odeur de sang montait de partout, les cris aussi. Après quelques parades, j'ai fini par le tuer.

Vani posa la main sur sa bouche. Elle se rappelait la fureur du colosse à l'idée que les Trined s'en prennent à un enfant. Elle comprenait mieux sa réaction, ainsi que celle qu'il avait eue après avoir tué l'homme de Milak.

– C'est plus tard, à la fin des combats, que j'ai pris conscience de mon geste. J'ai aussitôt lâché ma hache. Je suis parti tandis que Mormyx et ses hommes continuaient de passer les habitants au fil de leurs lames. J'ai appris plus tard que Ka avait été un village martyr. Dès ce jour, j'ai abandonné le métier de guerrier. J'ai décidé de me consacrer à l'étude. Je n'ai plus touché d'arme. Sauf quand nous avons rencontré les assassins de Milak.

Un long silence tendu passa. Les hommes du pays Blanc ne semblaient pas fiers de ce passé.

– Je ne vois pas le rapport avec ton village, remarqua Vani. D'autres guerriers ont participé à ce massacre. Pourquoi le tien serait touché plus que les autres ?

– Eh bien, il faut savoir que Mormyx était également originaire de Vik. C'est lui qui m'avait convaincu de partir au combat avec lui. D'autre part, tout le monde savait que sa plus grande crainte était de tomber malade. C'était chez lui une véritable obsession.

– Et Vik est touché par une maladie mystérieuse, conclut Azzio.

Vani se tourna vers les autres convives qui assistaient à la conversation sans paraître tout comprendre.

– Nous avons juré sur le fleuve des morts de sauver Vik, expliqua-t-elle.

Elle raconta alors leur rencontre dans les prisons d'Aria, la mort de Rokugami et leur serment après la rencontre de Swainn et de son fils Toam. Allu hocha la tête, secouée par leur histoire.

– Je vous souhaite bien du courage, aventuriers. La situation ne cesse d'empirer à Vik. Des habitants meurent chaque jour. Nous avons dû isoler le village pour éviter que la maladie ne se propage au reste du pays Blanc.

Vani soupira. Les nouvelles n'étaient pas bonnes. Elle regretta soudain d'avoir perdu tant de temps à Aqabah, puis dans l'océan des Fantômes à la recherche de son passé.

Le repas s'acheva sur cette note sombre. Knot et Allu leur offrirent le gîte pour la nuit. Les aventuriers dormirent dans la bergerie qui était vide à cette période de l'année. Voyant que Gunnor était triste, Vani alla se blottir contre lui.

– On t'aime toujours, dit-elle doucement.

Le guerrier ne réagit pas. Alors, elle se tourna vers ses camarades, les prenant à témoin.

– Pas vrai qu'on l'aime toujours !

Azzio détourna les yeux. Vani crut un moment qu'elle n'obtiendrait pas gain de cause. Cependant, le baron finit par lâcher, un peu gêné :

– Bien sûr qu'on l'aime.

Sirane se contenta d'opiner. La pirate secoua le colosse.

– Tu vois ? On a tous des choses à se faire pardonner. Tu vas voir : on va sauver Vik et on deviendra des héros ! Des vrais !

Gunnor eut un pauvre sourire mais il s'endormit peu après.

* * *

La petite troupe repartit au matin, chargée de pain et de fromage de brebis. Elle fit ses adieux à Allu et Knot. Azzio fut de nouveau félicité pour sa performance en batølle.

– Azzio, murmura Allu, songeuse. Est-ce que ce ne serait pas toi qui serais à l'origine du modazzio ?

– En effet, répondit le voleur avec une modestie mal feinte.

– Je savais que ton style me disait quelque chose ! s'exclama Knot. Eh bien, nous vous disons : « Modazzio ! »

Les quatre restèrent un peu interloqués.

– C'est pour la chance, précisa Allu.

Ils quittèrent le village. Bien vite, le décor changea. Dès qu'ils eurent passé une barrière de collines, la neige fit son apparition. L'influence du courant chaud s'arrêtait là. Heureusement, le couple leur avait fourni des peaux de mouton pour se réchauffer, ainsi que des bottes adaptées. Azzio pesta rapidement contre le temps. En effet, le froid montait. Un vent glacé soufflait sur les voyageurs.

Ils suivirent un long chemin que l'on apercevait à peine dans le blanc immaculé. Au loin, se dressaient des montagnes et des glaciers à pic. Gunnor avançait, obstiné, à une allure soutenue. Les trois autres souffraient de cette foulée rapide. Il fallut lui demander de ralentir un peu. La marche continua jusqu'au soir.

– Nous sommes bientôt arrivés, murmura Gunnor dans un souffle.

Ils longèrent alors une falaise faite de colonnes de basalte qui semblaient taillées par la main de l'homme. Plus loin, c'était une plage de sable noir qui se découpait dans les étendues de neige. Ils avaient rejoint le septentrion de l'île.

Ils dépassèrent une petite butée avant de découvrir, en contrebas, un village de pêcheurs survolé par les mouettes. On ne voyait personne dans les rues et tout semblait mort.

– Voilà Vik, annonça Gunnor d'un ton funèbre.

Vani avala sa salive. C'était là que le Serment des Runes les avait conduits. La jeune femme sentit qu'ils avaient atteint une étape importante. Ou bien ils mourraient, ou bien ils l'emporteraient. Dans tous les cas, le groupe se séparerait sûrement par la suite, n'ayant plus de raison de demeurer ensemble.

Un poids nouveau lui pesa sur la poitrine. Elle aurait voulu ne plus quitter ceux qui étaient devenus ses amis. Avec un soupir, elle commença à descendre la dune noire en direction du village déserté.

ÉPISODE 16
Elle court, elle court, la maladie

Gunnor semblait tendu en descendant vers son village. Vani pouvait le déceler à la contraction de ses épaules. Elle suivit le colosse le long du sentier. La neige ne cessait qu'à l'extrême limite de la plage où le sable formait une bande noire au bout de la couverture blanche. Des cabanes de torchis se dressaient, çà et là. Des filets de pêche avaient été tendus, sans doute en vue de réparations. Les embarcations avaient été tirées au sec. À l'exception des mouettes qui protestaient et battaient des ailes un peu partout, Vik était plongé dans le silence et l'immobilité.

Personne ne vint accueillir les visiteurs quand ils entrèrent dans le village. Un vent frais soufflait du large. Vani resserra sa peau de mouton autour de son cou.

– C'est par là, indiqua Gunnor. Je vous emmène à la hutte de la cheffe.

Ils arrivèrent devant une bâtisse de pierre ornée d'un crâne d'élan aux magnifiques andouillers. Vani admira l'animal avant de pénétrer dans la maison.

Il y avait un homme seul, portant une courte barbe, dont le crâne tondu montrait une horrible cicatrice. Il était occupé à nettoyer la table.

– C'est toujours pareil, grommelait-il. Ils ne rangent rien. Et qui nettoie ? C'est Alaf !

Quand il vit Gunnor, son air renfrogné le quitta complètement et il afficha un sourire radieux.

– Gunnor, fils d'Ornaldur, c'est bien toi ?

– Alaf !

Tous deux se prirent dans les bras avec une chaleur non feinte.

– Comment vas-tu, mon petit ? s'enquit le dénommé Alaf qui mesurait une tête de moins que le colosse. Tu as trouvé tes bibliothèques ?

– J'ai vu celle de Rideau et celle d'Aqabah, révéla Gunnor avec un orgueil éclatant.

– Bien, mon petit, bien ! Mais pourquoi es-tu revenu ?

– J'ai appris que le village était en danger.

– Bah, ce n'est rien, fit Alaf avec un geste de son torchon. Cette maladie va bien finir par partir.

– Combien de morts ? demanda Gunnor.

– Cinquante-quatre à ce jour...

– Mais c'est un habitant sur cinq !

– Justement, on arrive au bout. Ce n'était pas la peine de te déplacer. Surtout que tu risques de contracter cette maladie.

– J'ai juré d'aider Vik, expliqua Gunnor. Sur le fleuve des morts.

– Brave petit !

Alaf reprit son air mécontent.

– Ce n'est pas comme ces feignants de Mormyx et ses hommes. Depuis leur retour du pays Môn, ils sont claquemurés dans leur maison. On doit poser la nourriture à cinq pas de la porte. Ils ne sont que des ventres sans cervelle et sans cœur.

Le sourire d'Alaf revint aussi vite qu'il était parti.

– Mais toi, Gunnor, tu es le meilleur d'entre nous. Tu n'as pas massacré gratuitement des gens de Môn.

Il poursuivit, sans remarquer le trouble de son interlocuteur :

– Si tu cherches Ireka, elle est dans la dernière maison sur la route des grottes. C'est là qu'on rassemble les malades. Va, mon petit. Elle sera contente de te voir.

Il reprit alors sa tâche. Gunnor leur fit signe de sortir. Une fois qu'ils furent dehors, Vani lui demanda :

– Il ignore que tu as tué un enfant ?

– Je n'ai osé le dire à personne ici.

Gunnor n'ajouta rien. Il marcha d'un bon pas vers l'autre extrémité du village. De loin, Vani remarqua une grande maison de bois qui devait servir pour les assemblées.

– C'est là que nous votons les résolutions qui concernent le village, expliqua le guerrier.

Il entra par la porte ouverte. Azzio déclara :

– Je préfère attendre dehors. Je n'aime guère les maladies.

– Cet endroit sent la mort...

Sirane huma l'air et resta avec lui à l'extérieur. Vani emboîta le pas à Gunnor et découvrit un spectacle étrange. Des draps avaient été tendus dans l'immense pièce, afin de ménager des séparations entre les lits. Des hommes et des femmes circulaient dans ces couloirs de tissu. Ils paraissaient harassés.

Gunnor avisa une femme toute petite et extrêmement trapue, semblable à un tonneau d'hydromel. Elle s'avança sur ses courtes jambes. Deux tresses blondes tombaient de ses tempes.

– Gunnor, fils d'Ornaldur ! s'écria-t-elle. Tu avais le mal du pays ?

Elle lui adressa une bourrade amicale qui aurait sans doute envoyé Vani au tapis pour un bon moment. Gunnor ne broncha pas, raide comme un piquet. Il regardait les malades qu'on devinait entre deux rideaux de draps. Les gens étaient fiévreux, épuisés, ils toussaient, transpiraient, avaient des ganglions gonflés, des pustules rouges et même des ulcères noirs.

La petite femme, qui était manifestement Ireka, la cheffe du village, suivit le regard de Gunnor.

– Ne restons pas là, dit-elle doucement.

Ils ressortirent à l'air libre et elle inspira longuement l'air pur. Avisant Azzio et Sirane, elle se tourna vers le colosse.

– Tu es venu avec des amis dans ce pays de mort.

– Pays de mort… répéta la sorcière comme un écho sinistre.

– Nous sommes venus vous sauver, expliqua Gunnor.

Il raconta les circonstances de leur rencontre ainsi que leur serment. Vani écoutait poliment, trouvant qu'il n'était pas un excellent conteur. Il passait trop vite sur certains épisodes qu'elle aurait davantage développés. Elle trépigna, tentée d'intervenir à chaque minute.

– Voilà, conclut Gunnor.

– Enfin, ce n'est qu'un court résumé de nos aventures, glissa-t-elle, frustrée.

D'habitude, c'était elle qui était chargée de cette narration.

– Alors, Swainn avait vraiment réussi à obtenir un automate, fit Ireka en hochant la tête. Je dois avouer que, quand il est parti avec Toam, je ne pensais pas qu'il y arriverait. Et maintenant, il est mort, pauvre de lui.

Elle leva un œil bleu sur Gunnor et ses compagnons.

– Mais pourquoi êtes-vous là si l'automate est mort, lui aussi ?

Vani allait s'empresser de répondre quand un cri monta.

– Les hommes-rats ! Les hommes-rats !

Le visage de la cheffe se ferma.

– Ce sont eux qui nous attaquent. La maladie vient de là !

Une grande cloche sonna avec un beau son de cuivre. Vani vit que Gunnor pâlissait. Ireka remarqua son changement de physionomie.

– J'espère que tu n'es pas un lâche comme Mormyx et ses hommes. Depuis qu'ils ont été chassés du pays

Môn, ils se terrent à l'écart du village, refusant tout contact avec nous.

– Vous n'avez pas peur d'attraper la maladie ? s'étonna Vani.

Ireka se frappa la poitrine, rendant un son qui ressemblait à celui de la cloche, mais en plus grave.

– Ah ! Je prends des bains de mer chaque jour ! Et je suis en parfaite santé, jeune fille. Vous devriez faire de même !

La pirate battit en retraite, bredouillant quelque chose à propos de l'eau trop froide.

– Je ne suis pas un lâche, répondit enfin Gunnor. Mais j'ai juré de ne plus exercer le métier des armes.

La cheffe du village le toisa, malgré sa petite taille.

– Si tu as une bonne raison, je respecte ton choix, déclara-t-elle. Au cas où, ta hache t'attend dans la hutte familiale. Nous, nous allons défendre Vik !

Elle brandit un marteau de guerre qui pendait à sa ceinture.

– Avec moi ! hurla-t-elle.

Trois ou quatre guerriers vinrent les rejoindre. Azzio dégaina son sabre. On prêta aux compagnons quelques armes. Sirane banda un arc. Vani hérita d'une fronde et de quelques pierres. Gunnor se balançait d'un pied sur l'autre, hésitant sur la façon d'agir.

– Tu peux te battre sans tuer les gens, lui murmura Vani. Sois un protecteur.

Gunnor hocha la tête.

– C'est la plus haute fonction du guerrier, confirma-t-il.

Alors, il fit un détour, entra dans une hutte vide et en ressortit, une hache double en main.

Sur la route, une troupe dépenaillée courait vers le village. C'étaient en effet des hommes-rats. Levant leur tête pointue, presque sans cou, ils ouvraient des gueules d'où pointaient des incisives inférieures orangeâtres et des vibrisses. Leurs mâchoires effectuaient des mouvements latéraux, puis d'avant en arrière, assez inquiétants. Leur pelage, gris sur le ventre et brun sur le dos, était taché de crasse et de gale. En ressortaient des yeux noirs ou rouges. Dans leur dos, une longue queue annelée, dépourvue de pilosité, traînait sur le sol.

Vani en frissonna d'horreur.

– Ne les laissez pas vous toucher, murmura Ireka.

Ce fut seulement à cet instant que Vani remarqua que les hommes-rats portaient des armes : des épées rouillées, des lances brisées, des boucliers ébréchés, des casques enfoncés.

Elle n'eut pas le temps de réfléchir davantage. La troupe, qui comptait une vingtaine d'individus, arrivait sur eux. Sirane en abattit un d'une flèche. Vani, n'aimant guère la violence, se contenta de fermer l'œil du plus menaçant et de l'assommer sur le coup.

Azzio, de son côté, para une attaque. Après une hésitation, Gunnor partit à l'assaut, frappant du plat de sa hache. Il désarma plusieurs ennemis en leur cassant le bras.

– Ils reculent ! triompha Ireka.

Le combat n'avait pas duré longtemps. Vani fut soulagée de voir les hommes-rats faire demi-tour et repartir vers les orgues basaltiques en emportant leurs morts et leurs blessés.

– Poursuivons-les ! ordonna la cheffe du village.

Les guerriers et les quatre aventuriers se précipitèrent à la suite des fuyards qui battaient en retraite. Sirane, placée sur une éminence, ajusta longuement son tir et abattit un second homme-rat, ou plutôt une femme-rat, d'une flèche entre les omoplates.

Vani courut aussi vite qu'elle le put. Les créatures étaient bien plus véloces que prévu. Il fut impossible de les rattraper. Elles se jetèrent dans l'ombre de grottes qui donnaient directement sur la plage.

Ireka écarta les bras pour arrêter sa troupe.

– N'allez pas plus loin ! Vous risqueriez de vous perdre dans leurs galeries.

Vani observa les immenses cavités ouvertes dans le basalte. Il en sortait un parfum pestilentiel qui lui retourna le cœur. Entrer là-dedans, c'était à coup sûr tomber malade.

Ireka ordonna le repli vers le village. Vani en profita pour observer ses camarades. Ils étaient tous indemnes, heureusement.

– C'est comme cela tous les jours ou presque, expliquait Ireka. Les hommes-rats nous attaquent. Ils essaient de nous contaminer.

– Cheffe ! s'écria une femme d'une voix tremblante.

C'était une fière gaillarde, presque aussi costaude que Gunnor. Blanche comme un linge, elle montrait son avant-bras droit qui arborait une large estafilade. Ireka pinça les lèvres.

– Cela va aller, Fruyja. Une blessure ne signifie pas nécessairement que tu es infectée.

L'autre hocha la tête, peu convaincue, mais courageuse. Le retour au village fut lent et sinistre.

– Nous perdons de plus en plus de guerriers, soupira Ireka. Et les hommes-rats sont toujours aussi nombreux. Ils nous auront bientôt à l'usure.

– Personne ne vient en renfort ? demanda Vani.

– Non, tout le monde craint la peste de Vik, comme on l'appelle. Nous ne pouvons pas quitter notre village.

Le seul moyen est de passer par la mer. Mais nous nous y refusons. Nous risquerions de propager la maladie dans le pays Môn, puis dans tout Aria. Je ne saurais prendre cette responsabilité.

– Mais comment Swainn et Toam ont-ils pu partir ?

– Nous leur avons imposé une quarantaine, isolés dans une hutte. Ils étaient en parfaite santé au moment de leur départ.

Vani se frotta le menton. Comment Swainn avait-il pu tomber malade alors qu'il avait quitté Vik depuis des mois ?

– En combien de temps contracte-t-on la maladie ?

– Entre les premiers symptômes et la mort, on compte environ un jour et demi. Pour le reste, nous ne savons rien.

Vani n'insista pas car la guerrière Fruyja perdait de nouveau ses couleurs. Elle-même ne se sentait pas vraiment rassurée par l'omniprésence de la maladie. En rentrant au village, elle aperçut au loin les restes de plusieurs bûchers au sommet d'une colline. L'endroit avait été tellement utilisé pour des funérailles que la neige avait entièrement fondu, laissant la terre à nu.

– Je vais préparer le golem...

Sirane avait parlé de son ton morne.

– Nous pouvons aller dans la hutte familiale, proposa Gunnor.

Il leur montra sa maison, non loin de là. Elle donnait sur la plage et l'un de ses murs touchait la neige, tandis que l'autre, à l'opposé, se dressait sur le sable noir.

Les quatre aventuriers pénétrèrent à l'intérieur. Tout avait été balayé, nettoyé, rangé. Cependant, on voyait bien que l'endroit n'avait pas été occupé depuis longtemps. Il ne restait que quelques pots suspendus aux poutres de la charpente. Le guerrier soupira en observant les lieux.

– C'est notre première maison ! s'exclama Vani.

Puis elle songea que, bientôt, ils n'auraient plus rien à partager. Et cette idée l'attrista. Sirane s'agenouilla devant l'âtre où demeurait un cercle de cendres. La sorcière se tourna vers ses compagnons.

– À votre avis, dans quelle matière faut-il bâtir le golem ? demanda-t-elle.

Pour une fois, elle semblait manquer d'assurance. Vani se mit à réfléchir.

– En cendres, c'est bien, non ? On ne peut pas le brûler !

– Oui, mais il risque d'être fragile, tempéra Azzio en se caressant la barbiche. La cendre peut aisément retomber en poussière.

– Le bois peut brûler, réfléchit Gunnor à voix haute.

Il se gratta le torse, juste sous sa peau de mouton.

– En terre cuite, cela pourrait fonctionner ! proposa Vani.

– La terre est friable, rétorqua Azzio.

– Vous rejetez toutes mes idées, grommela la pirate en croisant les bras, vexée.

– Nous essayons de trouver ce qui est le mieux, assura le baron. Et si on utilisait du fer ?

– Je ne suis pas sûre qu'on en trouve en assez grande quantité, fit Sirane.

– Et puis, si on se bat près de l'eau, votre golem de métal va rouiller ! Et couler !

– Vani a raison, concéda Azzio.

– Ah ! triompha cette dernière.

– En pierre ? suggéra le noble.

– Le golem coulera en cas de combat naval, trancha Gunnor. Au cas où les hommes-rats décideraient d'aller au-delà des mers.

– En filet de pêche ! s'exclama Vani.

Tous les regards se tournèrent vers elle. La jeune femme soupira.

– C'est bon, mettons que je n'aie rien dit.

– J'ai trouvé ! s'écria Azzio en se redressant, théâtral. Nous allons faire un golem de pierre...

– On a déjà éliminé la pierre, glissa Vani.

– Je n'avais pas terminé : en pierre volcanique. Nous allons utiliser de la pierre volcanique ! Elle est à la fois légère, solide, disponible en grande quantité et elle flotte !

– En plus, il aura une couleur classe ! ajouta Vani.

– Je ne pense pas qu'il faille s'encombrer de considérations esthétiques, répliqua Azzio.

– C'est toi qui dis ça ? Toi ? Toujours tiré à quatre épingles ?

– Pardonne-moi d'avoir davantage d'ambitions de style pour moi que pour un golem.

– Est-ce que vous pouvez vous taire ? demanda Sirane. Et toi, Gunnor, qu'est-ce que tu as à te gratter comme ça ?

Le colosse fourrageait en effet sa poitrine comme s'il était atteint de terribles démangeaisons.

– Si tu as des puces, ne reste pas dans la maison...

Le guerrier rougit.

– Je n'ai jamais eu de puces.

– Vraiment ? s'étonna Vani. Entre les champs de bataille, les différentes auberges croisées sur la route et les campements dans les bois ?

– Bon, ça suffit. Tout le monde dehors ! ordonna la sorcière.

Ils ressortirent. Une partie du village se tenait autour de la hutte, en silence, à une centaine de pieds.

– Qu'est-ce qu'ils font là ? chuchota Vani.

– Je pense qu'ils attendent le golem promis, répondit Gunnor.

– J'espère que ça ne va pas altérer ma concentration...

Sirane s'éloigna vivement. Les trois autres la suivirent, en quête de pierre ponce. Les curieux leur emboîtèrent le pas à distance respectable. La région étant très volcanique, il ne leur fallut pas longtemps avant de tomber sur une grande surface de roc. La sorcière se pencha dessus.

– Ça devrait suffire...

Elle ferma les yeux et médita un moment. Les trois compagnons faisaient cercle autour d'elle. Vani sentit son cœur battre à toute allure. C'était le moment où ils allaient fournir l'arme ultime aux habitants du village, où ils allaient réparer les dommages infligés à Rokugami, où ils allaient venger la mort de Swainn. Depuis leur rencontre, tout les avait menés à cet endroit, à cet instant.

Sirane jugea qu'elle était prête. Elle rouvrit les yeux et, d'un geste élégant, elle traça une rune sur la pierre. Vani retenait son souffle. On entendait la mer déferler sur le rivage. Le temps parut suspendre son cours.

Rien ne se passa.

Vani, Azzio et Gunnor se courbèrent au-dessus du bloc de pierre ponce.

– Ça n'a pas marché ? demanda la pirate. Recommence !

– Je ne prends pas le risque de créer plusieurs golems, asséna Sirane. On attend un peu...

Ils patientèrent donc. Le vent venu du large les refroidissait de minute en minute. Gunnor ne cessait de se labourer la chair sous la peau de mouton.

– Arrête donc, s'énerva Azzio. Tu me donnes envie de me gratter à mon tour.

– Je n'y peux rien, se défendit le guerrier. Ce sont sûrement les hommes-rats qui m'ont transmis un peu de leur vermine.

Vani frissonna.

– Oui, ils étaient tellement sales !

– Ça bouge... nota Sirane.

Elle avait parlé d'un ton maîtrisé où perçait une touche de soulagement, ce qui pour elle était l'expression d'une émotion considérable. Vani examina le rocher de pierre poreuse. Effectivement, le minéral remuait un peu, comme s'il était à nouveau en fusion.

Soudain, une main surgit. Vani faillit tomber en se reculant.

– J'ai réussi...

Chez tout autre, cette phrase, prononcée ainsi, aurait paru atone et sans émotion. Chez Sirane, on était proche de l'extase.

Les quatre aventuriers regardèrent la main. Elle était large, solide. Cela augurait bien de la suite. Vani observa les cinq doigts, louchant presque. La main de pierre essaya de saisir quelque chose dans l'air. Puis elle parut compter sur ses doigts, joignant tour à tour le pouce et l'index, le pouce et le majeur, le pouce et l'annulaire et enfin l'auriculaire. Elle effectua des signes étranges.

– Qu'est-ce qu'elle dit ? s'enquit Vani.

– Je n'en sais rien...

Le vent passa encore sur la scène. Il fallut se rendre à l'évidence. Rien de plus ne sortirait du rocher.

– J'ai échoué...

– C'est pas grave, tempéra la pirate. Tu avais juste besoin de t'échauffer. Et ce n'est pas facile de réussir quelque chose devant tout ce monde.

Elle montra le cercle des villageois qui attendaient sagement.

– Toute cette pression qui repose sur tes épaules, reprit Vani.

– C'est bon ! s'emporta Sirane. J'ai compris.

Elle inspira longuement.

– Je ne peux pas travailler dans ces conditions.

Alors, elle tourna les talons et reprit la direction de la hutte de Gunnor. Les autres demeurèrent indécis.

– Qu'est-ce qu'on fait ? demanda Vani.

– La pierre ponce ne se prête peut-être pas à cette magie, suggéra Azzio. Apportons-lui un morceau de basalte.

Vani et Gunnor acquiescèrent. De toute façon, ils n'avaient pas de meilleure idée à proposer. Les trois amis avisèrent un bloc sombre qu'ils parvinrent à soulever. Ahanant, ils le portèrent jusqu'à la hutte sous le regard respectueux mais interrogateur des habitants. Les aventuriers déposèrent le gros rocher près des cendres.

– Tu peux tenter le coup avec ça ! proposa Vani.

Sirane leva sur elle un œil envahi par le doute.

– Tu crois ?

– Mais oui ! Ici, tu es tranquille ! Il n'y a que nous !

La sorcière soupira. Elle referma les yeux, cherchant à calmer sa respiration. Cela dura longtemps. Enfin, elle ouvrit ses paupières et traça de nouveau le symbole sur la pierre.

Ils attendirent un moment. Puis, comme la première fois, cinq doigts apparurent. Cependant, ils étaient étrangement courts.

– C'est… c'est un pied, murmura Azzio.

Vani dut en convenir. C'était un pied, de bonne pointure, avec un gros orteil nettement plus long, les autres doigts s'inclinant progressivement vers l'auriculaire en ligne droite.

– Tu n'as pas de regret à avoir, déclara Azzio après un long silence gêné. À Altabianca, nous considérons que ce type de pied est le plus esthétique. C'est celui que nous retrouvons sur nos statues.

– Ça me fait une belle jambe ! s'exclama Sirane.

Vani eut soudain une idée. Elle se rappela comment les pouvoirs de la sorcière lui avaient soudainement fait défaut à la fin de sa rencontre avec Milak. Le même phénomène était peut-être toujours à l'œuvre.

– Tu es sûre que tu n'as pas perdu tes pouvoirs ? demanda doucement la pirate. Même en partie ? Peut-être parce que tu n'as pas pu accomplir ta vengeance à Aqabah ?

– Non, trancha Sirane. Et je vais te le prouver.

Elle s'empara des pots de terre et les jeta sur le sol. Ils se brisèrent en tessons coupants. Du pied, elle les rassembla. Une flamme terrible brûlait dans ses prunelles.

– Tu es sûre de toi ? s'inquiéta Azzio.

– On peut remettre à demain, ajouta Gunnor.

– Écartez-vous !

Sans attendre, la sorcière traça la rune sur un fragment de pot. Cette fois, le résultat fut immédiat. Une tête surgit, faite d'un assemblage de morceaux mal assortis. Cette tête ne comportait pas d'yeux mais une bouche immense, grande ouverte, déformée, et qui hurlait :

– Noooooooooooon !

– Qu'est-ce qu'elle dit ? interrogea Vani en se bouchant les oreilles.

– Tuez-moooooooooooiiiii !

– Que faisons-nous ? s'enquit Azzio, grimaçant devant ce spectacle atroce.

– Tuez-moooooooooooiiiii ! répétait la tête, manifestement en souffrance.

Sirane, hébétée, demeurait sans réaction. Gunnor intervint. De son pied, il écrasa le crâne de terre cuite.

– Merciiiiiiiii ! souffla la bouche.

Le calme revint dans la hutte. Pourtant, une vague de désespoir s'empara des aventuriers. Ils étaient incapables de fournir un golem aux habitants.

ÉPISODE 17
Rongeurs ? Rougeurs…

Depuis la veille, Sirane refusait de sortir de la hutte. Les autres n'osaient la déranger. Ils avaient emménagé dans une autre maison vide, un peu plus loin sur la plage.

Vani se réveilla à cause d'une forte démangeaison. Partout sur elle, la pirate sentait la morsure des puces. Des piqûres rouges apparaissaient sur ses bras et ses jambes.

– Gunnor ! se plaignit-elle. Tu m'as refilé tes puces !

– En même temps, nul ne t'oblige à te blottir contre lui pour dormir, gronda Azzio dans le coin de la hutte.

– Ça me rassure ! Et puis, il dégage beaucoup de chaleur.

– Tu as l'air d'oublier qu'il n'aime pas qu'on le touche !

– Ne vous disputez pas, murmura Gunnor. Cela ne me dérange pas.

– Vraiment ? s'étonna le baron. J'ai du mal à te suivre. Si c'est moi, tu t'écartes. Et si c'est Vani, cela ne pose plus de problème ?

– Je me suis habitué à elle, expliqua le guerrier. Nous avons vécu des aventures ensemble...

– Et moi donc ? Je n'étais pas là quand il a fallu déclencher la bagarre dans l'auberge ? Quand...

– Moi, au moins, je me blottis vraiment, l'interrompit Vani. Je n'essaie pas de le peloter.

– Le peloter ? fit Azzio, hors de lui. Je ne touche jamais les gens sans leur accord. Jamais ! Alors, oui, Gunnor me plaisait au début. Mais j'en suis revenu. Je ne mélange pas le plaisir et les affaires. Toi par contre...

– Moi ?

– Oui, insinua le voleur. Depuis le début, tu es jalouse parce que je ne m'intéresse pas à toi.

– Pas du tout ! De toute façon, tu n'es pas attiré par les femmes.

– On peut être attiré par les hommes *et* les femmes, ma chère...

Ils échangèrent un regard de défi. Gunnor se leva pour les séparer.

– Tout ceci est ridicule. Vous voyez bien que vous vous disputez pour une tout autre raison. Vous êtes inquiets pour Sirane et pour notre serment. D'ailleurs...

Le colosse se tut. Azzio et Vani levèrent les yeux sur lui, subitement alarmés.

– Que t'arrive-t-il ? demanda le baron.

– Je... fit Gunnor en vacillant.

Le colosse tituba et tomba lourdement sur le côté. Vani se précipita.

– Tu aurais pu le rattraper !

– As-tu vu le poids qu'il pèse ? Il m'aurait écrasé.

Azzio fronçait les sourcils, anxieux. Il se pencha à son tour sur Gunnor. D'un geste rapide, il ouvrit sa veste en peau de mouton.

– N'essaie pas d'en profiter, protesta Vani.

– Je sais ce que je fais, répliqua le baron d'un ton péremptoire.

Il montra la poitrine constellée de rougeurs. Les ongles du guerrier avaient laissé de longues griffures écarlates. Mais ce n'était pas le pire. Au niveau du cou et des aisselles, Gunnor présentait plusieurs bubons assez développés.

– Il est malade ! murmura Vani.

– Il devait être encore affaibli par sa blessure à Aria, expliqua Azzio en blêmissant.

– Je vais chercher Sirane !

La pirate se leva et quitta la hutte en hâte. Elle courut sur le sable noir pour rejoindre la maison de Gunnor. Sans toquer, elle ouvrit la porte. Sirane se dressa, aux aguets. On voyait à ses yeux qu'elle avait pleuré.

– Je ne suis bonne à rien, soupira-t-elle. C'est Milak qui avait raison…

Vani l'attrapa par les revers de son manteau.

– Écoute-moi, Sirane. Milak est une brute qui n'aime rien tant que dominer les femmes. S'il s'attaque à toi, c'est qu'il te craint. Il craint ton pouvoir. C'est la preuve que tu es forte. Trop pour lui. Il ne le supporte pas.

Les yeux noirs de la sorcière se posèrent sur elle.

– C'est vrai, convint-elle finalement. Tu as raison…

Vani lui sourit.

– Maintenant, lève-toi et suis-moi. Gunnor a des ennuis !

– Quoi ?

– Il est malade.

– Nous voilà ! fit la voix d'Azzio.

Il supportait le grand guerrier, un bras passé sous son épaule. Tous deux s'effondrèrent à moitié dans la hutte.

– Je vais bien, mentit Gunnor.

Il était couvert de sueur.

– Siranne, soigne-le ! l'exhorta Vani. Comme tu l'as fait au *Faucon rieur* !

– Je ne suis pas sûre de réussir.

– Essaie, au moins ! supplia la pirate.

Sirane hocha la tête. Elle passa la main au-dessus du torse de Gunnor. Elle murmura des formules mystérieuses, traça des runes dans l'air. Presque instantanément, Gunnor retrouva une mine moins inquiétante.

– J'ignore combien de temps cela va durer, avoua la sorcière. Je ne suis pas en possession de tous mes moyens.

– Merci ! répondit Vani, émue.

Elle ne voulait pas qu'il arrive quoi que ce soit à ce bon colosse rempli de culpabilité. Sa dernière blessure au flanc l'avait horrifiée. Cela ne devait pas recommencer.

Gunnor se redressa. Vani se jeta dans ses bras.

– Et voilà, elle recommence ! pesta Azzio.

Mais il ne pouvait s'empêcher de sourire.

– Ne perdons pas de temps, proposa le colosse. Nous devons établir un plan tant que je tiens sur mes deux jambes.

– Ne dis pas ça ! protesta Vani.

– Il a raison, renchérit Azzio. Nous risquons tous de tomber malades. Il faut trouver le secret de cette maladie avant qu'il ne soit trop tard.

– Cette peste n'est pas naturelle, insista Sirane. Les hommes-rats font en sorte de l'apporter au village. Les Trined ont bien dit qu'ils cherchaient à répandre la maladie. Et je pense qu'ils en sont capables. Ils ont réussi à contaminer Swainn alors qu'il était en bonne santé et à des milliers de lieues du pays Blanc.

Vani en était venue à la même conclusion. Par quels moyens les Trined avaient-ils pu transmettre la maladie à Swainn ?

– Il faudrait enquêter auprès des hommes-rats, suggéra Gunnor. Il semble qu'ils soient les vecteurs de la peste.

– Pourtant, il n'y avait pas d'homme-rat à Aria, songea Sirane.

– Il n'empêche : nous trouverons des réponses chez eux. Nous pourrions demander à Ireka ce que savent les villageois à leur sujet.

– À mon avis, pas grand-chose, soupira Vani.

Elle n'eut pas le temps de poursuivre sa phrase car la cloche d'alerte résonnait de nouveau sur le village.

– *Ils sont là ! Ils sont là !*

Les quatre aventuriers sortirent rapidement de la hutte. Le matin était à peine levé et l'air était glacé. Ils coururent en direction du petit clocher qui dominait le village. Sur la route, ils croisèrent Ireka.

– Si tôt, grommela-t-elle, c'est inhabituel.

Une fois devant la tour, elle interrogea le guetteur.

– Où sont-ils ?

– Toujours à l'entrée au levant du village !

– Étrange, murmura la cheffe. Ils aiment bien changer de point d'attaque d'habitude…

Ils se précipitèrent. D'autres guerriers vinrent les rejoindre. Vani nota que Fruya, blessée hier, n'était pas parmi eux. La petite troupe revint au même endroit que la veille. Les hommes-rats avaient déjà quitté les lieux.

– Où sont-ils passés ?

Vani regarda autour d'elle et remarqua que la main-golem créée le jour précédent était toujours là. De l'index, elle semblait montrer une direction. Les autres doigts étaient repliés et elle ne cessait de pointer vers le même endroit.

– Euh, je crois qu'ils sont allés de ce côté ! s'écria la pirate.

– À travers le champ de lave ? s'étonna Ireka. Mais ils fuient toujours vers la plage.

– Pas cette fois !

Vani était tout sauf sûre d'elle. Mais la main, elle, paraissait pleine de certitude. D'ailleurs, quand la troupe passa à côté, elle leva brusquement le pouce comme pour les encourager. Finalement, la magie de Sirane n'était pas si rouillée. Elle devait simplement avoir davantage confiance en elle.

Elle se tourna vers la sorcière mais celle-ci fixait l'horizon. Elle remit à plus tard le moment de lui expliquer que son sort n'était pas si raté.

Ils évoluèrent alors sur un terrain couvert de pierres noires formant une couche presque continue mais pleine de dénivelés, de craquelures, de bourrelets et de fosses. La lave avait brusquement refroidi en produisant ce paysage aride et unique. Pas une plante ne poussait là. Parfois, certaines vapeurs s'échappaient de creux dans le sol.

– Tu es sûre de toi ? demanda Sirane après un moment.

– Parle à ta main, répondit Vani distraitement.

– Pas besoin d'être grossière...

– Non, se reprit la pirate, je voulais dire la main-golem que tu as créée hier. C'est elle qui m'a montré la voie.

La sorcière lui adressa un regard incrédule. Soudain, Gunnor poussa un cri.

– Là, il y a un trou !

Il se penchait sur une cavité qui pouvait facilement laisser passer un homme adulte. Les hommes-rats s'étaient sans doute réfugiés là. Leurs précédentes fuites vers la plage et ses orgues basaltiques n'étaient qu'un leurre. Ces créatures étaient plus intelligentes qu'ils ne l'avaient cru.

– Je ne peux demander à mes guerriers de descendre là-dedans, avoua Ireka. C'est la mort assurée.

– Nous irons, trancha Gunnor. Nous avons juré.

Et, joignant le geste à la parole, il commença à dévaler la pente. Azzio leva les yeux au ciel avant de le suivre. Sirane mit son arc sur son dos et l'imita. Vani, malgré la peur qui s'emparait d'elle, prit le même chemin. Elle ne voulait pas rester seule.

À peine eurent-ils effectué quelques pas qu'ils furent accueillis pas l'odeur pestilentielle qui se dégageait des hommes-rats, mélange d'urine et d'ordures longtemps macérées avec une pointe de pourriture. Vani dut mettre un foulard sur sa bouche pour ne pas céder à la nausée. Il y avait en effet un bassin rempli d'une substance immonde et brunâtre qui aurait pu faire défaillir n'importe qui. Ils passèrent cette étape en luttant contre les haut-le-cœur.

Un peu plus loin, un véritable tunnel s'ouvrait dans les entrailles du champ de lave. Les parois étaient grossières mais l'air y était bien plus pur. Les galeries étaient ventilées naturellement. On sentait même à certains moments un parfum de fleurs.

Ils s'enfoncèrent encore dans les pierres et les parois devinrent plus lisses, mieux entretenues. Gunnor s'arrêta brusquement et posa un doigt sur sa bouche. Vani s'arrêta. Dans le silence, à peine interrompu par le souffle d'air, elle perçut comme un chant. Les événements devenaient de plus en plus bizarres.

Le guerrier reprit sa progression et déboucha dans une pièce plus large. Une immense vasque avait été creusée dans le sol, afin d'accueillir sans doute des eaux de pluie. Cela formait une petite piscine qui était l'exact inverse du bassin de l'entrée. L'eau était pure et des fleurs roses avaient été disposées à la surface.

Dans l'eau, un homme-rat était occupé à se débarbouiller. Il se frottait le poil et on voyait réapparaître son pelage gris sous les couches de crasse. C'était lui qui fredonnait. Et Vani reconnut une chanson de la barde Alba.

Les quatre compagnons se tinrent devant la piscine sans un mot, éberlués. L'homme-rat finit par les remarquer, poussa un cri aigu, avala une fleur, toussa et la recracha.

– Vous m'avez fait peur ! s'étrangla-t-il. Vous pourriez signaler votre présence. Après tout, je suis au bain.

– Tu parles ? s'étonna Gunnor.

– Bien sûr que je parle ! Comme toi !

Azzio s'avança à son tour.

– Pardonne-moi, mais tu ne fais pas partie de ceux qui nous ont attaqués hier ?

– Oh, vous m'avez reconnu ? Bien joué ! J'étais pourtant recouvert de peintures rituelles.

– Je crois qu'il parle du bassin de l'entrée, murmura Vani.

– Vous avez essayé de nous tuer, grinça Sirane.

– Pas du tout ! Nous sommes des êtres pacifiques. Nous faisons simplement ce que Doushen nous commande.

– Doushen ? répéta Gunnor.

L'homme-rat les regarda avec un air surpris.

– Vous ne m'avez pas l'air très renseignés, vous. Attendez, je termine ma toilette et je vous conduis à quelqu'un qui pourra éclairer votre lanterne.

Il acheva de se frotter l'épaule et fit disparaître la dernière trace de crasse.

– Et voilà !

Il quitta la vasque et se secoua à la manière des chiens pour chasser toute l'eau qui restait dans son pelage. Il prit une fleur et la plaça sur son oreille.

– Ah ! s'exclama-t-il. Ça fait du bien d'être propre ! Suivez-moi !

Vani commençait à le trouver sympathique. Elle fut la première à lui emboîter le pas. Ils longèrent un long tunnel parfaitement entretenu.

– Vous n'êtes visiblement pas du coin, devisa l'homme-rat tout en marchant. À part le grand blond qui vous accompagne.

– Je viens du Bharat, répondit Vani.

– Ah, il paraît que c'est un pays charmant. J'aurais bien aimé y faire un tour. Mais le travail, toujours le travail !

Ils marchèrent un moment encore. Vani finit par oser lui demander :

– Et tu t'appelles comment ?

– Rolf. Et toi ?

– Vani.

– C'est joli.

Ils débouchèrent dans une immense salle qui donnait sur un nombre incalculable de galeries. Des hommes-rats et des femmes-rats vaquaient à leurs occupations. Quand ils virent passer le groupe des aventuriers, ils se figèrent avec stupéfaction. Certains prirent la fuite.

– Ils n'ont pas l'habitude de voir des étrangers, s'excusa Rolf.

La cavité était impressionnante. Toutes sortes de façades se dessinaient dans les parois de basalte. Mais le plus notable était une sorte d'élévateur actionné par une roue verticale. Un homme-rat s'y plaçait, courait, et cela actionnait une poulie qui faisait descendre ou remonter une grande nacelle qui disparaissait dans un trou du sol.

– C'est mon endroit préféré, avoua Rolf. Cavaler dans cette roue me donne l'impression que ma vie a enfin un sens. Bizarre, non ?

Personne ne répondit. Ils aboutirent devant une sorte de maison entièrement creusée dans la roche. Il y avait une porte, des pièces et même toute une façade sculptée dans la lave.

– C'est ici qu'habite la bourgmestre, indiqua Rolf. Je pense qu'elle va vous recevoir très vite.

Il pencha la tête à l'intérieur avant d'appeler :

– Istrad ! Tu as de la visite !

Rolf se tourna vers eux.

– Je dois vous laisser. Nous avons encore une scène à préparer pour demain. Cela n'arrête pas en ce moment.

Sur ces mots, il tourna les talons et partit. Vani échangea un regard interloqué avec ses compagnons.

– Ce n'est pas vraiment ce à quoi je m'attendais, avoua-t-elle.

– Il y a quelqu'un ? fit une voix à l'intérieur.

Gunnor entra le premier, Vani lui collant aux basques. Ils se trouvèrent nez à nez avec une femme-rat courbée en deux, appuyée sur une canne et le dos entièrement blanchi. Ses incisives étaient de travers et elle avait un œil noir et l'autre rouge.

– Par Doushen ! s'exclama-t-elle. Qu'est-ce que cet imbécile de Rolf nous a encore ramené ?

Elle s'approcha et tendit son œil noir vers Vani.

– Notez que je l'aime beaucoup, ajouta-t-elle. Mais il est trop amical et se fourre sans arrêt dans les pires ennuis. Normalement, vous ne devriez pas être là. C'est contre tous les usages. Mais bon, maintenant qu'il vous a conduits jusqu'ici, je ne vais pas vous mettre à la porte.

Elle se tourna et, boitillant, s'enfonça dans l'ombre.

– Eh bien, s'impatienta-t-elle. Vous venez ?

– C'est peut-être un piège...

– Je ne crois pas, Sirane, assura Vani.

Avec un haussement d'épaules, elle s'avança dans les ténèbres. À tâtons, elle suivit un corridor qui menait à une pièce éclairée. C'était en réalité une salle assez importante où la table avait été directement taillée dans la pierre et patiemment polie. Une lumière arrivait du plafond. On avait en fait placé un minéral translucide qui amenait la clarté du jour depuis la surface à travers des veines de cristaux.

– Quel est ce matériau ? demanda Azzio avec curiosité.

– Du diamant, répondit la bourgmestre avec dédain.

Clopinant, elle alla s'asseoir dans un fauteuil et attendit que le groupe l'imite. Quand tout le monde fut installé, elle les observa longuement.

– Vous aviez des questions, je crois, dit-elle sans chaleur.

Vani décida de prendre la parole.

– Voilà : nous voudrions savoir pourquoi vous attaquez le village de Vik.

– Le village de Vik ? Qu'est-ce que c'est que ça ? demanda Istrad en agitant son museau.

– Vous attaquez chaque jour un endroit où il y a des habitants, reprit la pirate en essayant d'être la plus simple possible. Cet endroit s'appelle Vik.

– Sans doute. Je ne vois pas en quoi cela me concerne.

– Vous y allez avec des armes et des peintures de guerre ! s'exclama Vani.

– Des armes ? s'esclaffa la bourgmestre. Ce ne sont que de vieilles lames complètement émoussées. Quant à ce que vous appelez nos peintures de guerre, ce sont des peintures rituelles.

Vani se rappela que Rolf avait déjà employé ce mot.

– Quelle est leur utilité ?

– Nous nous maquillons pour honorer Doushen, bien sûr.

– Excusez mon ignorance, dit doucement Vani, mais qui est Doushen ?

– Doushen est notre dieu. D'où sortez-vous ?

La pirate jeta un regard interrogateur à Gunnor qui était le plus savant de leur groupe. Il eut un signe de dénégation. Même lui n'avait jamais entendu parler d'un tel dieu.

– Et c'est un dieu récent ? demanda encore Vani.

– Récent ? Vous vous moquez de moi ? Doushen est l'un des dieux les plus anciens d'Aria. Il précède même la Clarté de Tansanli !

Vani ouvrit la bouche. Cet événement remontait à la nuit des temps. C'était une éruption magique qui avait eu lieu en Osmanlie et qui avait permis aux divinités de se matérialiser ! Elle soupçonna la vieille femme-rat d'exagérer. Puis elle se souvint que le signe du Trined était au moins aussi ancien, d'après les découvertes de Gunnor dans la bibliothèque de Rideau.

– Quelle est la fonction de votre dieu ? s'enquit-elle.

– Il préside à la maladie, évidemment ! soupira Istrad. Vous êtes de parfaits ignorants, décidément ! Avant que nous ne continuiez à poser des questions idiotes, je vais vous dire ce qu'il y a à savoir. Notre peuple, depuis ses origines, est lié à Doushen. Il nous protège. En échange, nous devons sortir de notre cité en nous peinturlurant, en criant et en agitant des armes. C'est un rituel qui a pour but de repousser tout ce qui peut causer des maladies chez nous. Parfois, certains d'entre nous sont tués par des ignorants comme vous. Alors, ceux-là deviennent des martyrs et leurs corps sont des offrandes à Doushen.

Vani n'en revenait pas et, à voir la tête de ses compagnons, ils étaient aussi surpris qu'elle. Ainsi, les hommes-rats tués ne constituaient pas une véritable menace. Ces combats étaient en fait des meurtres. Sirane pâlit, se rappelant sans doute les deux créatures qu'elle avait abattues d'une flèche.

– Pourquoi avoir repris récemment ce rituel ? intervint soudain Gunnor. Vous ne le pratiquiez plus depuis des siècles...

Istrad grogna.

– Nous avions perdu la foi. Doushen ne se manifestait plus. Nous nous contentions de quelques jeux d'enfants avec des épées en bois pour toute cérémonie.

Son visage s'éclaira.

– Mais Doushen nous a enfin reparlé. Il nous a rappelé nos devoirs par la voix de ses envoyés.

– Ses envoyés ? insista Azzio.

– Oui, grommela la vieille femme-rat. Nous ne les avions jamais vus avant, mais nos anciens les ont reconnus grâce à nos mythes ancestraux.

Vani fut prise d'un doute.

– À quoi ressemblent les envoyés de Doushen ? demanda-t-elle.

– Oh, des humains au crâne rasé et vêtus de blanc. Nos textes les appellent les sectateurs du Trined.

La pirate bondit sur ses jambes.

– Nous les avons rencontrés ! Ce sont des méchants ! Ils vous ont menti ! Ils se servent de votre peuple, les hommes-rats, pour répandre la peste !

– Qu'avez-vous dit ? gronda la bourgmestre, le museau frémissant.

– Je disais que les hommes-rats...

De sa canne, Istrad frappa sur la main de Vani qui poussa un cri de douleur.

– Taisez-vous ! dit-elle d'une voix sourde. N'employez plus jamais cette expression devant moi. Nous sommes des hummulots, hommulots comme femmulots. Nul n'a le droit de qualifier notre peuple autrement ! Sortez d'ici !

Se frottant le dos de la main, Vani essaya de calmer la vieille femmulot.

– C'est une erreur ! Je ne savais pas... !

Pour toute réponse, Istrad donna sur la table un nouveau coup de canne qui fit résonner la roche. Presque aussitôt, on entendit des cavalcades et le grattement de griffes dans des galeries invisibles. Tout autour de la salle, dans la pénombre, des yeux noirs et rouges apparurent. Ils n'avaient rien d'amical.

Gunnor posa la main sur l'épaule de Vani et la tira doucement en arrière.

– Nous vous présentons nos excuses si nous vous avons offensée, dit-il rapidement. Nous allons nous retirer.

Des couinements menaçants montèrent, d'abord légers, puis de plus en plus forts.

– Maintenant ! lança Azzio.

Ils quittèrent la demeure de la bourgmestre à vive allure. Heureusement, ils se rappelaient le chemin suivi avec Rolf. De toute façon, il n'y avait qu'une seule voie dégagée. Toutes les autres issues étaient encombrées d'yeux hostiles et d'incisives aiguës.

Vani courait de toutes ses forces. Ses poumons s'enflammèrent. Elle avait l'impression que les griffes et les dents des hommes-rats, pardon des hummulots, étaient prêtes à tailler sa chair.

Ils passèrent rapidement devant la vasque aux fleurs. Encore un couloir. Derrière eux, les piaillements se rapprochaient dangereusement ! Vani dut pousser Gunnor qui commençait à fatiguer. Ce n'était pas le bon moment pour que le sort de Sirane cesse de faire effet !

– Aidez-moi ! cria-t-elle.

La sorcière et le voleur se retournèrent. Voyant l'état de fatigue du guerrier, ils revinrent en arrière. Sirane lui prit le bras faible, Azzio le bras fort et ils le portèrent tous deux. Vani leur ouvrit la route.

Une odeur atroce lui envahit les narines. Elle sourit de soulagement en songeant au bassin plein d'ordures. Elle le dépassa. La surface était constellée d'insectes qui sautaient en tous sens.

Enfin, ils arrivèrent au-dehors. Elle se retourna pour voir que ses trois compagnons étaient tirés d'affaire. Les hummulots les suivirent jusqu'à la lumière, hésitant à continuer. Ils durent recevoir un ordre car ils s'arrêtèrent à l'entrée de leur grotte et se retirèrent lentement.

ÉPISODE 18
EURÊKA !

Vani s'éveilla avec un sentiment d'urgence. Pourtant, quand elle se redressa et ouvrit les yeux, elle ne vit rien d'alarmant. Sirane et Azzio dormaient paisiblement. Dans le sommeil, les traits de la sorcière se relâchaient et elle perdait ce masque sombre qui la caractérisait. Elle en paraissait plus jeune. Quant à Azzio, assoupi, il arborait un visage plus ouvert et plus franc, moins orgueilleux et hautain que celui qu'il affichait d'ordinaire. Chez lui aussi, la jeunesse transparaissait en cet instant.

Gunnor avait exigé de dormir seul, afin de ne pas contaminer ses camarades. Il se reposait dans une autre hutte, celle qui appartenait à Swainn. Vani se leva en faisant bien attention de ne pas marcher sur le tas de cendres, lui-même couvert de fragments de poterie. C'était là qu'ils avaient détruit, à sa demande, la tête-golem qui hurlait abominablement. Resserrant sa peau de mouton sur elle, Vani sortit.

Le temps était sombre. Le blanc du ciel se confondait avec celui de la mer. Le ressac continuel la berçait agréablement. Dommage qu'il y eût ce vent glacial ! Elle frissonna un peu. Le pays Blanc n'était pas son préféré parmi ceux qu'elle avait traversés. Elle ne parvenait pas à être à l'aise et tout y était trop changeant à son goût.

La pensée des hummulots de la veille lui revint. Elle se sentait coupable de les avoir combattus alors qu'elle ne risquait rien. Combien avaient été tués ainsi ? Inutilement ? Ce souvenir la rendait malade. Pourtant, la bourgmestre n'y trouvait rien à redire. C'était presque ce qui avait le plus choqué la pirate.

Et qui était ce Doushen, dieu de la maladie, dont personne n'avait jamais entendu parler ? Que cherchait-il ? Il ne devait pas être très sympathique…

Elle se retourna. Azzio était sur le seuil de la cabane. Malgré les circonstances, le baron conservait son élégance sans qu'elle comprenne comment il s'y prenait.

– Tu n'arrives pas à dormir non plus ? demanda-t-il.

Il avança de quelques pas sur le sable noir. Le vent souleva ses petites tresses.

– Moi aussi, je songe à ces hummulots. Sommes-nous du côté des méchants ?

C'était une bonne question. Vani avait du mal à y répondre.

– Je ne le crois pas, décida Azzio après un long silence. Les responsables sont les sectateurs du Trined. Ce sont eux qui lancent les hummulots contre nous. Ils provoquent à la fois les morts des hummulots et celles des villageois. Nous ne sommes que des pions entre leurs mains.

Cela fit énormément de bien à Vani d'entendre cela. Elle se débattait avec sa culpabilité depuis la veille.

– Bon, il ne nous reste plus qu'à nous débarrasser des Trined ! lança-t-elle joyeusement.

– Comme tu le dis, répondit Azzio.

– Vous êtes déjà levés…

Ils se retournèrent. Sirane se tenait à son tour sur le seuil de la cabane, emmitouflée dans sa peau de mouton. Elle avait refait sa tresse qui tombait par-dessus son épaule. Sa capuche était également en place sur son crâne.

– Je hais les sectateurs, ajouta-t-elle.

– Nous aussi ! réagit Vani.

Elle observa les trois peaux de mouton qui les habillaient.

– On pourrait s'appeler « la Compagnie de l'Agneau » ! proposa-t-elle.

– Non, firent Azzio et Sirane en chœur.

– Dommage, je trouvais que ça sonnait bien.

Soudain, ils entendirent un cri. Ils aperçurent Gunnor qui titubait dans le vent. Ses longs cheveux blonds étaient collés par la sueur. Il était d'une pâleur mortelle et ses yeux bleus n'en ressortaient que davantage.

– J'ai trouvé ! s'écria-t-il. J'ai trouvé !

Et il s'effondra.

* * *

Quelques heures plus tard, il n'avait pas repris connaissance. Sirane veillait à son chevet. Quant à Vani et Azzio, ils étaient sortis pour discuter plus librement.

– Qu'est-ce qu'il voulait dire ? répétait-elle.

– À mon avis, il a pensé à une solution pour soigner la peste, répondit-il. Il aura pu combiner ses lectures dans les bibliothèques du Rideau et d'Aqabah.

– Oui, mais il ne peut plus nous parler !

– Prenons les choses avec méthode, ma chère. Si Gunnor a découvert une solution, c'est qu'elle existe. S'il a couru pour nous en avertir, alors qu'il était épuisé par la maladie, c'est que cette solution nous est accessible. Nous devons réfléchir et retrouver par nous-mêmes sa découverte.

Vani sentit son menton trembler.

– Je ne veux pas qu'il meure !

Azzio lui lança un regard ému et la prit dans ses bras.

– Personne ne va mourir ! promit-il. Enfin, pas dans l'immédiat.

Vani, qui le serrait de toutes ses forces pour ne pas éclater en sanglots, sentit soudain une grosseur sous l'aisselle de son ami.

– Qu'est-ce que… ?

Elle fourra ses mains sous la peau de mouton. En palpant, elle remarqua que des ganglions avaient enflé sous ses deux bras ! Elle leva sur lui des yeux suppliants. En le regardant mieux, elle nota qu'il avait les traits tirés et semblait mal en point.

– Azzio ?

– Je ne voulais pas en parler tout de suite, murmura-t-il, l'air peiné.

Elle lui décocha un coup de poing sur l'épaule.

– Aïe ! protesta le voleur.

– C'est pour ça que tu m'as serrée dans tes bras ! Il faut que tu sois mourant pour accepter un câlin ! Et tu n'as rien dit !

Il leva ses deux mains en signe d'apaisement.

– Pour l'instant, je tiens le coup. Par contre, si tu pouvais éviter de me frapper, ces bubons sont très sensibles et…

Vani était déjà partie. Elle devait en avoir le cœur net. Elle se rua dans la hutte où Sirane veillait Gunnor. Sans un mot, elle tâta les articulations de la sorcière, la saignée du coude, les aisselles.

– Qu'est-ce que tu fais ? Arrête ! ordonna Sirane en la repoussant.

– Est-ce que tu as des bubons ? demanda Vani. Et ne me mens pas !

– Non, je n'ai pas de bubon. J'ai vérifié ce matin.

– C'est vrai ? fit la pirate, les larmes aux yeux.

– Tout va bien. Pourquoi est-ce que tu t'inquiètes d'un coup ?

– C'est à cause d'Azzio ! Je viens de découvrir qu'il avait la peste !

Sirane regarda par-dessus la tête de sa camarade, la mine alarmée.

– Où est-il ?

– Là, juste devant la hutte !

– Je ne le vois pas…

Les deux femmes se précipitèrent à l'extérieur. Azzio était bien là mais il gisait dans le sable noir, le front luisant de sueur.

* * *

Vani oscillait d'avant en arrière. Elle avait l'impression de devenir folle. Gunnor, puis Azzio, c'était trop.

Les deux garçons avaient finalement été transportés à l'infirmerie improvisée du village. Ils reposaient dans deux lits contigus. On avait même ôté la séparation de tissu pour qu'ils puissent éventuellement se parler. Mais ils avaient sombré tous les deux dans l'inconscience.

– Où sont les hommes quand on a besoin d'eux ? déplora Vani.

– Je ne suis pas surprise…

Malgré sa réponse détachée, Sirane semblait aussi très affectée par la maladie de leurs deux compagnons. Vani était si inquiète qu'elle tournait en rond, incapable de se calmer.

– Il faut qu'on fasse quelque chose !

– Réfléchissons, proposa posément la sorcière.

– Tu ne peux pas faire de la magie ?

– Pour l'instant, je préfère me réserver. Et j'ai peur d'aggraver leur mal…

– Mais tu as réussi à lancer des sorts depuis Aqabah ! La main-golem nous a donné la bonne direction pour trouver le peuple des hummulots.

– N'insiste pas, trancha Sirane. Je ne veux pas avoir leur mort sur la conscience.

– On l'aura si on ne fait rien ! cria Vani.

Elle se rendit compte qu'elle avait hurlé au milieu du dispensaire. Ireka arriva bien vite, les sourcils froncés. D'un signe de tête autoritaire, elle les invita à la suivre.

– Je suis désolée, murmura la pirate.

Sirane ne répondit pas. La cheffe du village les conduisit jusqu'à une sorte de bureau. Elle s'assit derrière une table et perdit aussitôt son air déterminé.

– J'aime bien venir ici pour m'isoler parfois. Je suis comme vous, dit-elle. Je suis épuisée et inquiète. Mais cela ne sert à rien de mettre l'hôpital en révolution.

– Je suis désolée, répéta Vani.

– Notre ami Gunnor pensait avoir trouvé une solution, expliqua Sirane. Mais il s'est évanoui avant d'avoir pu la partager avec nous.

– Voilà qui est fâcheux, marmonna Ireka.

Vani parvint enfin à se calmer un peu. Elle devait réfléchir.

Réfléchir.

Réfléchir.

– Comment la maladie se transmet-elle ? s'exclama-t-elle à voix haute.

– Nous l'ignorons, avoua Ireka.

– La peste est apparue au moment de votre première rencontre avec les hummulots…

– Les hummulots ?

– Croyez-moi, il vaut mieux éviter de les appeler hommes-rats !

La cheffe du village hocha la tête. Vani sentait les rouages de son esprit tourner à grande vitesse.

– Donc, les hummulots sont porteurs de la maladie. Mais quelqu'un a pu contaminer Swainn, des mois après son départ du pays Blanc, en l'absence totale d'hommulots.

– Et de femmulots, précisa Sirane.

– Oui, tu as raison. Il existe donc un moyen de propager la peste sans eux. En plus, les hummulots ne sont pas malades. Comment sont-ils protégés ? Qu'est-ce qu'ils ont de plus que nous ?

– Des poils ? proposa Sirane.

Vani essaya de se rappeler l'aspect de Swainn lorsqu'elle l'avait entrevu. L'homme était très maigre, affaibli, pâle. Il montrait tous les symptômes de la peste.

Sa peau était constellée de piqûres de moustiques. Elle se le rappelait à présent. Sauf qu'il n'y avait pas de moustiques à bord de la galère. Personne d'autre n'était touché…

– Est-ce que vous avez le corps d'un hummulot ?

– Oui, avoua Ireka. Il y a un cadavre qu'ils n'ont pas réussi à reprendre. Nous l'avons mis dans l'annexe. Je crois qu'il s'agit d'une femmulot.

Toutes trois quittèrent rapidement le bureau. La cheffe les conduisit à l'annexe. Vani était surexcitée.

En entrant dans la pièce, elle vit le corps sous un drap. Malgré son dégoût, elle souleva ce dernier et reconnut la seconde victime de Sirane. La dépouille commençait à sentir très mauvais. La putréfaction s'ajoutait à la gangue ignoble dont la femmulot s'était recouverte.

Le poil lui parut rêche sous les doigts. En certains endroits, la gangue avait séché et formé une pâte collante absolument répugnante. Ce n'était pas ce que Vani cherchait. Elle trouva des zones épargnées par la peinture rituelle. Caressant la toison à rebrousse-poil, elle montra la peau nue. Quand ses mains entrèrent en contact avec le derme, elle sentit le froid. La nausée la tenaillait. Elle devait tenir pourtant ! Elle examina toutes les parties préservées avec soin et méthode. Ireka et Sirane la regardaient faire, osant à peine respirer de peur de briser sa concentration.

Enfin, Vani se redressa, les joues roses d'excitation.

– Ce sont les mêmes traces de piqûres !

Après une seconde, elle vit un éclair de compréhension passer dans le regard des deux femmes.

– Les puces ! s'écria Vani. Ce sont les puces !

– J'avais compris...

– Les hummulots ne sont pas malades mais ils transportent les puces avec eux. Leur bassin de peinture en grouillait littéralement. Les puces transmettent la maladie. Gunnor n'arrêtait pas de se gratter avant de tomber malade. Quant à Swainn, les Trined n'avaient pas d'hummulot avec eux, mais ils avaient pu emporter des puces. C'est ainsi qu'ils l'ont contaminé. Plus tard, j'ai cru que c'était des piqûres de moustiques mais c'étaient des morsures de puces que Swainn portait sur lui ! J'ai tout compris !

Les deux autres femmes ne sautaient pas de joie. Vani baissa les bras qu'elle avait levés en signe de victoire. Elle songeait qu'elle-même avait été piquée. Pourtant, elle ne présentait aucun symptôme. Pour l'instant.

Sirane était concentrée. Elle se pencha sur le cadavre et préleva un peu de la pâte dégoûtante. Elle la renifla longuement, au point que Vani commença à s'interroger sur sa santé mentale.

– Ce ne sont pas de simples peintures, remarqua la sorcière. Ce sont des cataplasmes. Mais je repère une odeur en dessous. Je me disais bien que j'avais déjà vu les fleurs roses qui flottaient dans la vasque des hummulots. C'étaient des pédiculaires des marais. Cela peut servir de repoussoir pour les puces. À l'odeur, je dirais qu'il y a aussi un peu d'absinthe. Et peut-être de l'aristoloche clématite. Ainsi, même si les hummulots transportent les puces avec leurs peintures rituelles, ils ne les ramènent pas dans leur cité souterraine en se baignant dans le bassin à leur retour.

Elle se tourna vers Ireka.

– Si vous envoyez des gens me chercher ces plantes, je peux vous fabriquer un emplâtre qui les protégera des puces.

– C'est merveilleux ! applaudit Vani tandis que la cheffe sortait donner des ordres. On va pouvoir sauver le reste du village !

– Oui...

Sirane ne partageait pas son enthousiasme.

– Ce n'est qu'une demi-victoire, comprit la pirate. Nous pouvons empêcher de nouvelles contaminations mais nous sommes incapables de soigner les malades.

Il y a peut-être quelque chose dans le cataplasme des hummulots. Mais quoi ?

Vani sentait son énergie la quitter. Elle avait tout donné pour parvenir à cette conclusion. Maintenant, elle était vidée.

– Reste concentrée, l'apostropha Sirane. Gunnor et Azzio ont besoin de nous…

Vani se donna de petites gifles pour se réveiller. Elle essaya de nouveau de réfléchir.

Réfléchir.

Réfléchir.

Cette fois, hélas, cela ne donna rien. C'était comme si elle avait le crâne rempli de la pâte nauséabonde. Son cerveau ne fonctionnait plus.

– Reprenons, fit la sorcière. Tout le monde a été plus ou moins touché par les puces mais nous ne sommes pas malades, par exemple.

Elle montra des traces de morsures de puces sur son bras.

– Parce que nous sommes des femmes ! triompha Vani avec une voix un peu trop aiguë à son goût.

Ireka revenait à cet instant.

– Je ne crois pas que ce soit la bonne explication. Fruyja, la guerrière qui a été blessée en combattant à vos côtés, est morte dans la nuit.

– Oh, non !

Sirane secoua la tête, frustrée de n'arriver à rien.

– C'est pourtant simple. Toutes les trois, nous avons été mordues par les puces sans tomber malades. Qu'avons-nous en commun ?

– Les bains de mer ? proposa Vani.

– Tout le village prend des bains de mer.

Cette fois, ce fut l'œil de Sirane qui brilla d'une lueur intense après avoir observé le bureau.

– Vous disiez que vous aimiez vous isoler parfois. Est-ce que vous n'auriez pas un endroit à part, où vous êtes tranquille pour vous baigner ?

– Si, fit Ireka, étonnée de la déduction.

– Vous pouvez nous y conduire ?

– Vous êtes sûres ?

– Oui, répondirent Sirane et Vani en même temps.

* * *

Le trajet ne fut pas long. Une petite crique se dessina à l'écart du village.

– Tout le monde va directement sur la plage. Je préfère ma tranquillité.

Elle montra, derrière des rochers de basalte, une anse minuscule. Sirane s'avança sans un mot, aussi rapide qu'un chien de chasse. Elle examina les lieux. Vani commençait à trouver le temps long. Elle aurait aimé avoir des explications. Comme elle venait de faire subir la même chose à sa camarade, elle ne dit rien et rongea son frein.

Enfin, Sirane leur fit signe d'approcher. Elle montra, à l'endroit où l'écume se déposait sur le sable, un peu de gelée jaune.

– C'est l'espèce de champignon dans lequel on a plongé en arrivant au pays Blanc ! s'exclama Vani.

– En effet. Je crois que c'est ce champignon qui nous a sauvées. L'emplâtre des hummulots m'y faisait penser et c'est ta remarque sur ce que contenaient leurs peintures qui m'a donné la clé.

– J'avoue que je suis un peu déçue : j'aurais préféré quelque chose de plus épique...

– Parce que tes puces étaient épiques ?

Vani se renfrogna.

– Maintenant, nous devons tester notre théorie...

* * *

Elles revinrent au village avec plusieurs seaux remplis de champignons visqueux et jaunâtres.

– Pourquoi est-ce qu'on finit toujours avec des trucs gluants ? soupira Vani.

– C'est notre lot...

Elles pénétrèrent dans l'hôpital et allèrent directement dans la « chambre » des deux hommes.

Ils semblaient en piètre état. Leur transpiration mouillait les draps et les bubons aux aisselles étaient si gros qu'ils pouvaient à peine ramener leurs bras le long du corps. Vani eut envie de pleurer en les voyant ainsi. Elle se reprit et se tourna vers Sirane.

– Comment on fait ?

– On va les badigeonner dans un premier temps. Tu te rappelles avoir avalé de l'eau en tombant de la barque ?

– Un peu, avoua Vani.

– Moi aussi...

D'un commun accord, elles couvrirent de champignon les torses des deux hommes, en insistant bien sur les bubons. Les malades grimaçaient quand elles appliquaient la substance dessus. Puis elles leur firent boire de l'eau mélangée avec les champignons jaunes.

– Et maintenant ? demanda Vani, une fois épuisées leurs réserves de champignon.

– Maintenant, on attend.

Sirane s'adressa à Ireka.

– Voulez-vous que nous essayions aussi sur les villageois malades ?

– Si on ne fait rien, ils mourront, répondit la cheffe. Pouvez-vous aller chercher de ce champignon pendant que je demande leur autorisation aux familles ?

Vani accepta aussitôt, heureuse de ne pas rester sans rien faire.

* * *

Il n'y eut aucune amélioration jusqu'au soir. Tout l'hôpital avait pourtant été traité.

– Et si on s'était trompées ? songea Vani à voix haute.

Sirane ne répondit rien. L'éclat dans son œil avait disparu et elle avait retrouvé son air morne.

– J'ai honte, avoua Vani.

– Honte ? Pourquoi ?

– Je pense toujours au moment où tout va s'arrêter. Quand on aura vaincu Doushen. Tout le monde va partir, chacun de son côté.

– On verra…

– Oui mais, insista Vani, si on n'a plus notre serment pour nous lier, chacun reprendra sa route. Gunnor veut devenir bibliothécaire, ou quelque chose comme ça. Azzio veut continuer à ruiner sa famille. Toi, tu veux te venger de ton cousin. Moi, j'ai retrouvé le bateau de mon père. Tout ce que j'ai gagné, c'est ça !

Elle montra son gant de métal.

– Tu n'arrives toujours pas à l'enlever ?

– Non. J'ai tout essayé. Même du beurre. Maintenant, ça sent juste mauvais.

– Eh bien, cela te fait un mystère à résoudre, non ?

– Oui, tu as raison. Le mystère du gant qui pue !

– Tu as un don pour les noms...

– Pas vrai ?

À cet instant, un gémissement monta du lit voisin. C'était Azzio qui avait ouvert un œil.

– Par Ina ! s'exclama Vani. Il est guéri !

– Pourquoi suis-je couvert d'une glu jaune ? s'enquit-il d'une voix pâteuse.

– C'est ce qui t'a sauvé, imbécile !

Sirane examina les bubons. Ils avaient sérieusement dégonflé.

– Et Gunnor ? demanda Azzio.

Trois paires d'yeux se tournèrent vers le second lit. Le guerrier avait toujours les yeux fermés. Vani eut alors la certitude que le remède ne suffirait pas pour lui. Le guerrier était malade depuis plus longtemps, il avait été blessé un peu plus tôt et il se sentait coupable de la mort du garçon môn.

Elle ouvrit les mains, paumes vers le ciel. Azzio et Sirane, comprenant ce qu'elle faisait, l'imitèrent.

– Ô Ina, déesse de la guérison, aide notre ami Gunnor, fils de…

– D'Ornaldur, glissa Azzio.

– Fils d'Ornaldur, à guérir complètement. Nous avons besoin de lui. Si tu nous aides, nous lutterons contre le dieu de la maladie…

– Doushen, précisa Sirane.

– Doushen, répéta une voix.

Une voix qui n'était pas celle de Vani, ni d'Azzio, ni de Sirane.

Gunnor était réveillé !

La pirate se leva, poussa un cri de joie et s'évanouit.

ÉPISODE 19
AU-DESSOUS DU VOLCAN

Le remède du champignon se révéla souverain. Vik compta encore deux nouveaux décès mais, par la suite, plus aucun malade ne mourut et, surtout, plus personne ne contracta la peste. Les attaques d'hummulots avaient également cessé.

Sirane avait sillonné la campagne du pays Blanc autour du village. Dans cette région volcanique, certaines poches de végétation apparaissaient çà et là, à la faveur de remontées d'eaux chaudes. Elle avait ainsi pu rassembler suffisamment de pédiculaires des marais, d'absinthe et d'aristoloches clématites. D'une main sûre, elle avait fabriqué autant d'emplâtre que possible avant de le distribuer aux villageois, mêlé de champignon jaune.

Vani l'avait aidée à toutes les étapes, constatant qu'il n'y aurait pas assez de plantes pour en refaire une fois que la première quantité produite serait épuisée. Mais elle était heureuse d'arriver chez les gens en sauveuse. Contrairement aux peintures rituelles des hummulots, l'emplâtre exhalait un doux parfum de fleurs.

Pendant ce temps, Gunnor et Azzio entamaient leur convalescence. Vani soupçonnait le voleur de surjouer parfois la faiblesse afin d'attirer la sympathie et l'intérêt des infirmières et des infirmiers. Elle le vit plusieurs fois interpréter sa grande scène de malaise qui mobilisait à peu près tout le personnel hospitalier.

Gunnor, lui, était plus sobre dans sa guérison. Un matin, il se leva, alla manger plus solidement et recommença à s'entraîner. Il avait perdu du muscle et, même s'il ambitionnait toujours de devenir bibliothécaire, il semblait vouloir conserver les avantages physiques du métier des armes.

Deux jours après la découverte du remède, Vani fit un crochet par la hutte de Swainn. Elle traversa le village où chacun la saluait amicalement. Cette ambiance sympathique allait lui manquer, elle le savait. Elle arriva dans la maison de Sirane. En effet, la sorcière avait demandé à conserver seule l'ancienne habitation de Swainn, afin de mener des expériences. Elle avait enfin osé recommencer à jeter des sorts, notamment pour accélérer la guérison de leurs deux compagnons. Cependant, elle ne sortait plus de son repaire.

– Bonjour ! lança joyeusement la pirate.

Sirane était accroupie devant le tas de cendres. Elle avait rassemblé les fragments de la tête-golem à la manière d'un puzzle ou d'un... casse-tête. La sorcière se redressa. Même seule, même en intérieur, elle continuait de porter régulièrement sa capuche.

– Regarde, dit-elle.

Il ne manquait plus qu'une pièce pour reconstituer le crâne de terre cuite. Elle la plaça avec délicatesse. Aussitôt, la tête-golem s'anima de nouveau et se mit à hurler :

– Nooooooooooon ! Tuez-mooooooooooiiiii !

– Elle n'a pas l'air contente, nota Vani en se bouchant les oreilles.

Sirane reprit le dernier morceau et la tête-golem cessa de crier, au grand soulagement de la pirate.

– Et ce n'est pas tout, reprit Sirane.

Elle s'agenouilla et poussa de toutes ses forces sur la pierre qui arborait le pied-golem. Elle parvint à la faire basculer sur la face qui comportait l'organe magique. Et rien ne se produisit.

– Il ne se passe rien, ne put s'empêcher de remarquer Vani.

– Attends un peu…

En effet, après quelques secondes, la pierre s'agita comme si un énorme ver avait élu domicile en dessous. Elle se mit à tressauter, et même à bondir. Vani écarquilla les yeux de surprise. Ce morceau de rocher sautillait à la manière d'un enfant excité.

– C'est l'histoire de la main-golem qui m'a fait penser à ça, expliqua Sirane. Je n'ai peut-être pas complètement manqué mon sort, après tout. Simplement, je n'ai pu créer que des parties de golems. Mais ces parties m'obéissent. C'est pour cela que la main-golem nous a renseignés. Et je pense que ces autres morceaux peuvent nous aider aussi.

Vani essaya de cacher son scepticisme. Cependant, elle était fière des accomplissements de son amie.

– Bravo ! dit-elle avec sincérité.

Au même moment, une grande silhouette passa la porte. C'était Gunnor. Toujours pâle, il semblait néanmoins aller beaucoup mieux. Le colosse alla s'asseoir en tailleur auprès de la tête-golem. Distraitement, il ramassa la pièce manquante et voulut la remettre en place.

– Non ! s'écrièrent d'une même voix Sirane et Vani.

Il lâcha le tesson, comme s'il s'était agi d'un serpent venimeux. Puis ce fut au tour d'Azzio d'entrer. Il le fit avec sa discrétion habituelle.

– Ah, mes amis ! s'exclama-t-il. Quelle joie de vous revoir ! Quand j'errais au royaume des ombres, j'ai souvent pensé à vous et votre souvenir m'a ramené vers la lumière.

– Il a séduit un infirmier, grommela Gunnor, montrant qu'il en savait beaucoup trop à son gré.

– Oui, opina Azzio, ravi.

– Et une infirmière, ajouta le guerrier, sombre.

– Deux, en fait, chuchota le baron sur le ton de la confidence. Je pense que la sorcellerie de Sirane me réussit bien : je suis en pleine forme !

Vani se racla la gorge.

– On est contentes que vous alliez mieux.

– Vous nous avez sauvés, dit Gunnor d'un ton solennel. Merci.

– Oh, oui : merci mille fois ! déclara Azzio. Mille, c'est d'ailleurs le nombre de fois où j'ai...

– Pour l'amour d'Ina, arrête-toi là ! supplia Vani. Tes histoires de cœur ne m'intéressent pas !

– Tu as tort, ma chère. Mon cœur est porteur de mille contes d'amour. Tiens ? Encore ce nombre de mille...

– Bien, abrégea Sirane. Installe-toi, il faut qu'on parle.

Le baron s'assit sur la pierre qui s'était immobilisée à l'arrivée des visiteurs. Le pied-golem ne réagit pas.

– Nous n'aurons bientôt plus de champignon, ni d'emplâtre, avertit la sorcière.

– Et nous devons agir avant que les sectateurs du Trined ne comprennent ce qu'il se passe, renchérit Vani.

– Est-ce que vous vous sentez prêts ? s'enquit Sirane auprès des deux garçons.

Ils hochèrent la tête en retour.

– Si tu m'avais vu ce matin, tu ne me poserais même pas la question, répliqua Azzio avec un sourire.

– Je ne peux pas dire le contraire, soupira Gunnor.

– Je n'y peux rien si les villageois soulagés sont reconnaissants et souhaitent célébrer la vie !

Vani essaya de ramener la conversation sur le plan à suivre.

– On doit retourner chez les hummulots, lâcha-t-elle.

Cette fois, les deux garçons lui accordèrent toute leur attention.

– Souvenez-vous, ils ont parlé de Doushen. Nous pensons qu'ils sont les gardiens de son temple. À mon avis, l'édifice doit être sous la cité des hummulots.

– Qu'est-ce qui te fait croire cela ? demanda Gunnor.

– La bourgmestre a dit que le dieu était très vieux, qu'il datait d'avant la Clarté de Tansanli. Or, les monuments les plus anciens sont souvent enterrés.

– En outre, ajouta Sirane, la Clarté de Tansanli a été une période de forte activité volcanique. Vu la région où nous sommes, je pense que le temple de Doushen a dû être enseveli sous la lave. Cela expliquerait pourquoi les hummulots habitent sous la surface de la terre.

– Et comment atteint-on ce temple ? interrogea Azzio. Et je ne parle pas du temple de l'amour car celui-là, j'en connais le chemin par cœur !

Vani décida que le baron devenait insupportable quand il était heureux.

– Vous vous rappelez la roue ? On pense que c'est un élévateur qui conduit au temple de Doushen.

– Je vois que vous avez réfléchi à tout pendant que nous étions malades, nota Gunnor avec admiration.

– Il nous faudra des alliés pour nous accompagner, reprit Azzio. Ne serait-ce que pour activer la roue pendant que nous descendrons. Et nous faire remonter ensuite.

– On ne fera pas appel aux villageois, trancha Vani. Ils ont assez souffert.

– Nous aussi, nous avons souffert ! protesta le baron. Moi-même j'ai enduré mille petites morts pas plus tard que...

– Nous avons déjà des alliés, l'interrompit Sirane.

– Vraiment ? fit Gunnor.

Pour toute réponse, la sorcière s'empara du fragment manquant et le plaça sur le crâne de terre cuite. Un hurlement s'éleva :

– NOOOOOOOOOOON !

Le pied-golem, sans doute réveillé par les vibrations de ce cri, se dressa brusquement et renversa Azzio qui s'était assis sur lui. Ce dernier resta sur le dos, les quatre fers en l'air, interloqué. Gunnor lui tendit la main pour le relever.

– Ne pose pas de question, lui recommanda-t-il. Il vaut mieux ne pas savoir.

* * *

– Alors, vous partez ? demanda Ireka. Vous n'y êtes pas obligés. Pour moi, ou tous les habitants, vous avez déjà sauvé Vik.

– On a juré, répondit Vani.

– Laissez-nous au moins vous accompagner !

– Non, nous devons réussir seuls, lui opposa Sirane. Vous avez un village à reconstruire.

La cheffe hocha la tête.

– Puisque je ne peux pas vous faire changer d'avis... Sachez en tout cas que nous vous considérons comme les héros de Vik.

– Hé ! fit Vani. C'est pas mal, comme nom !

– On verra si on survit pour en profiter...

Sirane avait retrouvé sa morosité habituelle. Pendant ce temps, Azzio envoyait des baisers à plusieurs villageois qui le regardaient partir, les larmes aux yeux.

– Tu leur as vraiment fait forte impression, remarqua Gunnor.

– C'est trop tard pour toi, tu as manqué ta chance, répliqua le baron.

Pour toute réponse, le guerrier leva les yeux au ciel. Sirane empoigna une sorte d'outre à moitié pleine. Quant à Azzio, il avait pris un énorme paquetage sur son dos.

– Qu'est-ce que tu as là-dedans ? demanda Vani.

– Tu aimerais bien le savoir, n'est-ce pas ?

Sirane avait rassemblé les fragments de tête-golem dans une besace qu'elle portait en bandoulière. Leurs peaux de mouton avaient été entièrement débarrassées de leurs dernières puces. Ils étaient prêts.

Les quatre aventuriers se mirent en route, suivis du morceau de basalte qui bondissait derrière eux, pour le plus grand bonheur des villageois qui se poussaient du coude afin de mieux voir l'étrange équipage.

– Je crains que nous ne manquions légèrement d'allure, soupira Azzio.

Dans le même temps, il formait un cœur avec ses doigts à l'intention de ses infirmiers. Les quatre compagnons avancèrent vers la sortie du village qui menait au levant. Ils passèrent devant la main-golem qui leur adressait des coucous enflammés. Le pied-golem s'en approcha et se frotta à elle à la manière d'un chat.

– Eh bien, ils sont contents de se retrouver ! s'exclama Vani. Tu crois qu'ils font partie du même golem ? Peut-être que c'est ça, ton pouvoir : créer un golem en pièces détachées.

Sirane ne répondit pas. D'une tape sur le basalte, elle invita le pied-golem à reprendre la route en sautillant. La main lui envoya un petit salut du doigt. Et les aventuriers s'engagèrent dans le champ de lave.

* * *

Il ne leur fallut que peu de temps pour rejoindre l'antre des hummulots. Cela avait été beaucoup plus long quand ils avaient dû porter Gunnor. Une fois devant la cavité, ils réfléchirent à la manière de faire descendre le pied-golem en toute discrétion.

– On pourrait peut-être attacher la pierre à une corde et la laisser glisser, proposa Vani.

Sans attendre, le pied-golem bondit dans le trou. Le basalte roula au fond avec un bruit d'éboulis.

– En même temps, il doit souvent y avoir des pierres qui roulent dans le coin, nota Vani.

Après une seconde d'hésitation, elle ajouta :

– « Les Pierres-qui-roulent », c'est bien comme nom, non ?

– Bien sûr, fit Azzio. Et pourquoi pas « les Scarabées » tant que tu y es ?

– Mais on n'a pas rencontré de scarabées !

– Je suis certain que cela viendra, soupira le voleur avec un frisson, pensant sans doute à la punaise géante des bois Noirs.

Ils suivirent la paroi et rejoignirent la pierre en contrebas. Celle-ci avait atterri sur le dos, le pied en l'air, qui s'agitait à la manière d'un insecte retourné. Sirane s'arrêta à sa hauteur. Le pied-golem parvint à prendre une attitude penaude, repliant tous ses orteils en signe de regret.

– Ne recommence jamais ça, ordonna la sorcière.

Puis, devant l'assentiment du pied-golem, elle poussa sa pierre et le remit d'aplomb. La créature lui fit la fête en lui tournant autour.

– Ne te jette pas dans mes pieds !

– On dirait que ce pied-golem est bête comme ses... Enfin, tu vois, dit Vani.

– Je ne répondrai pas à cela, fit Azzio en la dépassant.

Ils pénétrèrent dans le refuge des hummulots, retrouvant la puanteur de l'entrée. Rien ne permettait de s'y habituer. Vani rabattit un pan de sa veste de mouton sur son nez, retrouvant avec soulagement l'odeur animale de cuir et de laine grasse.

Ils dépassèrent le bassin ignoble en se félicitant d'avoir mis un peu de pommade répulsive sur eux. Ils s'éloignèrent rapidement. Contre toute attente, le pied-golem se déplaçait de façon relativement silencieuse. Parfois, dans sa hâte, il heurtait une paroi mais le bruit ressemblait à tous les sons naturels qui remontaient du tunnel.

Quelques instants plus tard, ils se trouvaient devant la salle de la vasque. Gunnor jeta un coup d'œil prudent pour vérifier qu'il n'y avait personne.

– C'est bon, on peut avancer.

Ils défilèrent donc devant la piscine où flottaient toujours des restes de fleurs roses. Soudain, un énorme « plouf » retentit. Vani se tourna : le pied-golem venait de se jeter à l'eau. Il barbotait joyeusement quand Sirane claqua sèchement des doigts. Aussitôt, la créature cessa de s'ébattre et remonta au sec.

– Mais comment est-ce qu'il peut t'entendre ? s'étonna Vani. Il n'a pas d'oreilles.

– De la même manière qu'il se dirige, répondit Sirane. Je pense qu'il est lié à moi. Quand je ne suis pas là, il doit rester immobile dans un coin. Il s'anime seulement en ma présence. Mais, comme il s'agit de magie, il y a peut-être d'autres éléments que je ne connais pas...

Ils poursuivirent leur route vers les entrailles de la terre. Comme la première fois, les couloirs étaient vides. Il ne leur fallut pas longtemps pour arriver dans l'immense cavité qui contenait la ville hummulote.

Là, l'ambiance était différente. Des hommulots et des femmulots s'activaient. Beaucoup devaient être chargés de l'entretien des galeries car ils étaient occupés à poncer certaines parois ou à apporter une sorte de lave encore liquide dans des creusets pour la verser dans certains trous et les reboucher.

– Bon, j'y vais, prévint Sirane.

Elle se tourna vers le pied-golem.

– Pas bouger !

La pierre s'inclina en signe d'assentiment. La sorcière rabattit encore davantage son capuchon sur son visage et s'enfonça dans les ténèbres.

– Qu'est-ce qu'elle fait ? demanda Azzio.

– Ah, oui, vous n'étiez pas là quand on a préparé le plan avec Sirane. Eh bien, elle va placer la tête-golem dans une galerie et la déclencher. Cela suffira à attirer leur attention pendant qu'on prendra l'élévateur.

Azzio et Gunnor hochèrent la tête.

– Vous vous débrouillez très bien sans nous, constata le guerrier.

– C'est vrai !

Ils patientaient dans l'ombre quand, tout à coup, un long museau surgit.

– Qu'est-ce que vous faites là ?

– Rolf ? s'étonna Vani.

– On peut dire que vous ne m'avez pas facilité la vie, soupira l'hommulot. J'ai eu plein d'ennuis à cause de vous.

– On est désolés, commença la pirate.

– Il paraît que vous nous avez traités « d'hommes-rats »... ajouta-t-il en baissant la voix pour prononcer le mot interdit.

– C'est vrai, concéda-t-elle. Mais c'était une erreur ! Nous avons le plus grand respect pour les hummulots. Hommulots comme femmulots !

Le dénommé Rolf se détendit un peu. Il demeurait cependant sur ses gardes.

– Je me demande encore si je peux vous faire confiance, reprit-il.

– J'ai ce qu'il faut, déclara Azzio.

Il ôta son sac à dos et l'ouvrit, laissant apparaître un cadavre recroquevillé et velu.

– Dagmur ! s'écria Rolf. Vous l'avez ramenée ?

– Tout à fait, répondit Azzio. Ainsi, vous pourrez lui rendre les derniers hommages.

– Comment est-ce que… ? demanda Vani.

– Les infirmiers m'avaient à la bonne, confia-t-il avec un clin d'œil canaille. Et je savais que le peuple de Rolf tenait à enterrer ses morts.

– En fait, nous les jetons dans la lave, corrigea l'hommulot en levant la tête du sac.

Il revint vers les aventuriers.

– Je suis touché par votre geste. D'autres en auraient profité pour mutiler le cadavre et autres joyeusetés. Pas vous.

Il se frotta la nuque, regarda autour de lui, hésita, avant de se pencher vers Vani et de souffler, sur le ton de la confidence :

– Vous allez attaquer les sectateurs de Doushen, pas vrai ?

La pirate hésita à répondre.

– Allez, insista Rolf, vous pouvez bien me le dire. Pour être franc, cela m'arrangerait si on n'était plus obligés de rendre un culte à Doushen. On sait tous qu'on ne tombe pas malades à cause d'un mélange de fleurs et non en raison d'une volonté divine.

– Absinthe, pédiculaire des marais et aristoloche clématite, récita Vani. Et champignon jaune.

– Ah, s'éclaira l'hommulot, je vois que vous connaissez aussi nos recettes. Bref, notre peuple vivait bien tranquille avant que le dieu ne revienne avec ses sectateurs. Depuis son retour, nous avons des dizaines de morts. On passe nos journées à se préparer à des rituels dangereux et salissants. Moi, j'aimerais bien que tout redevienne comme avant. Et je ne suis pas le seul...

– Alors, vous allez nous aider ?

– Euh, pas vraiment, tempéra Rolf. Il y a quelques fidèles de Doushen parmi nous qui sont très motivés et peu ouverts au débat. Le mieux serait que vous vous en sortiez tout seuls. Et les choses finiront par se tasser d'elles-mêmes.

Vani comprit qu'elle n'obtiendrait guère mieux de son interlocuteur. Prise d'une brusque inspiration dont elle était désormais coutumière, elle demanda :

– Pourrais-tu nous assurer l'accès à l'élévateur ? Il conduit bien au temple de Doushen ?

– Oui et oui, répondit Rolf, radieux. Je me débrouillerai pour que personne ne vous dérange.

Vani respira mieux. Elle allait remercier l'hommulot quand l'alarme se mit à sonner :

– *Tuez-mooooooooooiiiii !*

– C'est le signal de Sirane !

– Un leurre ? fit Rolf, admiratif. Je vais m'assurer que tout se passe conformément à votre plan. Pour Doushen, c'est un dieu, ne le contrariez pas trop. Mais pour ses sectateurs, je ne serai pas triste s'ils disparaissent de la région à tout jamais… Et n'oubliez pas de rendre les derniers hommages à Dagmur !

Sur ces mots, il partit en avant, sa longue queue traînant derrière lui.

– On le suit ! lâcha Vani.

Les trois compagnons s'élancèrent à leur tour, suivis par le pied-golem. Ils découvrirent la grande caverne vidée de ses habitants. Tous les hummulots avaient pris la fuite, se terraient chez eux ou s'étaient mis en chasse.

– *Tuez-mooooooooooiiiii !*

Le cri de la tête-golem résonnait toujours. Sans attendre, le trio descendit jusqu'à la place principale qui bordait la maison de la bourgmestre. À l'autre bout, se dressait la grande roue creuse. Ils se précipitèrent dessus. Des poulies et des treuils se déployaient autour du manège vertical.

– On dirait un moulin à aube, remarqua Vani.

Comme s'il avait compris, le pied-golem sauta à bord de la roue. Il commença à bondir pour la faire tourner. Les cordes craquèrent. Une sorte de nacelle en bois et en corde frémit devant eux. Elle était suspendue dans le vide et commençait à descendre à vive allure.

– Qu'est-ce qu'on fait ? demanda Vani.

– Allons-y, répondit Azzio. Si le golem est lié à Sirane, elle ne doit pas être loin.

Tous trois plongèrent aussitôt dans le trou d'ombre. Vani sentit ses entrailles se soulever. Ils tombèrent sur une distance d'environ quinze pieds. La réception dans la nacelle fut inélégante et douloureuse.

Ils s'enfonçaient toujours dans le noir. Là-haut, on voyait encore un peu de clarté. Vani leva anxieusement la tête tout en se frottant les mains. Elle avait en effet ralenti sa chute en s'agrippant à la corde. Elle attendait la sorcière.

– Qu'est-ce qu'elle fait ?

La nacelle s'éloignait de plus en plus. Une chute aurait été potentiellement fatale. Soudain, une silhouette encapuchonnée passa au-dessus du trou et s'agrippa à la corde de la poulie.

– C'est Sirane ! s'écria Vani.

– Moins fort, intima Gunnor, le doigt sur la bouche.

– C'est Sirane ! répéta la jeune fille, trois tons plus bas.

Déjà, la sorcière se laissait glisser jusqu'à eux. Dans le lointain, on entendait toujours :

– *TUEZ-MOOOOOOOOOOIIIII !*

Ce fut à cet instant que la nacelle atteignit le sol. Les trois passagers furent renversés. Sous le choc, Sirane perdit sa prise et se balança. Elle était toujours à trente pieds de haut !

– Elle va lâcher ! s'affola Vani.

Sirane ne put se retenir plus longtemps. Elle tomba dans le vide sans un cri, fidèle à son stoïcisme habituel. Le cœur de la pirate sauta un battement. Alors, elle vit se dresser, à côté d'elle, la haute stature de Gunnor qui tendait les bras en avant.

– À main faible ! corrigea Azzio.

Il avait raison ! Il risquait de manquer sa cible ! Au dernier moment, le guerrier repenti se décala d'un pas, écrasa les orteils de Vani qui lui pardonna *in petto* et immédiatement, à la condition expresse qu'il sauve la sorcière.

Et Sirane atterrit dans les bras de Gunnor ! Elle ne manifesta aucune surprise.

– Je savais que tu me rattraperais...

ÉPISODE 20
La chose venue de la glace

Un spectacle étonnant se dévoila aux yeux des aventuriers. L'endroit où ils avaient atterri était sombre, éclairé par d'étranges braseros sphériques, tout hérissés de pointes. Les parois étaient constituées d'orgues basaltiques, des cylindres de pierre hexagonaux collés les uns aux autres et coupés sur des sections plus ou moins longues. Les ombres leur conféraient un air sinistre.

Niché au cœur des orgues se tenait un temple énorme, lui aussi en forme de boule. Des sortes de pédoncules solides en partaient dans toutes les directions, avec un bout épaissi et aplati qui évoquait une couronne. L'un d'eux servait à accéder au cœur de la sphère.

– Tu peux me reposer, glissa Sirane qui se trouvait toujours dans les bras de Gunnor.

– Oui, excuse-moi.

Il lâcha la sorcière indemne. À cet instant, l'élévateur, sans doute activé par le pied-golem, commença à remonter. Les quatre compagnons sautèrent à terre après une courte hésitation.

– On ne va pas pouvoir repartir ! souffla Vani, inquiète. Tu n'as pas moyen de l'arrêter ?

Sirane eut un geste d'impuissance.

– Le pied-golem ne m'obéit pas vraiment. C'est un peu comme un animal domestique qui n'aurait pas été dressé…

Ils regardèrent la cabine de bois disparaître dans les ténèbres.

– Au moins, nous n'avons pas à hésiter sur la direction à prendre, soupira Azzio.

En effet, à part ce qui était vraisemblablement le temple de Doushen et quelques trous où brillait la lave en fusion, il n'y avait rien. En l'observant plus attentivement, Vani déduisit que le temple était jadis mobile. Il devait rouler sur ses pieds, mû par une force colossale. Cependant, il avait été pris dans une éruption, et des coussinets de lave refroidie et durcie avaient emprisonné la moitié de ses protubérances. L'ensemble apparaissait noir et métallique, comme de la fonte.

– Ces saillies me font penser aux spicules des éponges de mer, songea Gunnor.

– Eh bien appelons-les comme ça ! trancha Vani qui peinait à les nommer.

– Tu as déjà entendu parler d'un tel temple ? demanda Azzio.

– Jamais, avoua le guerrier.

– Attention…

Sirane désignait des silhouettes mouvantes.

Les compagnons se dissimulèrent derrière un rideau de colonnes volcaniques. Là-bas, à une centaine de pas, les ombres glissaient et s'allongeaient. Après une longue attente, ils virent apparaître les crânes nus des sectateurs. Ceux-ci portaient des médaillons sur le torse avec les trois lames tourbillonnantes. Ils chantaient et les échos de leur voix produisaient une atmosphère malsaine.

– Quelqu'un comprend ce qu'ils disent ? grommela Vani.

Elle avait l'impression d'être encore la plus petite et de ne pas être capable de voir par-dessus un mur. Sirane fronça les sourcils.

– C'est un chant de mort…

– Je crois qu'ils disent : « Doushen… Doushen… », précisa Gunnor.

– Ah, fit Vani, un peu déçue.

Plus ils approchaient, plus leur psalmodie devenait claire. Gunnor avait raison : les sectateurs ne faisaient que répéter le nom de leur dieu à l'infini et sur différents tons.

– C'est plutôt entraînant, comme chanson, non ? remarqua Azzio.

– Si on aime les cultes maléfiques, répondit Sirane.

Ses yeux brillaient en disant cela. Vani la fixa avec étonnement.

– Tu as l'air d'aimer ça, en fait !

– Non, c'est juste que ça me rappelle certains sabbats de sorcières…

Elle vit que ses trois camarades la dévisageaient, éberlués.

– Ça n'avait rien à voir avec cette cérémonie. On se contentait de maudire les hommes. Enfin, pas tous les hommes…

– Tu souris, lui dit Vani. Tu souris en parlant de malédiction !

– Vous ne pouvez pas comprendre, s'emporta la sorcière. C'était un moment de partage, de sororité…

– Bien, coupa Azzio pour dissiper le malaise qui s'installait. Quel est notre plan pour les minutes à venir ? Je ne compte pas m'attarder ici, je préfère vous le dire tout de suite.

Vani scruta les va-et-vient des sectateurs. Leurs sourires étaient encore plus atroces que d'ordinaire. On voyait leurs dents luire de loin à la clarté des flammes. Certains charriaient des sacs évoquant celui que transportait Azzio sur son dos.

Un groupe se déplaçait côté main faible. En les observant, Vani remarqua que cette portion du décor n'était pas éclairée par des braseros mais par une coulée de lave qui projetait des reflets orangés. Du coude, elle avertit Gunnor de ce qu'il se passait. Il suivit son regard pour apercevoir le groupe qui entonnait un nouveau couplet. Cela donnait :

– *Ô Doushen !*

Pour ta peine,

Prends ce corps

Et répands la mort !

– Des vers de mirliton, soupira le guerrier. Il n'y a décidément rien à sauver chez ces sectateurs.

– Même moi, je suis mieux inspiré, ajouta Azzio.

Malgré son ton léger, on sentait que la scène le remplissait d'effroi. Vani partageait son impression. Ces chants malsains la glaçaient jusqu'à la moelle.

À peine les sectateurs eurent-ils terminé de chanter leur couplet pour la troisième fois qu'ils lancèrent le paquet dans la rivière de lave. Le sac tomba au milieu du magma, prit feu presque instantanément et laissa voir le cadavre qu'il contenait. Enfin, la carcasse d'hummulot s'enfonça dans les flots rouge et or.

Vani sentit une sueur froide lui couler le long de la colonne vertébrale. Ce spectacle morbide la mettait de plus en plus mal à l'aise. Quelques secondes passèrent, puis une voix très grave, sépulcrale, sortit de la porte du temple. En même temps, un souffle nauséabond parvint jusqu'aux aventuriers.

– Si c'est Doushen, il a mauvaise haleine ! grimaça Vani.

– Le dieu de la maladie ne sentira sans doute pas bon, répondit Gunnor.

– C'est la première fois que je m'attaque à un dieu, avoua Azzio.

– Moi aussi, j'ai la trouille ! fit Vani.

– Entrons dans le temple, suggéra Sirane.

Les autres se turent. Ils savaient qu'elle avait raison. Il y avait peu de chance qu'ils y trouvent de quoi arrêter Doushen mais, au moins, ils comprendraient sans doute mieux à quoi ils avaient à faire.

Heureusement, la plupart des sectateurs étaient occupés par le bûcher magmatique. Ils tournaient le dos à l'entrée du temple.

– À trois, on y va, trancha la sorcière, indomptable.

Vani fut prise d'un léger tremblement.

– Tu es sûre ?

– Nous avons juré...

La pirate prit une bouffée d'air, chargée de cendres et de poussière de charbon. Ils ne pouvaient pas reculer maintenant. Certes, Vik était sauvé pour le moment, mais la menace reviendrait bien vite s'ils ne mettaient pas un terme aux agissements des sectateurs du Trined. Alors seulement, ils seraient libérés de leur serment.

Donnant l'exemple, Vani partit en courant, tête baissée, en direction de la porte. Les autres ne purent que la suivre. Elle ne regarda même pas en arrière, certaine d'être accompagnée. Jetant de fréquents coups d'œil sur le côté, elle vérifia que les sectateurs n'en avaient pas fini avec leur cérémonie. Un deuxième corps fut précipité dans la roche en fusion. Le portail, de nouveau, émit une sorte de long râle d'outre-tombe, accompagné d'une odeur révoltante. Vani releva son foulard sur sa bouche et son nez. Elle continua sa route.

Déjà, elle atteignait le spicule qui touchait le sol. C'était bien une espèce de fonte qui le composait. À courte distance, elle remarqua que le dessus comportait un escalier permettant de s'élever jusqu'à l'entrée.

– C'est bon, murmura Azzio à son oreille. Ils ne regardent pas.

Elle s'engagea sur les premiers degrés. Ses semelles entrèrent en contact avec un liquide poisseux qui rappelait le champignon jaune.

– Beurk ! murmura-t-elle. Encore du gluant !

– On devrait s'appeler « la Compagnie de la Glu », marmonna Azzio.

Elle se retourna vers lui, pleine d'espoir.

– Je plaisantais, fit-il prestement. Je ne faisais que plaisanter.

Ravalant sa déception, Vani reprit son ascension. Ces distractions l'aidaient à supporter la pression qui montait en elle. Comment sortir indemne d'un affrontement avec un dieu ?

Le temple était bien plus imposant qu'elle ne l'avait cru au début. Il fallait gravir plusieurs centaines de marches pour y accéder. Les cuisses en feu, elle se jura de se reposer un mois entier après cette aventure. Si elle survivait. La jeune femme tentait de conserver un rythme. Mais ses jambes tremblaient de plus en plus et ses poumons brûlaient.

– Courage, lui souffla Azzio par-dessus son épaule. Nous y sommes presque !

Ce n'était pas vrai. Il restait encore une infinité de marches. Mais la phrase de son camarade lui fit du bien. Elle soupira et avança de plus belle. Derrière, ils comptaient sur elle. En effet, les degrés étaient à peine assez larges pour laisser passer une personne. On ne pouvait se doubler ni se croiser sur le spicule.

Luttant pour ne pas s'arrêter, Vani accentua ses efforts. En pensée, à chaque pas, elle piétinait le visage d'une personne qui avait dit du mal de son père. Rajesh le Sanglant ! Comment pouvait-on associer ces mots ? Son père était un homme juste et doux. Tout le monde le savait.

Elle regarda son gant qui semblait luire d'une façon nouvelle. On aurait dit qu'il lui donnait de la force. La pirate serra le poing et une chaleur agréable se répandit dans son bras puis le reste de son corps, balayant la fatigue.

– Mon père m'a laissé ce gant ! chuchota-t-elle.

– Ah ? fit Azzio à bout de souffle.

Alors, elle monta l'escalier, légère, de plus en plus vite.

– Attends ! siffla le baron.

Mais elle ne l'entendait plus. Transportée, Vani courut presque sur les dernières marches. Elle arriva sur le perron du temple au moment où un troisième corps était jeté dans le feu. La porte gigantesque qui s'ouvrait devant d'eux se mit à gronder. Le son guttural, proche du barrissement, la frappa en pleine poitrine.

Le déplacement d'air était si fort qu'elle se sentit partir en arrière.

Le vent avait une puissance irrésistible. Vani essaya d'empoigner une balustrade mais il n'y en avait pas. Elle passa au-dessus d'Azzio qui la regardait, médusé, tout en se cramponnant aux marches. Avec horreur, elle comprit qu'elle tombait en arrière ! Le vide la happait !

Comme elle voyait sa dernière heure arriver, une main la saisit fermement à la ceinture. Maintenue, elle lévita quelques secondes, soulevée par l'air pestilentiel. Enfin, le cri cessa et elle retomba. C'était bien sûr Gunnor qui l'avait rattrapée.

– Tu m'as encore sauvée, lui dit-elle, tremblant comme une feuille.

– Je ne fais que te retourner la politesse, répondit doucement le guerrier.

Il la reposa sur les marches. Mal assurée, elle accéda au perron sans lâcher la main de Gunnor. Azzio l'attendait. Le parvis était large, déserté et couvert de cette espèce de mucus verdâtre qui tapissait déjà le spicule.

– À toi l'honneur, ma chère, fit-il en s'inclinant.

Avec un pâle sourire, elle pénétra dans le temple.

La brusque obscurité l'aveugla. Elle attendit un instant. Quelques lueurs venues des braseros d'en bas lui permirent de s'accoutumer à la pénombre et de distinguer des murs sculptés. Ils étaient taillés dans les orgues basaltiques de section hexagonale. Sur chaque paroi, des dessins cyclopéens avaient été tracés, qui remplirent les aventuriers d'une terreur indicible.

Luttant tant bien que mal contre la peur, Vani effleura les glyphes grotesques représentant une humanité maladive, difforme, souffrante. Au milieu, un être immense semblait l'accabler de ses malédictions. La créature était si hachurée de traits que la pirate ne parvint pas à distinguer son visage.

– Je crois que j'ai trouvé Doushen, déclara-t-elle.

– Venez voir... dit Sirane.

Un peu plus loin, sur une autre face, on voyait des hommes et des femmes s'affronter, armes en main. Des blessures atroces s'ouvraient dans les corps, des membres coupés s'empilaient sur des tas. Une autre figure, semblable à celle de Doushen, régnait sur ces combattants acharnés.

– Il y a un autre dieu ? s'étonna Vani avec un frisson.

– Il y en a trois, rectifia Azzio.

Il examinait une troisième face. En s'approchant, la jeune femme remarqua celui que le baron avait identifié comme étant un dieu. Il possédait la même taille gigantesque que les deux premiers. Une multitude de traits empêchait de distinguer son apparence précise. Autour de lui, des créatures squelettiques, d'une maigreur effrayante, paraissaient labourer la terre de leurs ongles à la recherche de nourriture. D'autres se battaient pour un brin d'herbe. Ils n'avaient que la peau sur les os.

– Mais qu'est-ce que c'est que ces dieux ! s'exclama Gunnor avec un effroi mêlé de dégoût.

Vani partageait son sentiment. Même le dieu Ennemi, qui avait récemment été vaincu par la Compagnie Créance, ne semblait pas aussi maléfique que ce trio.

Sirane s'était avancée.

– Ça continue encore ici...

Ses compagnons la rejoignirent. Cette fois, la surface était plus grande. On reconnaissait les trois figures monumentales qui dominaient une foule rassemblée devant eux. Les hommes et femmes avaient le crâne tondu et arboraient des robes immaculées.

– Les sectateurs ! s'écria Vani.

– Crois-tu ? ironisa Azzio, le front baigné de sueur.

Elle ignora sa remarque. Les sectateurs du Trined portaient sur leurs épaules un plateau reposant sur de longs manches. Dessus était posé un immense médaillon rond qui représentait les trois lames tourbillonnantes. Les sectateurs ne rendaient donc pas un culte au seul Doushen, mais à trois dieux en même temps ! Voilà ce que signifiait leur symbole.

– J'éprouve comme un léger sentiment d'infériorité, murmura Azzio.

– Tu n'es pas le seul, assura Gunnor.

– Déjà qu'un dieu, c'était trop pour nous ! gémit Vani.

Ce fut à cet instant qu'un nouveau bruit trompeta dans le temple. Les héros sursautèrent et furent presque couchés par le souffle. Heureusement, les colonnes basaltiques offraient des refuges au vent. Ils se tournèrent vers l'origine du son. Là-bas, leurs yeux s'étant adaptés à l'ombre, ils avisaient maintenant une forme géométrique qui se dressait au centre de la salle.

– Allons-y, les motiva Azzio. Après tout, que risquons-nous ?

Vani le regarda, circonspecte.

– Vas-y d'abord, alors !

– Non, après toi. Honneur aux dames.

– Oh, c'est pour ça que tu m'as laissée entrer la première dans le temple ?

– Veux-tu vraiment connaître la réponse à ta question ?

La pirate grinça des dents et avala difficilement sa salive. Le sol était lisse sous sa couche spongieuse. Plus elle avançait, mieux Vani distinguait la masse centrale. Elle ressemblait à un nouveau cylindre, mais celui-ci avait la particularité de laisser passer la lumière. Un corps difforme se dessinait à l'intérieur...

Après quelques pas, Vani comprit qu'il s'agissait d'un bloc de glace. Quelqu'un, vraisemblablement les sectateurs, avait déposé des braises et de la lave refroidie au pied de la masse d'eau gelée. L'énorme glaçon avait d'ailleurs commencé à fondre. La tête du dieu en dépassait. En fait de tête, il s'agissait d'un amas grouillant de trompes de pachyderme. Il n'y avait même plus de place pour des cheveux, une bouche ou des yeux. Ce n'était qu'un hérissement d'organes éléphantesques, musculeux, dressés dans l'air, ondulant comme des serpents démesurés. Vani fut prise d'une atroce nausée. Le reste du corps était composé d'une forme humanoïde dont la peau était constellée de nez, groins et truffes, suppurant tous de mucosités dégoûtantes.

Soudain, comme prise d'une frénésie, les trompes se dressèrent, se contractèrent et se plièrent pour expulser violemment un air qui renversa les quatre compagnons. Glissant sur le dos, Vani comprit que c'était de là que venait le cri mystérieux du dieu. C'était une sorte d'éternuement. En redressant le buste, elle vit qu'elle était couverte du même liquide verdâtre qui tapissait le sol.

– C'est de la morve ! s'écria-t-elle. On est dans la m...

À cet instant, elle aperçut un pied tout près d'elle. En levant la tête, elle vit le visage souriant et le crâne chauve qui la dominaient. Les sectateurs les avaient repérés !

– En plus, cette substance est acide ! remarqua Azzio en se frottant les mains.

– Soyez respectueux du lieu où vous êtes, le pria un des Trined. Vous avez été bénis par Doushen, c'est plus que vous ne méritez.

Vani commençait elle aussi à ressentir la brûlure du mucus sur sa peau. Tout chauffait. Le groupe était littéralement cerné par les sectateurs. Elle vit Gunnor étirer ses doigts, prêt à saisir sa hache.

– Ainsi, vous pensiez pouvoir empêcher la renaissance de Doushen, se moqua le sectateur. Vous avez peut-être embrouillé l'esprit des hommes-rats mais vous êtes finis.

– Ils préfèrent qu'on les appelle hummulots, jeta Vani avec un air de défi.

– Je suppose que vous avez retrouvé votre divinité dans les glaces et que vous avez décidé de la dégeler, dit Gunnor.

– Les siècles passés en sommeil ne sont rien pour un dieu tel que Doushen. Il revient plus fort et tout Aria célébrera bientôt son retour.

Sirane, qui avait été propulsée un peu plus loin, ne disait rien. Quand son silence prenait une forme de pureté minérale, Vani savait qu'elle préparait quelque chose. Pour l'instant, les aventuriers étaient en mauvaise posture. Les fidèles du Trined étaient bien plus nombreux et Doushen était près de se libérer de sa gangue de glace. La pirate s'efforça d'attirer toute l'attention des sectateurs sur elle en avançant d'un pas.

– J'imagine que vous allez aussi essayer de réveiller les deux autres dieux ! Vous n'y arriverez jamais ! Nous vous en empêcherons. Aussi vrai que nous sommes...

Elle s'interrompit. Elle n'avait aucune appellation à proposer.

– Vous êtes... ? demanda le sectateur avec curiosité.

Sirane avait réussi à se glisser loin du cercle. Elle se relevait sans bruit. Pour l'instant, personne ne faisait attention à elle. Le cœur battant, Vani se tourna vers Azzio.

– Tu vois ! C'est pour ça que je disais qu'il nous fallait un nom ! Là, on est ridicules !

Tandis que la sorcière progressait lentement vers la statue du dieu, Vani apostropha Gunnor.

– Toi qui es un érudit, tu pourrais au moins nous suggérer quelque chose !

Le colosse la dévisagea avec surprise. Il ne comprenait pas ce qu'elle faisait. Du regard, les yeux écarquillés, elle s'efforça de l'inviter à jouer le jeu.

– « Les héros de Vik » ? suggéra-t-il finalement.

– Cela me semble un peu prématuré, intervint le sectateur. Nous sommes sur le point de vous sacrifier à Doushen…

Sirane était proche du dieu, désormais. Elle avait saisi dans sa main l'outre qu'elle avait emportée, se préparant manifestement à en verser le contenu sur Doushen.

– Vous souhaitez vraiment nous sacrifier ? s'étonna Azzio. Mais nous ne sommes pas des hummulots.

– Hé ! s'écria une sectatrice. Arrêtez ça !

Sirane se trouvait à côté de la divinité, l'outre tenue à bout de bras au-dessus de sa tête, prête à l'arroser.

La sectatrice plongea en avant, vive comme l'éclair, et renversa la sorcière qui lâcha son outre.

– Non ! hurla Vani.

Une lutte s'engagea entre la sorcière et la sectatrice. À sa main manquante, la pirate reconnut alors Orionde, celle qui les avait affrontés à Aria. D'autres adeptes voulurent porter secours à leur semblable. Il fallait les arrêter.

Vani dégaina son sabre et effectua des moulinets autour d'elle. Gunnor s'empara de sa hache et fit de même. Elle remarqua néanmoins qu'il frappait du plat de la lame. Azzio se mit en garde, l'autre sabre en main.

– C'est une très mauvaise idée, murmura-t-il.

Les sectateurs revinrent vers eux pour ne pas être frappés dans le dos. Ils arboraient leurs armes à trois lames dont l'éclat verdâtre n'annonçait rien de bon. Vani dut rouler sur le côté pour éviter une première attaque. Gunnor fracassa le bras de l'assaillant.

– Nous sommes trop nombreux pour vous, fit le chef sectateur. Vous ne pouvez nous vaincre.

– C'est pas grave, on essaiera quand même, répliqua Vani.

Elle sentait son cœur battre à toute allure.

Là-bas, le combat entre Sirane et Orionde avait repris. Elles semblaient de force égale. La sorcière ne pouvait recourir à ses pouvoirs et la sectatrice était manchote. Elles en étaient réduites à une lutte sans merci, s'empoignant avec violence.

Vani ne put voir la suite de l'affrontement. Un nouveau sectateur l'attaquait. Elle évita la lame de justesse. Le trio était cerné. Leurs ennemis semblaient jouer avec eux. Seul Gunnor parvenait à les maintenir à distance. Il tournait sur lui-même, tranchant l'air en cercle autour d'eux.

Au loin, Vani observa Sirane. Celle-ci était tombée à terre. Orionde avait posé le pied sur l'outre et en faisait couler le contenu. Tout était perdu !

Non ! La sorcière se redressa et tendit le bras, les traits crispés. Elle parvint à puiser en elle d'ultimes ressources car la sectatrice fut renversée par une force invisible.

Un coup empêcha Vani d'observer la suite.

– Pardon, déclara Gunnor. Je n'ai pas réussi à parer entièrement cette attaque.

– Dire que je vais mourir ici, dans ce temple ignoble, soupira Azzio.

Il ne faisait même plus l'effort de se battre, appuyé sur son sabre comme sur une canne. Il n'avait pas tort. Les sectateurs étaient tout autour d'eux.

– C'est fini, dit le chef des Trined. Rendez-vous et vous serez sacrifiés à Doushen. C'est un très insigne honneur.

Vani se hissa sur la pointe des pieds afin de distinguer ce qu'il en était de Sirane. Cette dernière avait réussi à mettre la main sur l'outre. Elle revenait vers le dieu à pas rapides. À cet instant, Orionde lui saisit la natte et la tira en arrière. La sorcière poussa un cri de colère.

– Qu'est-ce que c'est que ces manières de se battre ?

Elle se retourna et asséna un terrible coup de coude dans le nez de la sectatrice. Le craquement fut si fort qu'il parvint aux oreilles de Vani. Orionde s'effondra.

Enfin libérée, Sirane se replaça au-dessus de Doushen et leva l'outre. Tous les regards étaient tournés vers elle.

– Vous ne pouvez rien lui faire, prévint le chef sectateur d'un ton morne. C'est un dieu.

Pourtant, sa voix tremblait. Les hommes du Trined s'approchaient de la sorcière avec beaucoup de précautions. Ils avaient peur.

– C'est le dieu de la maladie, répliqua Sirane. Et il déteste les médicaments.

– Ce n'est pas automatique, lança l'homme. Ne faites pas quelque chose que vous regretteriez.

Mais il avait pâli et son sourire s'était crispé. Sans se laisser impressionner, Sirane déversa l'intégralité de son outre : un liquide jaune et gluant. Vani ne put s'empêcher d'esquisser un sourire en comprenant le plan de sa camarade.

– Qu'est-ce que c'est que cette substance ? demanda le sectateur.

Doushen réagit aussitôt. Comme allergique au champignon, il agita ses trompes et un énorme éternuement le prit. Tous les organes se mirent à expulser de l'air en même temps avec un fracas de tempête.

Les fidèles du dieu, plus habitués, parvinrent à se cramponner aux colonnes basaltiques. Les aventuriers, eux, ripèrent sur la morve. Vani eut le réflexe de s'accrocher à Gunnor. Elle sentit qu'Azzio lui agrippait la cheville. Elle vit Sirane, éjectée par le souffle, passer au-dessus d'eux !

Gunnor sauta alors pour l'attraper au vol. Sa main se referma sur le manteau de la sorcière. Ils formèrent une chaîne humaine nageant à demi dans le mucus. Ce fut ainsi qu'ils arrivèrent sur le parvis du temple. Par chance, l'escalier se trouvait sur leur route. Ils tombèrent en suivant les marches, survolant les premières dans leur élan.

Personne ne lâcha rien. La gravité les entraîna sur les degrés. L'effet combiné de la pente et de la couche de morve amortit leur chute et ils glissèrent jusqu'en bas, comme sur un toboggan. Les quatre aventuriers roulèrent sur le sol, endoloris mais presque indemnes.

– Je propose que nous ne reparlions plus jamais de ces instants, déclara Azzio en se frottant le fessier.

Pendant ce temps, Doushen continuait de bramer dans son temple. Il n'appréciait vraiment pas le contact du champignon. Les sectateurs surgissaient déjà sur le parvis du temple. On voyait leurs sourires affreux de très loin. Quelques flèches sifflèrent. L'une d'elles se ficha dans le sol juste à côté de Vani.

– Vite, à l'élévateur ! cria Sirane.

Ils se précipitèrent. Le dieu poussait des barrissements d'agonie qui vrillaient les tympans. Certaines orgues commençaient même à trembler sous la puissance du son. L'un des prismes se détacha brusquement du mur et s'effondra sur le groupe.

– Attention ! hurla Vani.

La colonne s'abattit juste derrière eux, faisant trembler le sol. Elle se rompit en tronçons gigantesques. Déjà, d'autres prismes vacillaient. L'endroit allait bientôt être ravagé par les éboulements.

L'élévateur les attendait à sa place. Il était revenu ! Non, il remontait trop tôt ! Vani, dans un dernier effort, accéléra l'allure. Elle s'accrocha au plateau qui dépassait déjà la hauteur de sa tête. Puis ce furent Sirane et Azzio. Enfin, Gunnor se joignit à eux.

Ils demeurèrent un moment suspendus dans le vide par ordre croissant de taille. À nouveau, plusieurs traits se plantèrent dans le bois à quelques pouces de leurs mains. Une patte griffue se tendit vers Vani. Sans réfléchir elle s'en saisit et fut tirée à la hauteur d'un hommulot.

– Rolf !

– Je me suis dit que vous auriez besoin d'un coup de main, plaisanta-t-il.

– Ah ! cria Azzio.

Il avait été touché à l'épaule et ne tenait plus le cadre de bois que par une main. Le sang de Vani se figea. Elle n'était pas assez forte pour le retenir. Alors, elle se pencha pour aider Gunnor à monter. Saisissant son intention, Rolf lui prêta main-forte. Le guerrier se hissa à son tour sur la nacelle.

Les flèches pleuvaient autour d'eux. Il en détourna plusieurs avec la lame de sa hache. Des étincelles brillèrent dans l'obscurité.

– Je vais lâcher ! hurla Azzio.

Ses doigts glissèrent sur le rebord de bois. Gunnor plongea en avant. Il réussit *in extremis* à rattraper le bras du baron.

– Je te tiens, lança-t-il entre ses dents.

– Ne me lâche pas !

– Je te tiens, répéta le guerrier.

Rassemblant toutes ses forces, il hissa le voleur dont l'omoplate se hérissait toujours d'une flèche. Quant à Sirane, elle était parvenue seule à remonter sur le plancher de l'élévateur. Vani se tourna vers elle, pleine de gratitude.

– Ton idée géniale nous a sauvés !

Pour toute réponse, la sorcière hocha la tête.

– Votre pied animé ne faisait plus rien. Je lui ai demandé de me faire descendre et il a obéi, révéla Rolf.

Il tendit un sac.

– Tenez, j'ai également récupéré la tête qui hurlait. Je crois qu'elle vous appartient. Il m'a fallu un moment avant de comprendre qu'il suffisait d'enlever un morceau de crâne pour que les cris s'arrêtent.

Les quatre aventuriers, essoufflés, tuméfiés, se retournèrent pour regarder les colonnes de basalte s'abattre une à une sur le temple de Doushen, l'ensevelissant sous les pierres.

En dessous, la lave apparaissait sous le sol qui se fissurait. Les sectateurs ne lançaient plus de flèches, ils prenaient la fuite. D'horribles hurlements d'agonie se mêlaient aux barrissements terribles de Doushen. Vani se détourna.

Sirane parut prise d'une idée soudaine. Elle détacha le sac du dos d'Azzio et le lança dans le magma qui commençait à tout envahir. Le corps de Dagmur fut bientôt emporté par la roche en fusion. Malgré les circonstances, la femmulot avait eu droit à des funérailles. Le groupe se tut en regardant le niveau de la lave qui montait.

Le temple du dieu allait de nouveau être enseveli. Vik était enfin sauvé.

– On a honoré le Serment des Runes, déclara Vani avec émotion.

– Eh bien, siffla Rolf, admiratif, vous ne faites pas les choses à moitié !

ÉPILOGUE

Vani retrouva le *Stradivari* avec bonheur. C'était devenu l'un des seuls endroits où elle se sentait chez elle. Elle avait hâte de remonter dans sa couche et de dormir pendant une semaine, comme elle se l'était promis.

Pour les remercier de leur aide, plusieurs habitants de Vik avaient offert de les accompagner jusqu'à leur navire. Vani avait découvert très rapidement qu'il s'agissait des trois conquêtes d'Azzio à l'infirmerie. Prétextant sa blessure à l'épaule, il avait réclamé des soins auprès d'eux.

Les deux femmes et l'homme avaient les yeux humides en voyant la barque s'éloigner. Le baron lui-même semblait ému.

– Tu ne les connaissais que depuis quelques jours ! s'étonna la pirate.

– C'est bien à toi de me faire cette remarque, renifla Azzio.

Elle baissa la tête, honteuse de sa réaction. Voulant répondre quelque chose de gentil, elle ajouta :

– Heureusement qu'ils étaient là, ils nous ont bien aidés avec le pied-golem.

En effet, si la créature avait sautillé le long de la route, cela avait été un enfer pour la faire monter à bord. Ils avaient dû se mettre à sept pour hisser la pierre sur le pont. Maintenant, le pied-golem avait interdiction de bondir pour ne pas abîmer le plancher. Au lieu de cela, il roulait comme un tonneau et on ne pouvait pas l'en empêcher.

En revanche, si l'on avait emporté la tête-golem, il n'avait pas été possible de dégager la main-golem qui était toujours encastrée dans la pierre ponce. Gunnor s'était approché de la main ouverte et lui avait confié le manche de sa hache.

– Tu es sûr de ne pas le regretter ? demanda Vani. Tu vas peut-être en avoir besoin…

– Il était temps de poser mon arme, répondit distraitement l'ancien guerrier. J'ai enfin pu parler à Ireka et lui dire ce que j'avais fait. Elle m'a pardonné au nom du village. Et puis elle est allée déloger Mormyx et ses hommes de leur refuge. Je crois qu'elle les a bannis.

Il avait retrouvé un livre et n'en décollait plus les yeux. Sirane, de son côté, regardait la mer, et le vent soulevait sa tresse noire.

L'ancre fut levée et ils dirent au revoir aux trois habitants de Vik. Le blocus autour du village avait été levé et la vie avait pu reprendre comme avant. Un hommage avait été consacré aux disparus comme Fruyja, mais aussi à Swainn et Rokugami.

Vani sentit une boule gonfler dans son ventre et dans sa gorge. Et ce n'étaient pas des bubons. Elle toussa pour s'éclaircir la voix avant de demander :

– Qu'est-ce que vous allez faire maintenant ?

– Je vais essayer de visiter la bibliothèque de l'Académie de magie d'Aria, répondit Gunnor. Je regrette de ne pas y être allé la dernière fois.

Le cœur lourd, la pirate acquiesça.

– Et toi, Sirane ? Tu vas aller te venger de Milak ?

– Oui...

Vani avait l'impression que ses pieds étaient bottés de plomb. Elle eut du mal à se tourner vers Azzio. D'ailleurs, les mots s'étranglèrent quand elle voulut parler.

– Je crois que je vais repasser à Altabianca, déclara-t-il spontanément. Cette histoire de vol de la fortune familiale me prend trop de temps. Il va falloir accélérer le processus.

Vani ne disait plus rien. Ses yeux se noyaient de larmes. Et personne ne semblait le remarquer !

– Bon, arrêtez, intervint Gunnor. C'est trop cruel !

– Ah, je savais qu'il allait craquer en premier, affirma Sirane. Tu me dois une couronne, Azzio. Et je ne veux pas de tes reconnaissances de dette.

Le baron déposa une pièce dans sa main.

– Je suis très déçu, souffla-t-il à l'intention de l'érudit. Je te croyais plus résistant.

Vani n'osait comprendre. Elle ouvrait une bouche hagarde dans laquelle s'engouffrait le vent salé du large. Gunnor posa son livre.

– Nous te faisions marcher, Vani. Nous allons rester tous ensemble.

– Pour le moment… ajouta Sirane.

– Après tout, il nous reste encore deux dieux à débusquer ! s'exclama Azzio.

Vani continuait de pleurer, de bonheur cette fois. Elle n'en voulait même pas à ses camarades de lui avoir joué ce tour.

– On ne recommencera pas, promis, dit Gunnor. Je n'étais pas d'accord de toute façon.

– Oh, le traître ! déplora Azzio.

– C'est pas grave, sanglota Vani. Pas grave du tout.

Maintenant, à eux quatre sur le pont du *Stradivari*, ils formaient presque un équipage de bateau pirate. Elle regarda son gant avec un soupir, puis avisa le pied-golem qui roulait joyeusement sur le pont. Et elle eut soudain une envie irrépressible de l'imiter.

– Au fait, se souvint-elle. On n'a toujours pas de nom !

– Eh bien, on n'a qu'à s'appeler « la Confrérie sans nom », lança Sirane avec impatience.

Vani voulut protester. Elle se répéta tout de même l'expression.

– La Confrérie sans nom… C'est pas si mal !

– Je n'aurais pas trouvé mieux, convint Gunnor.

– Acceptons, sans quoi elle ne s'arrêtera jamais, soupira Azzio. N'est-ce pas ?

Sirane secoua la tête.

– Ça ou autre chose…

Vani bondit sur place, ravie. Elle observa ses compagnons, les cheveux agités par les bourrasques. Elle inspira, remplie d'espoir face à l'avenir. D'une certaine manière, elle avait monté son propre équipage de pirates, sur son propre navire. Elle n'avait pas aimé la façon dont les pirates d'Esperanza se comportaient. Il ne tenait qu'à elle de proposer une nouvelle forme de piraterie.

Son regard se perdit à l'horizon. Dans le vent du large, glissant sur l'océan des Fantômes à bord du fier *Stradivari*, la Confrérie sans nom voguait déjà vers de nouvelles aventures.

LAFLEUR • FIBRETIGRE • TALLARICO
CHRONIQUES DES MONDES D'ARIA
LAFLEUR • FIBRETIGRE • TALLARICO
CHRONIQUES DES MONDES D'ARIA
Glénat
UNE BD INÉDITE DANS L'UNIVERS DU JEU DE RÔLE ARIA !
Déjà disponible au rayon BD
Glénat
D'après la série ARIA - Game of Rôles de FibreTigre publiée aux éditions Elder Craft, © Elder Craft 2023
© éditions Glénat 2024

Composition et mise en pages
Nord Compo à Villeneuve-d'Ascq

Ce livre est imprimé sur du papier issu de forêts gérées durablement.

Achevé d'imprimer en septembre 2024
par Liberdùplex
Imprimé en Espagne